云卷云舒

云水音 著

中国书籍出版社
China Book Press

图书在版编目（CIP）数据

云卷云舒 / 云水音著 . -- 北京：中国书籍出版社，2022.7

ISBN 978-7-5068-9056-4

Ⅰ.①云… Ⅱ.①云… Ⅲ.①散文诗—诗集—中国—当代 Ⅳ.① I227.6

中国版本图书馆 CIP 数据核字 (2022) 第 115806 号

云卷云舒

云水音 著

图书策划	武　斌
责任编辑	李国永
责任印制	孙马飞
封面设计	鸿儒文轩
出版发行	中国书籍出版社
地　　址	北京市丰台区三路居路 97 号（邮编：100073）
电　　话	（010）52257143（总编室）（010）52257140（发行部）
电子邮箱	eo@chinabp.com.cn
经　　销	全国新华书店
印　　刷	三河市华东印刷有限公司
开　　本	880 毫米 ×1230 毫米　1/32
字　　数	300 千字
印　　张	10.25
版　　次	2022 年 9 月第 1 版
印　　次	2022 年 9 月第 1 次印刷
书　　号	ISBN 978-7-5068-9056-4
定　　价	58.00 元

版权所有　翻印必究

自 序

　　散文是一种抒发真情实感、写作方式灵活的记叙类文学体裁，按照现代文学的分类，散文表现形式多种多样，包括杂文、短评、小品、随笔、速写、特写、游记、通讯、书信、日记、回忆录等。《云卷云舒》就是如此形式的一种表达方式，将叙述、议论、抒情和描写融为一体，主要摘录了近20年的各种生活感受，反映时代变迁带来的各种思考。

　　有一副对联：宠辱不惊，看庭前花开花落；去留无意，望天上云卷云舒。这副对联道出了人对事物、对名利的态度，心境平和、悠闲自然。我取其最后的四个字"云卷云舒"，除了体现本散文集的主题思想外，也正好应对我笔名云水音的"云"，展现一种云一样的自在。

　　《云卷云舒》分为五个部分：校园之风，情爱之根，自然之景，社会之情，哲学之心。人生最初的十几二十年，甚至近三十年我都是在学校度过，校园之风对我的成长起到了至关重要的作用。加之，几十年耕耘在校园，对校园这方热土情有独钟，所以本书的第一部分便是"校园之风"，把校园当作故乡是我的深刻感受。第二部分"情爱之根"围绕"爱"，父母之爱、夫妻之爱、兄弟姐妹之爱等，各种形式的爱出现在生活中，没有对错，只有合适与否，爱经历了就是值得的，无论有没有世俗意义的结果，爱的体验过程很重要。第三部分"自然之景"从家庭走向大自然。这部分中空间和时间相会于此，既收集了参观世界各地的各种游记，动情，精细，读了犹如身临其境；还收集了春夏秋冬和各种节气节日带来的景色变化以及个人感悟，读者会感到"自然"更多是一种心境，看到什么不重要，想到什么才重要。第四部分"社会之情"展现了一个人情社会网，社会的各种交往形成了一个网，人不能离开这个社会网，这部分透过这张网上的某些网眼带领读者感受社会的温暖和艰辛，这部分还特别把女性话题排列了一个小系列，感受撑起半边天的女性在社会层面的情结。第五部分"哲学之心"把深奥的哲学简化为心中的随思随想，不再觉得哲学距离我们很远，而就在我们心里，就发生在我们身边。

《云卷云舒》收录的85篇散文富有诗意，有的散文和诗歌交织在一起，形成一种特有的"散文诗"，以文带诗，以诗促文，相辅相成。再有，每篇都是从生活出发，有的是亲身经历，有的是亲眼所见，有的是亲耳所听，也有通过媒介等间接而来的信息，故事可能发生在朋友身上或陌生人身上。发生在谁身上不重要，重要的是每一次讲述情真意切，希望和读者能产生共鸣。

《云卷云舒》的插图均选自近20年所拍摄的照片，与文章相辅相成，记录了岁月的痕迹。书名由书法家永真先生书写，在此表示感谢。感谢我的家人，是他们一直对我的教导和鼓励让我善心永存。感谢我的老师、同学、学生、朋友，是他们的关注让我在社会舞台上得到表演的信心。感谢北京建筑大学的领导和同事，是他们不离不弃的大力支持，促使我这朵文学之花能悠然地开放在工科的土地上。

生活在继续，文章也在继续。欢迎读者提出宝贵建议，愿与读者共勉。

云水音

2021年7月1日

于北京

目　录

校园之风

开篇：青春万岁
　　——愿你出走半生，归来仍是少年 …………002
春和我一起走进校园 ……………………………004
写给土木与交通工程学院备考全国大学英语四级同学们的
　　一封信 …………………………………………005
和孩子们一同欣赏中国文化
　　——改革30年间对中国文化的沉思 …………009
春归校园 …………………………………………011
人人成长　个个成才
　　——有感于我校的教学改革 …………………012
再与孩子们感悟中国文化
　　——为孩子们而序 ……………………………015
就是你
　　——校园湖边一枝海棠花的自述 ……………016

迟到了二十年的祝福
　　——怀念我的儿时老师张冠杰先生……………019
校园，故乡……………………………………030
一本韦氏字典引起的北外回忆………………032
用两首爱诗说线上上课………………………041
爱是耐心，耐心是坚持线上上课的根本……046
诗与律…………………………………………049

情爱之根

开篇：爱在无声处………………………………058
慢慢地爱………………………………………060
初　恋…………………………………………062
爱无疆…………………………………………065
父　亲
　　——写在父亲节之际………………………067
无奈的爱的三种境界…………………………069
父　爱
　　——写在父亲病重之际……………………072
母亲花…………………………………………077
驮在自行车上的爱……………………………080
夏日母亲雨……………………………………086
舍不得…………………………………………088

真的好想你…………………………………………091

感　恩

　　——写在感恩节与父亲的周年祭之际……………093

打　枣……………………………………………096

妈妈，我好想做一个孝顺的孩子…………………100

包粽子想起了父亲………………………………102

生如夏花，死如秋叶……………………………104

自然之景

开篇：暗香…………………………………………110

秋之韵………………………………………………112

节气——气节………………………………………113

清明节咏叹…………………………………………115

赏花情………………………………………………118

他乡的风筝

　　——写在春天放飞风筝的季节……………………120

狼牙山之旅

　　——一次生命之行……………………………122

我爱四月的花………………………………………124

五月遐想……………………………………………126

秋……………………………………………………128

中秋雨中月…………………………………………130

九月九日话重阳……………………………………131

满园尽是黄金叶……………………………………135

冬　风………………………………………………136

冬　雪………………………………………………138

诗城布拉格…………………………………………139

邦咯岛之诗行………………………………………150

诗行桂林……………………………………………163

花落人亡雕像知
　　——记莫斯科新圣女公墓闪着灵魂之光的雕像………167

血性的圣彼得堡……………………………………171

走进诗一样自由的戈壁滩…………………………180

印度行一：从大理的空灵到加尔各答的空灵……186

印度行二：世诗会如金盏菊一样绽放……………191

印度行三：布巴内什瓦尔——千庙之城的灵性…201

印度行四：新德里的韧性…………………………210

印度行五：阿格拉和斋普尔的情与爱……………215

社会之声

开篇：无我…………………………………………224

年和日子……………………………………………225

再说生命的价值……………………………………226

心　结………………………………………………228

写给 TA 的感恩信 …………………………………… 229
我身边的金银焕政协主席陨失了 ………………… 231
新中国从这里走来
　　——难忘的西柏坡之旅 ………………………… 233
诗意北京城市总体规划展 ………………………… 235
听梁晓声先生说"善" …………………………… 240
一切如诗，屠岸先生逝世周年记 ………………… 242
死　亡 ……………………………………………… 245
女人和酒 …………………………………………… 252
女人和茶 …………………………………………… 254
女人和读书 ………………………………………… 259
女人和微信 ………………………………………… 261
走近华夏女诗人，感受东方女性风情 …………… 264

哲思之心

开篇：道之说 ……………………………………… 280
"马桶"的定与悟 ………………………………… 282
忠 …………………………………………………… 284
善与恶 ……………………………………………… 287
人在路上，日月相随 ……………………………… 290
鸟瞰世界 …………………………………………… 291
年轻与年老 ………………………………………… 292

体　面	295
玩	298
信　仰	301
诗意工作	304
——从荷尔德林的一首诗《在柔媚的湛蓝中》说起	304
后　记	312

校园之风

开篇：青春万岁

——愿你出走半生，归来仍是少年

今年的假期显得特别长，举国的疫情令人不安，限禁不允外出。前一句体现了相对论的意义，哀苦时光比幸福时光速度更慢；后一句体现了对自由的感受，主动选择比被动选择自由度更高。当然还因为假期要延期，要做停课不停学的准备，北京教委下令不得任意返校等各种通知让人焦虑。基于此，看手机便成为一项居家工作，大到国家的通报，小到群里的各种消息，读了才放心。

之前出于各种原因，比如出国的时差或要突击完成某个创作等，看微信相对滞后或有选择地看，而这些天看微信是默默祈祷老师、同学、朋友和亲人都好好地、负责任地活着，"你安好，我无恙"是最大的祝福。

前几日彭敏在《诗词大会》夺冠后，看到班主任陈老师在同学群里的推送，甚为感慨。人生一半在努力寻找自己，一半在努力放弃自己，只有如此才能"出走半生，归来仍是少年"。

中学校友群的同学们多数不知谁是谁，是谁不重要，重要的是我们都有相同的记忆：刻满脚印的大长坡，装满笑声的教室，粗茶淡饭的食堂，学军的打靶场，学农的水库，学工的化肥厂，各种各样的文艺表演。共同记忆中还有可敬的老师：物理老师陈老师，数学老师宋老师，化学老师贺老师，语文老师焦老师，英语老师徐老师等。共同记忆中也有可亲的同学，也许今日相见不能相识，但几十年前的音容笑貌依然可见。所有这些记忆经过时间的锤炼都成为我们成长的基石。当我们远离校园热土奔向远方"众里寻她千百度"时，那个记忆在冥冥之中不停地鼓励，不停地引导，可能来自某位老师，可能来自某位同学，甚至也可能来自某一棵树，某一朵花，鼓励我们成为自己想要成为的样子。但到底什么才是真正想要成为的样子？半生过后"蓦然回首，那人却在灯火阑珊处"。极目远眺，看到了那面坡，那间教室，那个食堂，那个操场；看到了老师；看到了同学。于是放下执念，立地成仁，转身用后半生向灯火阑珊处的"她"走去，而她不是别的，正是我们的青春梦。刘欢曾有一首歌唱道：心若在，梦就在。我反过来说：梦若在，心就在。只要青春的梦在，青春的心就在；只要青春的心在，就一定会"出走半生，归来仍是少年"。

青春万岁！！！

2020 年 1 月 19 日随言

归园仍是一少年

春和我一起走进校园

我回来了！我乘着春风回来了！我沐浴着春光回来了！

走进暖阳微微的校园，驻足四望。校园的天空蓝得耀眼，校园的云朵白得圣洁，校园的树木孕育着勃勃生机，校园的花草滋养着春意盎然。

"您回来了？"一位满面春风的清洁工打招呼。是这股春风刮干净了校园，刮整洁了房舍。

春姿绽放的学子说着、笑着、跑着、追着，每一呼每一吸都洋溢着春意满满。

春风和气的恩师忙着、乐着、想着、问着，每一言每一行都演绎着春风风人。

树梢有几只丽鸟，是莺还是燕？是鸦还是雀？我想起"几处早莺争暖树，谁家新燕啄春泥"的诗句。

没有看到"一只红杏出墙来"，没有听到"处处闻啼鸟"，但在料峭春寒中心里涌出"春江水暖鸭先知"的深深感受。

我知：没有领导们的亲临，不会有校园的春深似海。

我知：没有教授们的辛勤，不会有学术的白雪阳春。

我知：没有孩子们的刻苦，不会有"谁言寸草心，报得三春晖"的拳拳报家、报校、报国之声。

我们驾驶着春走进校园，等待我们的是夏的劳作、秋的收获、冬的升华。

作于 2008 年春假后开学之际

写给土木与交通工程学院备考全国大学英语四级同学们的一封信

亲爱的同学们，可爱的孩子们：

你们好！你们辛苦了！

最近土木与交通工程学院团委希望我能为准备参加英语四级考试的同学们写点东西。我思量再三，和同学们聊聊三件事。

一、加强监督

自进校门那刻起，我们的头脑里就萦绕着一个挥之不去的念头"英语四级"。大有"剪不断，理还乱""才下眉头，却上心头"的感受。

于是，望四级而兴叹的有之，谈四级而变色的有之。

对于我们经历过高考历练，并且已经成为工科院校大学生的同学们如何在思想上定位呢？

有的同学很感慨"在大学找不到高中的那种紧张感觉"……

孩子们：大学必须严格遵循大学自身的教学程序，否则便不能完成国家的"高等教育"。所学课程的学时分配是有规定的，比如在中学我们可以天天有英语课，但大学却难以做到。于是，学习英语的时间多数放到课外由同学们自主学习。这时，自我监督和互相监督就显得尤为重要。

每天都要问自己"我今天完成任务了吗？"同时也要问室友

"嗨！你今天做题了吗？""你今天听什么录音了？"……

这些对话看上去不起眼，但效果却是"四两拨千斤"。如果一个宿舍，一个班级，一个年级，一个院系乃至一个学校能做到自我监督和互相监督，学习风气蔚然成风，同学们便可以乘风而上，到达成功的终点。

二、正确面对

我曾听到同学们说"如果一进大学就参加考试总能过，因为还有中学的紧迫感，以后越学越松懈了"……

国家有国家的政策，学校有学校的校规。也许同学们的确有若干个"如果"，但那都是虚拟语气，我们无法生活在虚拟语气的世界里。所以，一切的一切必须正确面对。

正确面对自己的现有水平，用大约三套模拟题考查自己的优劣所在。定位自己的提升空间在哪方面，比如是阅读还是听力还是写作。

正确面对自己的弱项，比如听力弱，就要用更多的时间听录音、广播等；如果阅读弱，就要加大阅读内容量；如果写作有问题（这个需要请教任课老师），就要把自主写作、模仿写作、记忆写作结合起来。如果自己所有的项目都很好，那就全面提升，争取高分，同时也为下一步的六级考试做准备。如果自己所有的项目都不好，那就看差距有多大，均分力量，努力拔高自己。

但是如果差距很大，不可攀及，这时我们还需要认真思考一番再作决定。比如制定一个比较长时间的计划，即使把目标终极时间推迟一个学期也未必是下策。

三、合理分配

首先合理分配时间，英语四级复习和其他课程的学习时间要合理分配，每天有相当的时间复习英语，适当减少其他可以减少的活动。学院在整体的安排上是否能为同学们做一些积极的辅助。

在英语学习的各项内容中，再进行二次分配。而且值得一提的是周末的时间应该充分利用。

其次合理分配精力，每天的学习时间中精力充沛的程度是不一样的。什么样的状态下学英语最有效，需要同学们根据自己的情况认真考虑。冲刺四级只在这三个月。同学们可以在饮食方面、睡眠方面、运动方面等下点功夫，使自己尽可能保持充沛的精力，提高学习效率。

最后合理分配课内和课外的复习，课内复习的指导性和课外复习的自主性要相辅相成。课内复习资料的专题性和课外复习资料的整体性要彼此互补。比如课内做一篇阅读，课外是否可以考虑3~5倍。这样需要选购一些课外复习资料。尽可能买最新的比较可靠的出版社出版的试题。同时，我们也不排斥参加一些不错的四级辅导班。

亲爱的同学们：常言道"人生能有几回搏？"既然我们的发展避不开英语四级考试，那么就让我们"既来之，则安之"吧！使出我们的浑身解数，调动我们的所有细胞，一路前进，奔向四级考试成功的终点。

希望能听到同学们的回音,我们好继续聊下去。

祝同学们身体健康!学习顺利!考试成功!

你们的大朋友

贾荣香

2008 年 3 月 15 日

青春作伴好飞翔

和孩子们一同欣赏中国文化

——改革 30 年间对中国文化的沉思

社会需要前进,社会也需要根基。

曾几何时,文化、国学等都淡出人们的视野,孩子们只能在有限的课本中读到只言片语。当我们放慢匆匆的脚步回首而望的那一瞬间,我们悲戚地意识到,文化、国学被我们远远甩在身后,孩子们漂浮在那片没有根基的浮云上。为此,有识之士高声疾呼"复兴国学,传承文化"。

文化的产生靠沉淀,靠去糟存精;文化的教育靠渗透,靠耳濡目染。我们不敢奢望在一夜之间就使国学得到复兴,但我们希望看到越来越多的孩子通过《中国文化欣赏》找到一把开启的钥匙。

"文化"始终是个负重的词语,承载太多;"孩子"始终是个轻快的词语,总和单纯有着密切联系。在这两个看似矛盾的词语中,我们试图努力找到一个连接点,让沉甸甸的中国文化在孩子们单纯的思想里播撒一星火花,慢慢燃烧,达到"星星之火,可以燎原"。

"哲学"是深不可测的学问,但是当我和孩子们谈"道"论"儒"时,孩子们的回答令人欣慰:"哲学就在我们身边"。

宗教是神秘的话题,难免被冠之以"迷信",但是当孩子们看到中国国土上六大宗教兼容并处时,感慨地写出《中国宗教的多样性和包容性》的结题论文,让我为之动容。

孩子们用《儒商精神》探讨中国的商业文化，用《我与中国商业》梳理当代大学生心目中的商业脉络，质疑千古的"重农轻商"思想。

孩子们从文化的传承中感悟到文化的保护，从文化的保护中意识到文化的传承。如何让胡同文化延绵，如何让园林风光常驻，如何让对联对出新意，如何让剪纸剪出靓丽。

文化和我们朝夕相伴，文化和我们息息相关。一日三餐的茶、酒、饭考验着孩子们对文化细微之处的领会，一年四季的穿着打扮显示出孩子们对文化体现个性的理解。

孩子们感言"欣赏暂告一段落，但对文化的传承却仅仅开始，对国学的复兴才刚刚起步，从我做起，从现在做起"。经过改革30年人们对文化的沉思，我们终于看到文化不会在这代人手里断链，相反会更加辉煌地发扬光大。

和孩子们一起欣赏中国文化，我与他们一同成长。

作于2008年选修课《中国文化欣赏》结课之后

繁华吐蕊诗情浓

春归校园

两年前,我写过《春和我一起走进校园》,时光流转,今又春归。想起黄庭坚的"春归何处?寂寞无行路。若有人知春去处,唤取归来同住"。春的蕴意超越了柳绿花红。

牛年的冬天真可谓"雪压梅花白",大江南北"飞雪迎春"。虎年的春天就应该"春归柳色青",长城内外"山花烂漫"。然而,人间三月芳菲尽,山城桃花未盛开。慨叹春归无觅处,不知转入何处来。

春总是让心充满了期待,充满了幻想,充满了憧憬。即使是"当年不肯嫁春风,无端却被秋风误",也乐得其所。

风送春归不见春,问取黄鹂无人解,吾等不管春何处,独自横笛颂东风。

一切皆在不言中、无意间、血脉里……

红开绿落春不管,酒毕歌罢对人言;水暖水寒鸭先知,花合柳圆心自去。

春不争、不妒、不卑、不亢……

春归校园何需觅,艳比群芳柳色新!

作于 2010 年春假后开学之际

人人成长　个个成才
——有感于我校的教学改革

人们天天在说"成长"和"成才",什么是"成长"和"成才"呢？

"成长是每个人必经的阶段,成才则是一个人通过努力,获得成就,成才必然要经过成长的阶段,成长未必能成才,但成才必然要经过成长这个阶段。"这个解释不知是否精确,但有一定道理：人人都会成长,但人要成才需要多方努力。

如何在当今竞争激烈的社会中做到个个成才是一个相当艰巨的任务,绝不是停留在口头的一句口号。

英国作家萨克雷说过："生活是一面镜子,你对它笑,它就对你笑；你对它哭,它也对你哭。"说到成才我们是否也可以这样理解：你认为你行,你就能行；你认为你不行,那就真的不行。这种说法和从事企业经营管理的齐炳堂先生所说不谋而合,他说：你改变不了环境,但可以改变自己；你改变不了事实,但可以改变态度；你改变不了过去,但可以改变现在；你不能控制他人,但可以掌握自己；你不能样样顺利,但可以展现笑容；你不能预知明天,但你可以用好今天。这是停留在有意欲成才者自己本身的层面,也就是自己如何看待自己的态度问题。

然而,人生活在社会中不是一个平面地图,来自家庭和学校的约束与限制、甚或期待远远超出自身的承受。人们习惯于都拿一个模式教育孩子：考大学、读研、升博、出国。如果中间出现分岔，群起而攻之。不管经济力量能否达到、不管智商能否达到，即使是一只鸭子，也必须让它学会上架。

所以对于成才的态度就不仅仅局限于成才者自身，而且波及家庭、学校和社会。

在明朝吕柟撰写的《泾野子内篇》一书中，有一个"西邻有五子"的故事。说的是：西邻老先生有五个儿子，长子质朴，次子聪明，三子目盲，四子背驼，五子脚跛。按照常理看，这家人有三个残疾儿子，日子不会好过。可是西邻对自己的儿子各有安排：老大质朴，正好让他务农；老二聪慧，正好让他经商；老三目盲，正好让他按摩；老四背驼，正好让他搓绳；老五足跛，正好让他纺线。就是这样一个与残疾人俱乐部差不多的家庭，却不愁吃，不愁穿，过上了安逸的小康生活。追究其原因却是家庭对孩子具有的正确认识所产生的良好结果。所以，在孩子成才的道路上家庭的作用不可小觑。

全国人才工作会议提出发挥高层次人才在经济社会发展和人才队伍建设中的引领作用，支持人人都做贡献、人人都能成才的要求。"人人都能成才"对每一个在成长路上奋斗、渴望成为有用之才的人来说，是多么巨大的鼓舞。但同时也对学校和社会提出一个很大的问题：对成才的评价标准问题。怎样才算成才？

我国"十一五"规划中有一个很重要的思想是"培养应用型人才"，这个教育思想在我校也得到很好的贯彻，比如我们不断调整专业方向，吻合市场要求；增加选修课程的就业需求性等。面对课题"人人成长，个个成才"，学校的桥梁作用至关重要，我们是双手托着孩子，一头是家庭，另一头是社会。

百事可乐公司总裁唐纳德·简道尔有一个著名的"简道尔法则"用人原则，即，把适当的人选配到最适合的位置上去。这就说明作为用人者、家庭、学校和社会，切勿轻易得出结论，说哪个孩子无用,哪个孩子是废物。常言道"垃圾是放错了位置的宝贝"!如果孩子自己以短掩长就会一叶障目,不见泰山;如果家庭、学校和社会以短掩长就会只见泡沫,不见江流。

一花独秀不是春,万紫千红春满园。月季开不出玫瑰来,桃树开不出杏花来。小草长不成参天大树,小白杨变不成常青松柏。因人而异,因人施教。千里马需要有伯乐,孺子牛也需要伯乐。慧眼识才,人尽其才。

"金鳞不是池中物,一遇风云必化龙"。为了完成"人人成长,个个成才"的重大使命,需要确立"大人才观"的科学态度,建立多元化的培养模式,树立"三百六十行,行行出状元""人皆可以为尧舜"的观念,使"人人都能成才"的科学人才观落到实处。

作于2010年学校开展"人人成长 个个成才"活动之际

择其善者而从之

再与孩子们感悟中国文化
——为孩子们而序

五年前,我开设了《中国文化欣赏》选修课;五年前,我曾感叹孩子们对中国文化的理解超过了我的想象。五年来,有许多孩子选修了这门课,自称"开启了灵感";五年来,有许多孩子因这门课和我结下师生缘,绵绵不断。孩子们感谢我,我却感谢中国文化。我犹如中国文化之海中的一叶扁舟,自由畅游,载着孩子们四处观光,孩子们欣赏到十几年读的课本中不曾看到的风景,孩子们醉了,我也醉了,每次都"误入藕花深处","沉醉不知归路"。今日从众多的感悟篇中撷取几片花瓣,不为"争渡",但愿能"惊起一滩鸥鹭"。

此篇为2013年《中国文化欣赏》结课后
同学们的文章刊登上报纸时的序言

就是你

——校园湖边一枝海棠花的自述

那年的今日，你来到我面前，吻我的额头，留我的倩影，我们厮守在丽日和风中，半日陶醉不醒。忽闻渐远渐近的喊声，是一个少女，身挎一个白色包，头发随脚步翻飞，飘然而至身边。她也吻我的额头，留我的倩影。又半日，远处传来太阳公深沉的"再见"声，你和她依依不舍离开我，暮色中我目送你们的背影，欣喜于你们临走的承诺"来年今日再相会"。

从此，无论有多少双羡慕的眼，我都不动情；无论有多少张漂亮的脸，我都不动心。只是静静地任由花期流动，开了，落了；落了，开了；开了，落了……叶子出来了，我和叶子一起接受阳光，合成足够的氧气，气推动血液遍及周身，脸更靓了。老根长出了新根，入地更深更广，我和根一起吸收养分，营养使得身体更结实了，更棒了。我想储存足够的能量来年见到你时给你惊喜。

翌年的今日，你如约来到面前，身边带着她。但那天下着雨，你只看看我，没有吻我的额头，没有留我的倩影，我们没有厮守。穿过雨帘我遗憾地看着你们离去。这一整年，我都懒得和太阳打招呼，太阳也似乎心存愧意，只要一露脸就把第一束光打在我身上，走时总是最后才收走那束光。

又一年的今日，一大早就有喜鹊落在我肩上"喳喳"地叫，一睁眼，太阳得意地望着我，好像在说"怎么样？今天我不会让你失望。"我赶忙整理梳洗,检查了每一个花瓣是否开到位,特别是你吻过的那枝。时间一分一分过去,一小时一小时过去,总不见你的身影,太阳赶忙躲到一朵云彩后面,怕我难为情。我体会了什么是望眼欲穿,你终于出现了,身边却没有她。我有点窃喜但又有点担心,你只轻轻碰一下我的额头,嘴唇失去了温度;你只轻轻拉一下我的枝,手没有了柔度;你的眼好像在看我,但又好像在穿过我看远方,你痴痴地站着。那晚,你坐在我身边陪我一起看月亮升起。你突然起身打量一番月色中的我,托起吻过的那一枝,我来不及激动,只觉得撕心裂肺的一阵疼痛,你把它掰断了,拿在手里闻了又闻,然后望我一眼,带着那枝花走了,留我在原地疼痛难忍。

此后我略感伤心,决定让你和那个日子伴随那枝花消失在我的记忆之外。我和别的树一样如常开花,发芽,生根,成长。赏花人一批又一批,赞美我的妩媚赞美我的婀娜,而我终也未看到一个值得记忆的。春去秋来,花开花落,我与太阳同日与月亮同夜,太阳休息时我望云沐雨,月亮度假时我赏黑听风。有时我把影子投在湖水中和鱼儿玩耍,有时我和荷花相映成辉,有时我会调皮地把风筝挂在枝头,让放风筝的孩子急得一跳一跳。

终究我是忘了你了,也忘了那个日子了,我想你也忘了我了,也忘了那个日子了。只是在某个不经意间忽隐忽现地有一丝丝的牵扯,只有一丝丝,瞬间便消失了。只是在眼前的人走过时,会不自觉地多看某个人一眼,觉得他长得像你,也就一眼,一眨就过去了。只是听到喊声时会朝喊声处眺望,会不会出现你的那个她,也只是一望,旋即就收回了脖子。有时太阳会打趣我,我便笑笑。

这一日,太阳如常叫早,我一睁眼,发现周围全是展板,整个园子成了展览馆。枝头花儿闹,树下人声躁,满园喧嚣。突

校园之风　017

然在正前方我看到一幅画，尺度很大，画中是一枝海棠，仔细一看，就是当年被他掰断的那枝。没错，我记得清清楚楚，那枝有十八朵花，三朵朝上，五朵朝下，六朵朝左，三朵朝右，还有一朵是向下斜着的，就是那朵的额头被吻过。画中的那朵被吻过的花比别的花大一点，艳一点，灵一点。我忙向画周围巡视，不见熟悉的人影，只有一个小老头模样的人蹲在旁边。我想看他的脸，可他终不抬起。不时看到观众会停下和他交谈，他会用手指指我的方向，但从不面对我。太阳看出了我的心思，他打一束强光在画上，好让我看得更清楚，上面落款处写着"为纪念我的心中爱人，公元无忧年无忧日，于无忧园"。我的泪水潸然而下，那年正是无忧年，那日正是无忧日，那园正是无忧园。那日便是今日，彼园便是此园。

是你吗？就是你！我看不清你的脸，但我看见了你的灵魂，还和多年前一样，一点儿没有变老，一点儿没有变丑，一点儿也没有……

作于 2016 年海棠花盛开季节

迟到了二十年的祝福

——怀念我的儿时老师张冠杰先生

我写的老师是儿时的老师张冠杰先生，他曾让我在全校的师生大会上朗读我写的文章，给了我很大的信心，使我在青少年时期阅读了许多书籍，如《青春之歌》《钢铁是怎样炼成的》《青春》《野火春风斗古城》《吕梁英雄传》《草原风火》《革命的一家》《卓娅和舒拉的故事》《普希金诗集》《我的母亲》《红楼梦》《三国演义》《水浒传》《白蛇传》《小姑贤》《西厢记》《家》《春》《秋》《写给小读者的信》《醒世恒言》《警世通言》《聊斋》等等，有的书名今天回想起来不一定准确，但它们是我整个青少年时期的知心朋友，是我思想的家。我会和书中的人物一起哭、一起笑、一起痛苦、一起兴奋。家里有一本四角号码字典，为了快速查出书中的生字我练就了一种本事，猜四角的准确率相当高，十有九准。那本"四角号码字典"被我翻掉了页码。

儿时的阅读奠定了一些基础，使我不知不觉中爱上了中文，还爱上了英文。我不记得在哪个阅读资料中见过一句引用诗："冬天到了，春天还会远吗？"书中说这句诗的作者是英国诗人雪莱。于是我除了知道有个国家叫苏联（现在的俄罗斯）外，我还知道有一个国家叫英国。我一直没有读到任何关于英国的书，初中开设英语课时，我充满了好奇，心想是否可以在英语课上读到英国的书？就这样我对学英语的积极性超过了其他科目，每个单词我都认真背记，直到后来真正考入英语专业，真正读到雪莱的诗集，真正踏上英国的土地。

这一切都让我不能忘掉儿时的老师张冠杰先生，是他的谆谆教导和以身作则播下了种子，在随后的岁月里经过一批一批老师的精心呵护开花结了果。而就是这样一位恩师我却有30多年毫无他的音信，并不是老师去了远方，而是我一直没有停下脚步回望他，只顾风雨兼程朝前走。前几日和高中班主任陈老师微信聊天时，回忆起当时陈老师向学校推荐了我的一篇文章，学校拿毛笔抄出来贴在墙上给全校学生看的事情，给我鼓励很大，同时我又提到了张冠杰老师（我曾在很多场合提到过他）。陈老师说不记得推荐我文章这件事了，并给我发一个笑脸。停顿一阵之后他发来一条信息："实际上张冠杰老师已经去世了，而且已去世约20年。"我顿时对着手机屏幕惊讶得半晌没有回过神来，他今年才70出头，20年前他才多大，怎么会那么早就离开了他挚爱的讲台及疼爱他的家人。我独自禁不住哭了，我两眼模糊看不清屏幕的键。接着陈老师又告诉我，实际上他和张冠杰老师是同学，只是张冠杰老师没有考上大学。怎么会这么巧，我此前一点儿都不知道他们是同学，只是觉得他们如兄如父地关心我。我用心发了三个祝福标记，心里默默喊着张老师，请他原谅他不懂事的学生，接受这一声迟到了20年的祝福。

可这三声祝福张老师怎么听得见？"张老师！"我心里用力喊着，如烟往事一件件清晰地出现在我眼前，我仿佛回到了当年的教室看到了张老师漂亮的板书，站到了他当年的办公桌旁聆听他逐字逐句的讲解。

我第一次见到张老师是在小学四年级。他中上等个头，胖瘦适中，肩膀平整，服饰总是干净整洁，风纪扣经常扣着，脸型略圆，眼睛一眨一眨，嘴唇稍稍张开，总是带一点点笑意，但又不是在笑。第一节上语文课,张老师声音不高不低,先讲课文的生字和词语,具体课文内容我忘了,但我记得课文中有一个词"终于",张老师在黑板上写了"终于"和"忠于",板书太工整了,我为之惊讶,"太棒了!"我心中说。张老师问我们这两个词有什么区别?我不敢举手,但我用眼神告诉张老师我知道。他于是指着我说"你知道吗"? 我的回答张老师很满意,我不仅回答了有什么不同,还各造了一个句子。我喜欢张老师的讲课方式,非常有条理;喜欢张老师的板书,每一个字就像刻在黑板上,尽管那块黑板坑坑注注。下课了,我不知道是因为遇到了张老师而高兴,还是因为我课堂的表现高兴。下课几分钟我一直沉浸在语文课的情境中。

敲铃了,那时的铃声是房檐边挂着一尺长的一小截铁轨,一个老爷爷手拿一根铁棍有节奏地敲,好像是"一上二下三预备",就是说一下一下地敲是上课,两下两下地敲是下课,三下三下地敲是预备铃。这节是算术课,可走进来的老师还是张老师。他望一眼好奇的我,说"数学课也是我来教"。头几节数学课讲分数,纯分数和带分数,同分母加减、异分母加减。张老师讲得清清楚楚,若还有听不明白的同学,张老师会耐心地重复讲。我从那时起真的很喜欢张老师,张老师讲什么都能讲得透彻,而且还很平易近人,于是我便敢大着胆子找张老师问问题。我记得当时有一次讲到关于珍宝岛事件的内容,张老师讲到中国和苏联之间的战争,还讲了很多关于地理的知识,我便好奇,苏联是什么?东北是什么?黑龙江是什么?对于那时候只知道最大的地方就是太原的我来说,这要比会造句和会计算吸引力大得多。于是我就开始了解珍宝岛事件,我把当时能找到的报纸、传单都读了,后来老师布置写关于珍宝岛事件的作文,之前的阅读正好派上用场,写得棒棒的,张老师让我在全班读我的文章,那是我第一次在新同学面前读自己写的文章,心怦怦地跳,但非常自豪。

人们很容易对成功进行复制,从此我养成习惯读报、读传单、读任何我能读到的东西。那时候我们经常有任务要给老人们读什么什么公报,或什么什么社论,我可以中间不打嗝地读完,而且不会出错。我明显感觉我的词汇量在增加,写作文造句一点都不愁。后来记得有一次,学校布置任务对某件什么事表决心,具体事情不记得了,但是我没有辜负张老师,我洋洋洒洒写了好几页,张老师都吃惊了,怎么能写那么多?我问"多了?那就删掉一些"。张老师说"不,写得非常好"。他先让我在班里给同学们读一遍,然后又在全校大会上代表全年级学生读一遍。当时的确惊着了许多老师,实际我自己知道,那篇文章是我读了一本当时关于表决心的书,我把上面的好词语都抄下来,用在了这篇文章里。从那时起,我养成一个抄写好词语的习惯,而且我从读报纸转向读大部头的书,我觉得书里的东西更多。

偶然的一个机会我看到一本书《普希金诗集》或是《普希金故事》,书名记不清了,封面有一个头像,头发是卷曲的。光封面对我就产生了极大吸引力,头发怎么是卷的?书中人物是苏联的,还提到俄罗斯,这对我来说都是天书。当时我们只读到毛泽东的诗词,印象中张老师讲过关于梅花的那首,张老师很投入地讲解,尤其讲到后面几句时,他充满一种期待,进入一种幻想,目光似乎穿过教室的墙看到了遥远的地方:

卜算子·咏梅

风雨送春归,
飞雪迎春到。
已是悬崖百丈冰,

犹有花枝俏。
俏也不争春,
只把春来报。
待到山花烂漫时,
她在丛中笑。

  这首诗被谱曲成了歌,我们还学会了唱。按照我们的方言"卜算"和"剥蒜"是同样的发音,这引起我很大好奇,我问张老师"什么是卜算子"？ 张老师说"词牌名","那什么是词牌名？""为什么要用词牌名？""我怎么学习词牌名？"等等,我就像一个"问题"女孩,经常问得张老师看着我直眨眼,但张老师没有一次呵斥我,而每次都耐心地尽可能地告诉我。当我看到普希金的诗时,我发现根本没有词牌名,我当时真是晕了。我记得抄写了普希金的那首《假如生活欺骗了你》,我很好奇生活怎么欺骗人？那本书里还讲了决斗的故事,我记得那个描述是,两人背对背向前走,数到几时突然转身开枪,谁快就先打死对方,但我不记得是因为普希金慢呢还是因为对手耍奸。这件事困扰我很久,想不明白为什么要决斗,那个时候的教育是人要和敌人斗争,去战场杀敌人。我有几次想问张老师,但都没有问出口。一是不敢确定这个问题该不该问,二是因为张老师很忙,他的办公桌就在一进门的左手,那间办公室是里外两间,里间我好像没有记忆,外间好像有三个办公桌,张老师的办公桌最靠外,我经常站在门口,一只脚在里一只脚在外就可以说话。张老师当时有一个"任务"是要笔录广播里的重要新闻,那时没有任何工具,只有一个收音机,在播放新闻时张老师就坐在那里,边听边记录。我不知道是学校派的任务还是张老师自己的要求,我后来也跟着试过,当大喇叭播什么内容时,我也开始记,但根本记不下来,第一句还没来得及写,第三句已经说完了。我很崇拜张老师,他懂得那么多,什么都知道,而且写得那么好,那么快,那么整齐。我记得后来我们开一门课叫"农业课",张老师仍然讲得头头是道,24个节令我至今可以熟背:

> 春雨惊春清谷天,
> 夏满芒夏暑相连,
> 秋处露秋寒霜降,
> 冬雪雪冬小大寒,
> 上半年是六廿一,
> 下半年是八廿三,
> 每月两节不变更,
> 最多相差一两天。

后来有一次,学校要选积极分子,忘了是什么积极分子,张老师和学校推荐了我,我参加了我们那个地区的积极分子代表大会,那是我第一次参加会议,基本都是大人,我不知怎么会有我这样一个小孩。他们说着我根本不懂的话,还要不时出去参观,我跟着他们坐大卡车,那也是我记忆中第一次坐大卡车,走很远的路,去了哪里我都不知道,只记得有一位叔叔一直照顾我,因为上下车我都够不见,得有人抱着我上去再抱着我下来。而且那位叔叔怕我走丢一直拉着我。我也没有弄明白什么会议精神,但是开了我的眼界,我看到了外面的世界。回到学校我根本不知道该怎么讲述会议精神,张老师和校长他们看着我都乐了,后来就不了了之了。

再后来,张老师不教我们了,换了别的几位老师,对我的帮助也很大,但是终究没有张老师在我的记忆里深刻。这可能还因为另一层关系，我和张老师还做了两年的同学，他在物理班，我在英语班，那两年是在我离开张老师大约7年后的重逢，如果算上张老师不教我们的时间应该是在8年后。当张老师和我同时走进同一个校门成为校友、同学时，我不知道张老师怎么想，但我还是那样崇拜他，尽管我的专业完全跳出了张老师的范围（他好像学的是俄语），但是中午在食堂吃饭时，或者下午下课后有时我还是要和张老师在一起，我们并不探讨问题，就是随便坐一起，张老师还是那样眼睛一眨一眨地看着我，似乎我还是8年前的那个小小孩。他依然用关心的神情看我，但是我听说张老师家里很需要他努力养家，至于具体的我也不是很清楚，而我当时的小野心是要考研，所以那两年我除了正常的课程外，我自学了全部的英美文学课程所要求的内容，还拜一位日语老师学习日语。

毕业时，我和张老师以同学身份同坐一起，但在我的心目中他永远是我的老师，直到今日。毕业后张老师回到了原岗位，我又再次参加考试，考到北京。后来听说张老师调离了原来那个学校，但是非常巧合的是，去北京读书的前几天，我正在车站等车，张老师骑车从我身边经过，我只顾看车来没来，竟然没有看到张老师过来，听到喊声，我很惊讶这时候竟然能遇到张老师。当时等车时还碰巧碰到我的一位高中男同学，他站在我身边，张老师眼睛一眨一眨地看看我看看那位同学，那种神情你应该懂的。我把我考学的事告诉张老师，他为我高兴得真是合不拢嘴，我看到他从未有过的开怀大笑。他具体嘱咐我什么我都忘了，但是我能记得我上车后他向我招手，而且还不时回头看我那位男同学。那辆车是要绕个环岛，等车绕回到出发地时张老师还在那里注视着这辆公交车。那是我最后一次见张老师，他扶着车子的形象定格在我的记忆里。

之后我开始了新的征程，风雨兼程，一路向前，好像只有在梦里偶然会梦到小时候上课或玩的情景,张老师也偶然会出现在我的梦里,我还是像小时候那样,轻轻地吐吐舌头,跐溜就跑掉了。他真是如父如兄地关心我。说他如父是中国有句俗话"一日为师终身为父",其次我的父亲那些年很忙,几乎每天都周旋在运动中,我们一大家老老少少十来口人都指着父亲,父亲必须平平安安才行,所以父亲对自己非常严格,他认为不妥的事情坚决不沾边,即使在"文革"期间两派中,父亲也是少有的无派人士。因此父亲对我们的学业几乎顾不上过问,张老师可能替代了一部分。我说如兄,是因为张老师一点都不凶,如果是父亲会有害怕,但是张老师没有让我害怕,反而有时我还反驳他。记得有一次,我没把字写好,张老师批评我。我当时就不高兴,反驳说:"你是看内容还是看字?内容好了不就行了嘛,如果内容不行字好有什么用?"张老师看着我竟然没话了,我好像很得意,张老师什么也没多说就转身走了。可是那天我越来越不得意,回家后,我把那个作业认真地抄了10遍,和新作业一起交上去。张老师一定看到了,但他仍然什么也没说,也没给我批语。

这几日我脑子里不停地闪现张老师的影子,我找那张照片但没有找到,不知道放到哪个家里了。我去年写了一首诗《老师》,其中我有三个老师的形象在我的脑海里,第一个就是张老师。

老 师

儿时见了老师会吐舌头,
老师摸摸脑袋胜过五月玫瑰。
长大后见了老师会款款注目,
老师微微笑容犹如七月瓜果。
成人后见了老师会侃侃而谈,

老师频频点头像是九月醇酒。

无论世人赠了多少桂冠,
挂了多少光环,
改变不了老师在我心中
就是一盏路灯,
一段桥梁,
一个台阶,
一只萤火虫。

那盏路灯见证了我与书结缘,
那段桥梁送我奔向他乡,
那个台阶扶我走上人生舞台,
那只萤火虫照明我曾陷入的黑暗。

老师是我的前世情人,
来完成他前世未尽的心。
默默付出不索回报。
只要我进步,
他就阳光灿烂。

我以为我驰骋了天下,
蓦然回首,
老师站在身后依然那样谦恭。
我以为我已长成了大树,
注目仰望,
老师还在帮我修枝剪杈。

走多远走不出老师的眼，
长多大大不过老师的心。

我有时候想等我退休了去看老师们，也只是想一下，随后就抛到脑后了。工作和家庭经常不给我多余的时间去想，总觉得老师是不会老的，应该还是那么年轻结实地站在那里，不相信岁月会对他们无情，他们对我那么好，岁月有情应该感知，应该对我的老师网开一面。但我忘了"天若有情天亦老"，等真正听到说老师老了，老师等不了我了，我才意识到我错了。我不知道老师走的时候是否想到过我，我不知道如果老师能听见我的讲述时他是否还记得这些事情，我不知道老师在他20年前离开时是否知道我已经走出国门去到雪莱的故乡，我不知道老师是否会想到我今天会如此怀念他。我很想专门为他写一首诗，但是所有的回忆都挤在我的笔端，都要出来表达对张老师的思念。实际张老师不是什么大人物，没有什么惊天动地的事情，只是普通得不能再普通的一位中小学老师，而且听说那个年代他的家庭成分不好，所以可以想象他当时是多么的无足轻重，但在我的眼里，他却一直是高大的、伟岸的、挺拔的、睿智的，他的骨子里有一种东西让我敬佩。他的教风一直影响着我，讲课要有条理，要对学生友善，要多鼓励学生。

亲爱的张老师，如果我说"老师，对不起，这些年没有回来看您"。您一定会眨着眼睛看看我，微微笑笑，什么都不说。如果我说"老师，对不起，在您最需要的时候，我没有回来帮您，也许我能找到一个合适的大夫减轻您的一点痛苦，也许我能求助到一个合适的疗法能延长您的生命，让您再多看看这个奇妙的世界"。您一定还是会眨着眼睛看看我，微微笑笑，什么都不说。

您不多言语，然而一切尽在不言中。您走了已经20年了，对于别人已经习以为常了，可是对于我却是久久不能平静，我需要一天天地告诉我"您走了"，让我接受这个事实。如果按照俗语"18年后又是一条汉子"，您应该又回到了这个世界，但是我不知道您在哪里。我这迟到了20年的祝福不知是该祝福您离开时一路走好，还是祝福您从此获得新生。我相信这个世界有缘存在，你我有浓浓的师生缘，所以无论你在哪里，你都应该能听到我的祝福。实际我一直都在默默祝福您，默默地祝福我的老师们，只是没有像今天这样让我不平静，非要把这份缘写出来，才能让心头的波涛趋于平缓。张老师，我爱您；张老师，我怀念您；张老师，如果时间老人能安排好我俩的出场顺序，我还愿意再做您的学生，听您讲课，看您写板书……

作于2016年惊闻张老师早已去世之夜

仗剑学海求通达

校园，故乡

又开学了！每次开学都很高兴，无论做学生还是当老师，总有股雄赳赳气昂昂的劲，因为开学让我回到了"故乡"，看到了成长的"年轮"。

小时候开学要洗净书包，给新课本包书皮，领到新书当天晚上就会把所有课本通览一遍。铁铅笔盒里要垫上新纸，铅笔要削尖，钢笔要灌满墨水。衣服和鞋也要穿洗净的，有时开学第一天会搞大扫除，就特别小心不要弄脏。大扫除后排队，老师会根据孩子们新长的个头重新安排座位。新学期，新同桌，新成长。在一次次开学中长大成人，成了大学生、研究生、博士生……

"校园"并没有因为一次次毕业而远离。相反，由于长大后当了老师，校园成了永远不离不弃的故乡。之所以说校园是故乡是因为"校园"这个词如儿时的"家园"一样刻入了记忆，充满了思念。这一生始终在开学和放假间弹跳，生命的节奏以学期为节奏。每个学期演出一场戏，相同或不同的学生在主唱，我是导演？编剧？制片？观众？是？也不是？

校园也没有因戏的重复而乏味，犹如大自然的春华秋实，每次播种都充满期待，每次秋收都充满喜悦。所有的急功近利者，无论是学生还是老师，都如庄稼地里的莠草，虽早早探头四处招摇，却结不出粮食，成为时间的俘虏。

生命通常以年为年轮，如果我说以校园为故乡的人是以学期为年轮，您信吗？每个开课日就像过年，您能懂吗？一生有多少老师陪着过"年",又有多少学生伴着过"年",您能数清吗?在陪伴中一棵棵小树长成大树,大树长成老树,所以看一个校园的文化底蕴就看树的年轮有多少,那既是一道风景,也是一种象征。只有心中承认校园是故乡的人,才愿意落地生根,长成大树再长成老树。当然有时会由于各种原因,主观的或客观的,被后来者砍伐。但即使倒下,也是一根笔直的横梁,即使化成泥土,也是一名护花的天使。

校园,心的故乡,树的故乡。

作于2019年秋季开学之际

走马细雨入梦来

一本韦氏字典引起的北外回忆

9月11日是许国璋先生的祭日,同学们情不自禁地回忆起当年的许先生,回忆起许先生用自己的稿费给我们每人60元买书,我当时买了新出版的《韦氏第三国际英语词典》。一大早赶到王府井外文书店,买好,拎回学校,好沉好沉,之后又拎回千里之外的家。那本词典是我书柜里的镇柜之宝,出嫁时父亲骄傲地贴上红喜字,专门被当作嫁妆抱到婆家。那是一种荣耀,谁家会有那么大的一本书?好久我都没有再看那本词典了,翻开它,每两页中间都会夹着一片云、一片树叶、一个花瓣。翻看它,就会点燃一串灯笼,照亮了已经模糊的北外记忆。

1. 中国学者的鸿儒硕学让我敬仰

先从许先生说起。许先生在我的印象中非常严谨,讲课并不以声夺人,而是以情以理服人。记得第一次得到通知要听许先生的讲座,心里老激动了,因为我是一路读着他的英语书学习英语的。那天的讲座安排在一个礼堂,他远远地站在台上,旁边放着一张桌子和椅子,但他没有坐着讲,而是一直站在桌子的右前方。他没有我想象的魁梧,上衣束在裤子里,可以看出腰不是很粗,或许是腰带有点松,他不时要提一下裤子,当然裤子实际是好好的。那天他讲了什么具体内容我记不清了,但他讲话时总带着笑意的神情一直还有印记,他好像并没有把讲话当作压力,而是轻松对待,这种从容无形地影响到我。讲座后听到一些关于许先生治家的故事，从未核实真伪，但更增加了几分神秘。那时有个愿望，将来能像许先生那样也编一本英语书，造福学子。

后来陆续听了几位大家的课，如张道真先生，他的语法书是当时英语学习中的一宝，几乎囊括了所有我在学习过程中会遇到的问题，很厚，很有用。当时他就在我们教室上面的教室里讲课，我是在走廊里看到他的，别人说他就是张道真先生。他戴着高度近视眼镜，我从未见过近视眼镜可以是那样，比瓶底还瓶底。去蹭课时看到他的学生都年龄很大，好像是在做培训。他讲课同样不是以声夺人。也许由于近视镜的问题，和人交流时他总是微微向前倾。我想对他说他的语法书非常好，但是我终未说出。我只是隐隐意识到，心目中的大家可以很普通，普通得就像家里某个来访的朋友。

记忆中还有陈琳、邓炎昌、胡文仲、王佐良等。陈琳先生的记忆主要在他的妻子身上，她讲文学，我并没有记住她叫什么，去听课是因为她是陈琳的妻子。她爱穿一件红衣服，上课极为潇洒，后来她的课换成一位男老师后，只听了一次就再不去了，习惯了她的潇洒，接受不了其他人的授课方式。邓炎昌先生在去北外之前有过一次接触，当时还留了合影，可惜照片后来找不到了。他讲课有点范儿，现在回想起来有点影视中蒋经国先生的味儿。胡文仲先生的《跟我学》是有了电视后最火的英语节目，得知胡先生还是副校长后，那敬仰得看到天了。他讲英语几乎不张嘴，我一直对此好奇并试图模仿，但一直未能学会。一次教听力的杨老师还说过我：怎么讲英语不张嘴？音都发不出来。我知道那是东施效颦的结果，以后就不敢再抿着嘴讲英语了。王佐良先生的讲课是穿插在陈琳妻子的文学课中，有时不知道哪节课王先生就会去讲。他讲课是坐着讲，胳膊平放在桌子上，他魁梧、个头大，坐在那里不说话都觉得有分量。王先生讲课声音很淡，不像程琳的妻子那么激情，但是学生听得都入神。就是在听过他的讲课后，我买了他的新书《英国诗文选译集》，那是我逐篇读过的一本厚书。在他的感染下我喜欢上了翻译，并试着翻译了马克·吐温的短篇小说《他是活着还是死了？》登载在家乡的一份报纸上。王先生的书在我之后考研中还有一道题派上了大用场。王先生学术端正，仪表端正。毕业时他是学术委员会主任，学位证上他的签名和校长的签名并排出现，是心目中男神一样的人物。

我一直对文学感兴趣，最头疼的是看语言学的书。记得当时有一本乔姆斯基的新书，也很厚。作者乔姆斯基还到北外做过讲座，我认真地去听，好像什么也没有听明白，只记得他画了许多图解，像是在讲化学，就像我高中时总看不懂化学老师画来画去。后来我从图书馆借到那本厚厚的书，强迫自己读下去、读下去，但是我续借两次后都没能读下去。那时有规定某些书只能续借两次，我还书后对自己说：再不要学语言学，之后的学习中果真没有选择语言学。

2. 外国教师的热情细腻让我惊叹

外教们是我记忆中的一道道亮丽风景。那位爱换服装的英国女教师，我记得她的蓝眼睛，我记得她的长靴子，我记得她坐在教桌上的样子。那时我好奇，脸可以那样化妆？觉得怪怪的，但又觉得好玩。在化妆面前我就如一个"山汉"，从来不知道有化妆品，只要保证冬天不皴裂就好，直到今天我还是不能接受化妆。有时会被强迫涂上一些东西，但巴不得尽快洗掉。记得结婚时，接亲的伴娘见了我大吃一惊，怎么能不化妆呢？她随身带着那些东西，用半个小时为我描眉画眼，那时没有通信设施，搞得我公婆一家干着急，不知道怎么回事。不过很感谢她，当时我可能是最早录像结婚现场的,是当年电影《新星》的录像师录的像,的确化妆后的录像效果非常好。

讲授地理的老Pat是另一种魅力,那大红大绿的披肩让我开了眼界。从小和奶奶在一起,我从没有见过奶奶穿亮色衣服,Pat年龄也不小,但她可以那样穿,彻底颠覆了我对穿衣的感觉。我记得放假回家我给家人买的都是漂亮的衣服,我自己还买了一件纯白色羽绒服,那是我从前不可以想象的。当然刚改变思维,举动很笨拙,有时会很可笑,但那都是成长必须经历的路程。老Pat的头发是卷的,于是我也花了几元钱烫了个卷发。天哪,一照镜子完全不能接受自己,于是买了顶帽子。后来长一点就去剪掉一点,剪得太勤,有一段时间头发短得就像个男孩子。后来再不烫头发,直到近几年才开始偶尔烫一次,以保持头发的弹性。

那位严肃的写作女老师,美国人,对我的写作起到的作用可能她自己都不知道。当时我交第一篇作文后,老师找我谈话,大概意思是语言不是地道的英语,建议我多读。为了尽快提高写作,我开始读《读者文摘》,背《读者文摘》。当时有一本优秀散文集,不记得是谁编写的,我朗读并背诵其中的优美句子。功效就像我上中小学时背中文的优美句子一样,写作水平很快就得到提高。我记得有几次作文是5+,心里真是高兴。从那时培养了一个习惯,抄写优美英文诗句,直到现在,我家里还保存着好多塑料皮的本,有的是抄写,有的是剪下来贴上去的,有的是一句话,有的是几个词,有的是一位作者的介绍,有的是一首歌。中文、英文,甚至还有日文混在一起。这些本子,也已经好久没有翻看了。只要打开准会飞出几只蝴蝶、蜜蜂,甚至几只蛾子。

还有一位高个子男外教,美国人,我总听不清他在说什么。他好像总有点不开心,或者长得不开心。长长的脸,眼睛总是显出无奈的神情。记得有一次他看我的文章,后面的批语我也看不懂。但有时他也会莫名其妙地笑，最起码我没觉得该笑，但他笑得还出了声。有时看他在讲台上晃来晃去，我脑子里会出现一些人物，《呼啸山庄》里的希斯克利夫？《了不起的盖茨比》里的盖茨比？《远大前程》里的匹普？等等。记得有一次拍合影，我内心很排斥他。这个外教是众多外教中比较另有特色的外教，但他给予我的启示是改变用一种眼光看人。

外教中最不能忘记的是克鲁克先生和伊莎白女士一家。应邀去他家做客，我记得一进门的周总理像，两侧的对联，克鲁克穿的中式上衣，观念中的英国人应该很绅士，所以很是意外。看着他，眼前闪过我的父亲，我父亲也总是穿那样的衣服，忙起来也是有点松松垮垮的样子。我还记得那天晚上回到宿舍后哭了，可能是因为想家了。对野餐的第一次实践也是和克鲁克以及他的朋友们在一起，由于我小时候肠胃不是太好，容易着凉，我经常会戴着我母亲做的肚兜兜，冬天是棉的，夏天是夹的。有时怕别人笑我就会偷偷摘下来，比如在公共卫生间洗澡时，我就提前摘下来。所以我一般很少就着风吃饭，那天我记得比较冷，刮着风，我尽量避开风，但又不愿让人知道我怕风。那天的印象特别深，我一直担心我会病，结果等了一晚上没有病，又等了一天还是没有病。我记得在随后写给家里的信中，我告诉我妈，我可以就着风吃饭了。而且就是从那次野餐之后，我试着摘掉了肚兜兜。

克鲁克先生给我的另一个印象是一次开新年联欢会，一位女生唱了一首《世界末日》，他非常不高兴，还提出了批评。这也改变了我对外国人的看法，以前我觉得他们不会在乎这些，实际上人都一样。在后来的外事工作中，我会尽可能充分了解不同国家的好恶，了解不同个体的好恶，朋友之间保持了很纯的友谊。

3. 庙大僧高的大道至简给我的启迪

看望冰心先生我现在记不清是什么机缘。冰心不是北外的老师，但她的两个女儿是北外的老师。冰心的《寄小读者》是我儿时喜欢的书之一，我不知道那本书是从哪里来的，但书中的情调是温柔的、甜蜜的、公主范儿的。可当我见到冰心先生的一瞬间，好像一个美丽的瓷瓶打碎了，好心痛。我不忍看她有了皱纹的脸，不忍看她略微驼了的背，不忍看她蹒跚走路的样子（当时她的腿还是脚扭伤了），我不忍看她住在那间不是很明亮的房子。多少年后，我在苏州开会遇到冰心先生的女儿吴冰教授，我正好和她做一样的研究——"华裔文学"，我写了一篇关于美国华裔作家哈金的文章，被她的研究中心收录。那天我们留了一个合影，而且还聊到了已经西去的冰心先生。同样让我心痛的是，我不忍看冰心先生的女儿头发花白，穿着那么朴素，书里的公主味道一点都没有了，她发言时我找不到感觉。那时我似乎明白了一点大道至简的道理。其次我想，我若老了，我的学生千万别来看我，他们会心痛的。我们是一天天在接受自己的老去，而他们是一下子从多少年前跨到某一天瞬间接受，太残酷了。

北外的日子里要回忆的事情很多，除了校内的老师，还有校外的，比如石家庄铁道学院的一位老师，我已不记得他叫什么，但在我准备考研时是院办的老师推荐的。为了了解他对学生的要求，我在一个石家庄朋友的帮助下，去拜访了他。我记得他的书房很小，书柜里的书放得很乱，有一把椅子很占地儿，是老师的专座。印象中他有50多岁，谈吐文雅，没有摆架子、拿腔调。交谈后我发现问题是二外和政治。专业课我在从进校门开始就一直在听文学课和学习，但日语没有专门上课，只是之前学习的一些知识；政治也学得少。老师随手给了我一套日语题，不是考研的，好像是研究生的期末考试题，让我自己回去做做。结果我发现，好多单词都记不清了。从此我把时间重新做了安排，早晨起来到吃饭之前，学日语；白天随班上课；下午到8点读专业书，之后学政治。我每天差不多是最后一批离开图书馆，有时每天规定的任务没有完成会到有灯光的地方继续学一会儿。而且那时候为了不把书包塞得满满的，我都是每天撕几页。比如两本日语教材被我撕成了散页，一本日语字典也撕成了散页，政治是我找到一些资料，也被撕散。还有是王力先生编的四册《古代汉语》的前两册也被撕散，我认为如果中文不行，将来无法搞通英语。

那年的考研我狠下了功夫，结果使过了劲，睡眠不足，身体不适，我记得卫生室的医生说我是营养不良导致的，建议我喝些补品，开了好几次蜂王浆。当年的年底是报名考研的时间，我回到所在单位开证明，由于父亲刚刚帮我调入一个新单位，校长说不好办。他说其他条件都可以答应，唯有考研不能答应。这就导致了所喝的蜂王浆费用后来学校全部报销，入职后把最好的一个班分给我带，只用一年的时间我就被评为市里的先进个人，还由于我带的那个班很出彩而在市政府立了三等功。这些都是后话。回头说考研，没有能报上考研心里有点不舒服，毕竟准备得那么辛苦，可能别人都不知道我有多辛苦。因为我一直认为事情没有成之前不要张扬，所以我一直是默默地准备。我把日语单词写在窄窄的纸条上，压在铅笔盒下面，如果哪节课上着没劲，就会自己开始背单词。给自己规定的任务是每天50个日语单词。办公室的徐老师曾给过我很多帮助，他会给我介绍某个老师，让我去向他请教，特别是文学方面的问题，有时会找个学生帮我。但没有报上名更不舒服的是报完名后，国家宣布那年不考政治。我最没有把握的是政治，如果政治取消了，我考上的可能性就更大。调动了工作是好事，可如果不调动工作没准考研还成了呢。不能考研，心里总有个结，好长时间我纠结在其中，切身体会到"塞翁失马焉知非福，塞翁得马焉知是祸"的道理。但是这段时间的学习并没有白学，为后来的考研还是打下了基础，最重要的是在我的心里埋了一颗种子，迟早这个种子要发芽，而且我必须让它发芽。

北外最让我难忘的还有图书馆，那么多的书真是读不完。那个馆长的样子至今我还有印象，很文气，很谦恭，走路很轻。后来郭栖庆教授当了馆长，是我老乡，有一次还谈到那位老馆长，依然心生敬意。

北外的记忆还有很多，如屠培老师的发音，那叫个甜；王洸老师的风趣，至今我还记得他孙子叫王德福，英文名wonderful；吴青老师的豪放，看电影时站在门外招呼同学们喊的那几嗓子，痛快；还有其他有点记不很清的老师，如那位辅导员，总是很耐心的样子。

北外是我人生的一大转折点，好多观念改变形成于这个时期，影响着我后来的人生。那些大家的身影一直在我的脑海里，犹如一个个风向标，促使我毕业后这些年一直没有停止过脚步。后来我也去过其他大学，比如北京大学外国语学院访学，上海外国语大学英语学院读博，但是能如数家珍的记忆还是在北外。也许是因为那本许国璋先生资助的《韦氏第三国际英语词典》在坐镇，也许是因为我是喝北外老师挤出的英语奶长大的，也许是我曾得到庙里庙外的高僧的点化。我曾写过一首诗《母校》，实际是写给北外的：

母 校

在母校的年轮中

寻找我的那一轮

轻轻掰开
一朵小花好稚嫩
几滴露珠
为考试流泪
几片花瓣
为初恋脸红

在母校的象牙塔中
寻找我的那一层
徐徐推门
同桌在做红楼梦
左边黛玉
绢帕拂功名
右边宝钗
金簪刺爵勋

在母校的湖水中
寻找我的那一桶
缓缓捧起
太阳、月亮和星星
几米阳光
为白日点灯
几寸星月
为黑夜守灵

作于 2018 年

用两首爱诗说线上上课

今天是第一次上网课。

虽然是在家里上班,但是绝对不敢不早起。提前摆好电脑、名单,纸笔,调好摄像和语音。这堪比播音员,甚至比对播音员要求还高。播音员有导稿,切换屏幕插播影像有技术人员帮助完成,TA只负责字正腔圆地不要读错,而我却是必须独自完成,且必须是一次成功。

同学们也可能和我一样略有紧张,所以数字不断跳跃,进来了又掉出去了,进来了又掉出去了。我们透过屏幕安慰着彼此"别急",充分体现了本课文的主体——"爱",终于在上课之前一切安稳。(在此为Zoom点个赞,全程稳定)

开课了。我上得小心翼翼,像是回到当年第一次上讲台。那时是我看着教室里的学生却视而不见,这次是我压根看不到学生。那时是我被备课内容(或者叫"背课"更恰当)捆绑,多一句不敢说,顾不上和学生互动;这次是被录像捆绑,生怕说得不到位,而且为了避免杂音无法全部放开语音,只能单独点名。

我很感谢关于"爱"的这个课文,我们所有的教学在爱的讨论中完成,顺利通过了磨合期。同学们做了很好的课堂笔记,课后直接拍照发到群里,绝大部分在努力适应这样的授课方式,而且还能做得很好很好。

我们在课上学了仓央嘉措的爱诗《见与不见》,真是太贴切了:"你见,或不见我/我就在那里",是啊,无论我能否见到学生,他们就在那里,只要我一点到名字,马上一个声音就报出答案。"你念,或不念我/情就在那里",是啊,无论我"念"或不"念"到学生的名字,他们对课堂的情就在那里……每一句都可以有一个解读,让线上课上得暖心、安心、舒心,由不得我此刻记录下这次难忘的上课经历。

见与不见

作者:仓央嘉措

译者:云水音

你见,或者不见我,
我就在那里,不悲不喜;
你念,或者不念我,
情就在那里,不来不去;
你爱,或者不爱我,
爱就在那里,不增不减;
你跟,或者不跟我,
我的手就在你手里,不舍不弃;
来我的怀里,
或者,让我住进你的心里
默然 相爱 寂静 欢喜

See Me or Not

By Cangyangjiacuo

Trans by Yun Shui Yin

It doesn't matter whether you see me or not.
I am right there with no sorrow or joy.
It doesn't matter whether you miss me or not.
The feeling is right there, not coming or going.
It doesn't matter whether you love me or not.
Love is right there, not increasing or decreasing.
It doesn't matter whether you're with me or not.
My hand is in your hand, not leaving or parting.
Come into my heart,
or let me live in your heart.
Silent, loving, calm, and happy

面对特殊的教学环境,面对一上午需要"见面"的70位同学,以及他们身边的70个家庭和更多的家人,我想传达的不只是对他们本身的爱,还想让他们的家人也感觉到这份爱,这份来自我的爱,来自我的学校的爱,甚至来自整个教育系统这种授课模式设计者们的爱。我的每一份精心准备都是对所有人的尊重和感谢。我用大大的两个书法"福"字作为讲课背景,希望同学们能感受到我的祝福,感受到春节的温暖还在,感受到虽然疫情没有解除,我们还需要在家坚守,但是我们的大家庭是充满幸福的。虽然他们每个人对爱的感受不同,对爱的解读不同,但是慈悲心人人都能感觉到。正如在课上所学的美国诗人曼斯·巴蒂亚的诗中所说"爱可以柔如云，也可以坚如铁"，无论是云还是铁，我们都是以极大的热情和慈悲来回应生活，所以今天我们才都能离开教室上课，这靠的是所有人的爱心连在一起，这种咫尺天涯比平时在教室更加亲切。也正如今天我们师生隔着屏幕为我们可爱的武烜老师默哀（这个班曾是武烜老师的班，他前几天英年早逝），遥远的追思登得更高。这就是爱，爱就是这一切。也许有学生没有在意，那是因为爱是"不知为何物"，所谓"道可道，非常道；名可名，非常名"。如果"爱可爱"，即"非常爱"；只有"爱不可爱"，才是"非非常爱"。

爱（题目由译者所加）

作者：曼斯·巴蒂亚

译者：云水音

有人认为爱柔如云

有人认为爱刚如铁

有人认为爱是一种生活

有人认为爱是一种感觉

有人说爱要执着

有人说爱要放手

有人说爱是一切

有人说不知爱为何物

Love (titled by the translator)

By Mansi Bhatia

Trans by Yun Shui Yin

Love to some is like a cloud

To some as strong as steel

For some a way of living

For some a way to feel

And some say love is holding on

And some say let it go

And some say love is everything

Some say they don't know

好的开始是成功的一半,我希望我们之后的线上课上得更好,更加得心应手,学生们能从中学到更多,不仅是知识,而且还有应对生活的定力,热爱生活的能力,吸引和传达爱的魅力。

作于2020年春季开学第一节线上课后

爱是耐心，耐心是坚持线上上课的根本

《圣经》说：Love is patient; love is kind; love is not envious or boastful or arrogant or rude... 其中首先定位的是"爱是耐心"。线上上课需要更大的耐心，也就是需要更多的爱。

今天是线上上课的第四周，诸事都有一定的新鲜期，从不熟悉到熟悉，从新鲜到不新鲜，通常四周的时间可以作为一个小周期，之后逐渐进入平淡期。当一件事情趋于平淡，对耐心的需求就会与日俱增。这不仅需要老师耐心，更需要学生有耐心。不仅需要老师付出更多的爱，也需要学生付出更多的爱。

每天抱着手机生活在虚拟世界，这个软件出来，下个软件进去，好像生活在不同的空间，实际就是手机的一个界面。放下手机，一切回归到现实，看不到，摸不到，听不到，感知成了六种感觉中最重要的功能，我突然觉得自己似乎有点盲人或聋人的状态，看不到学生，只有学生能看到我；基本也听不到学生，只有自己在"絮叨"。偶尔有互动也是看着自己在说话，好像世界一下变成了"西游记"，我便是72变的孙悟空，"悟空！悟空！"当然得悟空，四大皆空是不是就是如此呢？一切皆在幻觉中。

我总认为学生比我要难，因为他们面对着像我这样的多个老师，如果每个老师的要求都独特，学生就得有三头六臂来呼应。如果老师看不到学生，也可以理解成眼不见心则静，但如果学生小小的屏幕成了戏台，这个老师唱罢下个老师上，学生拿手机的手都得累坏了，加上还要做笔记，真的是很累。但我不知道学生们为什么不用电脑？电脑不是面积更大点吗？冲击力会小点吗？于是我就会有一定的猜想，莫不是电脑有别的用途？

　　有老师和我聊，线上上课虽然足不出户，但是比线下上课还累：心累。这个我也深有体会，会因为某个软件功能而焦虑，会因为各种担心而自卑，比如会觉得自己不知道学生的举动而犯傻。但我依然认为学生在足不出户的情况下更累，他们得听课，还得完成作业，还得随时关注那些软件的截止时间。此时我突然觉得，是不是以后不要再设置截止时间了，什么时候交都可以。但会不会有失师道尊严呢？

　　每一代人都会遇到属于自己那一代人的难题。我们上学时的难题是资料短缺，为了一本字典一本语法书可以夜以继日地抄写，我曾经抄写了好多本书，其中包括薄冰的语法书和《英国文学简史》。可是现在的学生们却是资料泛滥，不知从何入手。有选择比没有选择的挑战更大。我当时只有一本字典，横竖就是它，而现在的学生只软件就数不清，连我都不知道该如何为他们选择最适合的资料了。现在的资料强调"人性化，趣味化"，像我这样喜欢简单的人是不是落伍了？我仍然喜欢在干净的纸上记东西，比如一个朴素的笔记本，任由我在上面写画，即使没有人可以看清我写的逻辑在哪里，但我知道，我知道我记录的每一个符号代表什么，我想要理解的点在什么位置。但是我真的不知道学生们面对形形色色的软件和瞬间消失的软件界面如何保存记忆，是他们比我更聪明了？还是我真的落伍了？愚笨了？

　　无论怎样，下一节课还在等着老师，等着学生。夜可以暂时封存这一切，但一等天亮，所有的盒子都需要打开，该飞出来的还得让飞出来，除了耐心没有别的方法更富有能量，因为耐心是爱，只有爱才能化解一切，只有爱才能让线上上课进行到底。

　　Love is patient; love is kind... 爱是耐心，爱是仁慈……

校园之风

愿一切随顺，以诗《一帆风顺》相祝！

  一枝独秀尚君堂
  帆悬气正江河扬
  风探春叶临窗翠
  顺欲随志谁为王

作于 2020 年春季开学第四周

身在异乡为异客

诗与律

诗包含了诗歌、诗意和诗性的概念。律包含法律、规范和模式，以及旧诗中的五律、七律等概念。诗的特质是跳出定势思维和逻辑思维，律的特质正好相反。二者是否可以在相对的关系中相容呢？特别是受到"律"的定势思维、逻辑思维限制的人，是否可以觉悟自身的诗性，更加充满诗意地栖居在大地上呢？

一、诗与人类文明

首先，人类文明共同拥有诗性。诗性不只是狭义地指"诗歌的特性"，也不只是广义地指与逻辑性相对的艺术性和审美性，它还指人类最原始的思维方式，在定势思维和逻辑思维都没有形成之前的那种状态。正如维柯在《新科学》提出：是原始人类在思维方式、生命意识和艺术精神等方面的特性。原始人类并没有把世界分为东方世界和西方世界，只是随着经验的不断积累，受到地域等诸多方面的不断影响，人类的思维才出现了不同的倾向，即西方人侧重于理性思维，即逻辑思维占比重大；东方人侧重于感性思维，即模糊思维占比重大。但追其根源都滋生于诗性，所以从根本上说，诗性人皆有之，无论是东方人还是西方人，无论是理性思维人还是感性思维的人，或无论从事什么职业的人。诗性是人类文明的源泉。

其次，诗是人类文明的最初记录者。当人类进入文明时代后，是诗歌最集中地反映了当时的社会生活，饱含了丰富的想象和感情，精炼而又和谐地、节奏鲜明地进行描述。

西方文明通常以古希腊古罗马为源头。古希腊盲人诗人荷马（约前9世纪—前8世纪）创作的《荷马史诗》（《伊利亚特》24卷和《奥德赛》24卷）记叙了公元前11世纪到公元前9世纪的社会和迈锡尼文明，是集古希腊口述文学之大成，除了文学价值，在历史、地理、考古学和民俗学等方面都有极高的研究价值，是古希腊公元前11世纪到公元前9世纪的唯一文字史料。法国作家维克多·雨果评价说："世界诞生，荷马高歌。他是迎来这曙光的鸟。"古罗马诗人维吉尔（Virgil）（公元前70年—公元前19年）生活在西方古代文明的结尾和中世纪将要开始的转折时期，他的诗结束了《荷马史诗》中体现的口头文学传统和集体性，诗歌由他自己亲自创作，成为第一个近代意义上的作家。意大利诗人但丁（公元1265年—1321年）是现代意大利语的奠基者，欧洲文艺复兴时期的开拓人物之一，恩格斯评价说："封建的中世纪的终结和现代资本主义纪元的开端，是以一位大人物为标志的，这位人物就是意大利人但丁，他是中世纪的最后一位诗人，同时又是新时代的最初一位诗人。"再比如英国诗人弥尔顿和莎士比亚等，诗歌在西方文化中的作用绝对不是今天意义上所理解的诗歌，是世界诞生的歌，是时代变更的标志。

中国的《诗经》产生于公元前1046年到公元前500年，和《荷马史诗》的相同之处是具有集体性和口头文学性。它是中国第一部诗歌总集，收集了从西周初年到春秋中叶大约五百年间的诗歌共305篇。内容丰富，反映了日常生活、战争、风俗、天象、地貌、动物、植物、城市等，是周代社会的一面镜子。我们不能把《诗经》仅仅放在文学甚至诗歌的范畴进行研究，它是东方文明迎接世界黎明的一只鸟。

印度的《吠陀本集》大致编定于公元前1500年到公元前500年之间，时间早于《荷马史诗》和《诗经》，不仅是印度现存最古老的文化文献，也是世界现存较为古老的文化文献。《吠陀本集》同样具有集体性和口头文学性，是上古印度先民的集体创作，是印度文学的源头，但不只是文学的源头。

埃及的《埃及亡灵书》成书于公元前1450—1400年之间，在大约公元前3700年时已广泛在民众中广泛流传，直到一世纪，仍享有很高的声誉。欧洲文明在迈锡尼文明之前还存在克里特文明，克里特文明由于某种原因在地面上完全消失，但是从迈锡尼文明的记载中看到克里特文明时期和埃及文明的交集，所以《埃及亡灵书》是人类最古老、最珍贵的文化文献。《吠陀本集》《埃及亡灵书》和《诗经》并称为世界上最古老的三大诗歌总集，加之《荷马史诗》等，人类的整个遗传中不仅有抽象的诗性基因，而且还有具象的诗歌基因。今天的文学、文化或文明都基于古代的诗歌，我们都是"诗"的后代，都是"诗"这棵树上的果实，所以每个人都有"诗"的潜在能力。

二、诗与律的相对和相容

首先，我们肯定"诗"与"律"具有相对性，这是它们的本质所决定的。"诗"的本质是不受逻辑思维的限制，具有语言的抒情性、思维的直觉性、"诗者"的个性等特点；而"律"的本质是受到逻辑思维的限制，文字拒绝抒情，解读必须准确，思维必须以客观性为基础，"律者"的个性不可以任意发挥。诗者的思维更多是一种诗性思维，其定义是人类儿童时期的思维，主客体不分的思维。有学者总结了诗性思维的三个特征：1.思维的悖常性，指不受逻辑思维、定势思维、职业思维等思维方式的束缚，变生新的思维角度、思维感触和思维形象；2.创造情景相融的境界，情寄于象，象托载情，主客不分，心物合融一体，从而创造出境界；3.借助想象，用奇特的想象创造新的意象和境界。律者的思维更多是一种法律思维，其定义是法律职业者的特定从业思维方式，是法律人在决策过程中按照法律的逻辑思考、分析、解决问题的思考方式。有学者总结了法律思维的五个特征：1.法律思维是主体认知客体的一种方法，为法律与人类社会生活的互动提供了方法。2.法律思维是主体从现象到本质以达至法律真实为最低标准的一个思考过程，所谓的合法性优于客观性。3.法律思维以法律职业者的法律知识和经验阅历为前提，只有具备了法律知识与"先见"这两个前提，法律思维才可能发生。4.法律思维以法律规范和客观事实为思考质料，法律思维的过程就是将法律研究和事实研究结合起来的过程。5.法律思维以法治理念为价值指引，以停止纷争为目的。

　　诗性思维和法律思维的特质和特征可以体现出二者的相对性。前者是不受限制，后者是要达到真实；前者是要创造境界，后者是要回归文本和个人的经验；前者是要形成意象，后者是要基于客观事实。我们似乎感觉到二者在现实中好像一个是飘在天上，一个是走在陆地上，那么，天空和陆地真的由于相对而会割裂吗？

　　接下来，我们谈谈"诗"与"律"的相容。前面我们提到人类文明起始的记录形式是诗歌，《荷马史诗》《吠陀本集》《埃及亡灵书》和《诗经》不仅具有文学价值，更重要的是具有一定的史学价值。比如寻找特洛伊城遗址的考古热情可能就是受到《荷马史诗》所描述的特洛伊战争而激发的。《追寻特洛伊》讲述了考古学家施里曼等挖掘遗址的经历，特洛伊城遗址位于现在的土耳其。换句话说，《荷马史诗》在具有诗的特征的同时，它的细节一定程度地回归客观事实，回归诗者的个人体验，努力在意象之下储藏真实。另一方面，就诗歌的文字形式而言，《荷马史诗》以扬抑格六音部写成，本身就是一种"律"的体现。比如《诗经》采用四字模式，再比如产生于欧洲的一种格律严谨的抒情诗体——十四行诗，产生于中国的古体诗、唐诗、宋词等，都具有"律"的约束。

反过来，我们再看看"律"是否包含有"诗"的特征。法律思维区别于诗性思维在于法律思维是规范性的思维，如果能跳出了规范性思维，就在一定程度上具有了诗性思维。法律规范的作用一方面是指引法官以及"法律共同体"裁判案件。另一方面是约束法官以及"法律共同体"裁判案件。20世纪的印度电影《流浪者》有两句在法庭上法官与律师之间的台词：法官说"法律不承认良心"。律师说"既然法律不承认良心，那么良心也不承认法律"。这个观点引起了很大震动。那么什么是良心？良心和道德是什么关系？良心和民心是什么关系？如果法律不承认良心，法律的公平性有多少？如果法律的公平性有缺失，"法律共同体"所依从的法律规范是否还会有应该有的全部价值？如果价值不完整，靠什么来补充？如果依靠法律思维之外的思维，其中就应该包括诗性思维。比如法律法规并没有明确规定刑事诉讼中被告要穿什么衣服，所以被告在法庭上穿什么衣服是自由的，不会限制。这个自由度不管有多大，都可以是法律思维前提下的诗性思维补充。再比如美国的一位网红"法官爷爷"名叫Frank Caprio，82岁，在法庭上常常面带慈祥的微笑，对案件做出充满诗意的判决。比如面对一位90岁高龄的老爷爷为了送妻子去医院，驾驶超速吃了罚单这个案件，Frank法官的判决是"20年缓刑期"的"处罚"。比如对一位遭遇不幸的妇女的处罚最初是50美元，但得知交了罚款她只剩下5美元时，法官说："我才不会让你身上只带着5美元离开,我撤销所有罚单!"如何让冷冰冰的法庭有温度,如何让严肃的法官有慈悲,如何让被条规捆绑的律师富有诗意,如何通过"法律共同体"自身诗性的觉悟唤醒案件当事人的诗性,这是正确理解"诗与律"的关系的根本所在,也是本文或本讲座的根本所在。

三、诗与诗性的觉醒

有一种观点认为,有的人天生就是理性思维,对诗没有任何感知,所以别说写诗,读诗都有障碍,更谈不上诗性觉醒。《道德经》是一部具有哲学性的经书,其文字运用和比、兴手法的应用都是诗性的体现。成书于公元501—502年的《文心雕龙》被认为是一部理论系统、结构严密、论述细致的文学理论专著,最具理论形态和思辨特色,但言说方式的实质是诗性的。成书于晚清时期的小说《红楼梦》不仅插入了许多诗作,整个叙事基调是诗性的。所以,读诗不是狭义上的读"诗",广义的"诗"随处可见,不仅见之于正式的巨著文本,而且见之于日常生活,比如一副对联,一个匾额,一幅水墨画,一首乐曲,一幅书法作品,一个四合院,一座建筑,一处风景,等等。关键问题是要学会欣赏、感知、领悟。

我们可以再举另外一些例子。比如20世纪60年代创作的大型音乐舞蹈史诗《东方红》为什么称作史诗,因为具有诗的特质。再比如庆祝中华人民共和国成立70周年大会的天安门广场庆典,报道说(它)"点燃了全体中华儿女的奋斗豪情",为什么能点燃,因为具有诗的特质。所以,诗不在于写不写诗或读不读诗,而在于悟不悟到诗意的存在。如果能悟到,法官可以做一名诗性的法官,律师可以做一名诗性的律师。但是需要强调的是:

做诗性的法官或律师不是违背法律规范，而是更好地、更加能动地接受法律规范的指引和约束。

古希腊的西塞罗（Cicero）写出巨著《法律篇》，他从十几岁就开始写诗，并翻译诗，并成为当时最了不起的演说家。正因为有完美的演说技巧和诗性思维，他成功地为一系列重要案件进行了辩护，成为古代西方伟大的法律人。由此我们可以领悟到诗性修养对于"法律共同体"的成员的重要性。

中国古代并没有法官和律师这个职业，即使被称之为"状师"或"讼师"的也不能完全等同于今天的律师。另外从对历史人物包拯的秉公执法、不畏权贵等描述中可以得出一个结论：过去的审判官不完全是今天意义的法官，而是具有一定权力的政府官员。法官和律师是后期兴起的两个职业名词，所以"法律共同体"的成员不会是"天生"就没有诗性思维，没有诗意，不会读诗。明白这一点也很重要，特别对于刚刚开始涉足法学的学子们，对于未来可能会成为"法律共同体"成员的学子们，他们需要打开心扉，接受诗的熏陶，感受诗意，感悟诗性。

欣赏几首关于法律的诗：

大海和陆地服从宇宙，而人类生活是受最高法律的命令的管辖。

——古希腊　西塞罗《法律篇》

唯奉三尺之律，以绳四海之人。

——唐代　吴兢《贞观政要》

先生事业不可量，唯用法律自绳己。
春秋三传束高阁，独抱遗经穷终始。

——唐代　韩愈《寄卢仝》

校园之风　055

富贵拘法律，贫贱畏笞榜。

——宋代 梅尧臣《长歌行》

颔须白尽愈落寞，始读法律亲笞榜。
讼氓满庭闹如市，吏牍围坐高于城。

——宋代 陆游《秋怀》

此虽法律所无奈，尚可仰首披苍旻。
天高鬼神不可信，后世有耳犹或闻。

——宋代 苏洵《自尤》

结束语

太阳以光芒的魅力玫瑰一般
引领着少年人的道路。

——荷尔德林

作于 2019 年 11 月，法律学生讲座

女诗人情溢四海

情爱之根

开篇：爱在无声处

曾经有一个小调查，问小学生"最不爱的人是谁？"百分之八十多的孩子回答"是妈妈"。调查者大为惊讶。调查者随机问"为什么？"答曰"太唠叨""太事""太烦"……

好人丛飞为了爱不仅捐出了金钱，而且捐出了生命。但有几个受资助学生一直不愿公开身份。为什么？

现在的恋爱、婚姻朝聚暮散，为什么？

按照《金刚经》的说法："说爱，非爱，是名爱。"如果执着于爱本身，每做一件事，都要留刻痕，揪着对方的耳朵说"我爱你了"。不仅爱得受累，被爱的人也恐惧。所以，爱是一种情怀，一种境界，而不是一个实体。是一个需要意会的心灵感应。

我的父母之间可能一辈子都没有说过"我爱你"，但几十年风雨同舟，相濡以沫。彼此间的宽容，彼此间的敬重，彼此间的关爱都在不言中。

有一句话也许不恰当：喊叫的狗不咬人，嘴上喊着"爱"的人未必懂得真爱。

老子的"无为而治"不仅很受国人的推崇，就连美国政治界也崇拜得五体投地。但是反映在"爱"上恐怕没有人多去想。爱同样也需要"无为而治"。

日常生活中有"任劳任怨"一词，真正做到很难。即使母爱最伟大，母亲做到"任劳"容易，"任怨"就比较难了。而家庭矛盾多数由不能"任怨"引起。

所以，既然要爱，就应该无私地爱，这样付出爱的人才会真正爱得幸福，爱得坦然。另一方面，既然要爱，就应该用"心灵"去爱，有的恋人一天会发近百个短信，或者从早到晚手拉手粘在一起。而这些看上去很爱的举动正是稀释爱的催化剂。

诸葛亮的"宁静致远"也可以用在爱上，爱与被爱的只有在安宁、清静的心灵深处才能感受到深邃长久的爱的蕴意。

当然，"我爱你"不是要被废除，而是要由衷地表述，起到锦上添花、画龙点睛的神用，而不是弄巧成拙、画蛇添足的糗用。

爱也是一门深奥的学问，不要简单地和"付出"画等号。《金刚经》里说到"布施"不仅是布施物质，而且包括布施道，但最高境界就是"说布施，非布施，是名布施"。

作于 2003 年"非典"居家之际

鱼乐狮城我乐景

情爱之根　　059

慢慢地爱

你知道人一天说最多的一个字是什么吗？我估计你猜不出，是"快"！

"快起床！""快吃饭！""快点走！""快点做！""快让开！""快写作业！""快睡觉！"……就连休闲时玩两把牌也落不了喊几声"快出牌！"。

但孩子最近的一席话，让我茅塞顿开，体会到人应该学会"慢慢地爱"。

那天，我们谈得很多，分析了当今的发展趋势，列举出一大堆事情需要孩子去完成。我的语气相当于几十倍的"快"。临了，孩子说"妈妈，让我慢慢来，好吗"，我疑惑地看着他，意思是"这么多事情要做，你竟然不着急"。

孩子接着说："妈妈，我知道是为我好，你爱我。但是，你得慢慢地爱我，不然我受不了。"

是啊！我恍然大悟。

当我想爱父母时，火急火燎赶回去，买上一大堆吃的、喝的，屁股没坐热，又火急火燎离开。出门还忘不了嘱咐两句"你们快点吃啊，不然可就都坏了"。

当我想爱先生时，匆匆地到超市买回半成品，快速做出成品。往桌上一放"趁热快吃吧""趁脆快吃吧""快吃，我要收拾，不然来不及了"。甚至连睡觉都本着一个原则——"快"。

对孩子那就更不用说了，我没有统计，但我估计对他说过的

"快"可能不计其数。

慢慢地爱,爱得"润物细无声",这是生活的境界。我们常常把爱像瓢泼大雨似地倾倒在我们所爱的人身上,全然不去考虑这爱是否能冲决堤坝,是否能淹没庄稼。然后还理直气壮地、义正词严地抱怨对方"不识抬举""没有良心""费力不落好"。

看看如今的孩子们没有星期没有假期,没有白天没有晚上,所有的时间都被家长飞速的爱塞到教室里。那真是爱你没商量。

看看如今的青年男女,朝识晚聚,瞬聚瞬离,那份爱快得如闪电。

看看职场的员工,碗里的没吃完就迅速冲到锅里,绝对不满足"吃着碗里的看着锅里的"。那真是爱岗爱得稀里哗啦。

慢慢地爱,才能体现出爱的魅力、爱的韵味、爱的情调、爱的力量。

作于2001年一次家长会之后

坐看云卷云舒

初　恋

　　曾经有一位台湾老先生为了怀念初恋情人而终身不再恋。老先生几十年如一日生活在美好的记忆中：那女孩纤细的身材、飘逸的长辫、粉桃般的脸庞、银铃般的笑声，无时无刻不在滋润着老先生的心田。尽管旁人不能理解，但老先生非常充实，他在用心语和自己的恋人交谈。

　　两岸"三通"后，老先生登了一则寻人启事。诸多好心人开始帮忙查询，几个月过去了，几年过去了，没有音信。老先生仍然滋润地生活在美好的回忆中，朋友们劝他不要太痴心，但老先生坚信他的初恋情人一定在等他旧梦重圆。"她长得非常漂亮可爱，如果我不注意修养自己，我都没勇气再见她。"老先生坚定地说。

　　终于有一天，大陆传来信息：女孩找到了，但是她已经嫁人了。但老先生坚信消息不准，一定是搞错人了，说不准是同名同姓的也未可知。几经考证，理论上看没有搞错。于是老先生决定亲自来大陆看个究竟。那天，北京的天气非常炎热，满街尽是"膀爷"，和彬彬有礼、穿着得体的老先生形成鲜明的对比。

　　在熟人的引领下，老先生来到一个胡同。在胡同口，站着一位身材臃肿的妇女，身着"二股筋"背心，一个大花裤衩，光脚趿一双拖鞋，手里拿着一个花盆，看稀罕似的盯着老先生从她身边走过去。距胡同口不远处，走进一个院子。熟人按照名字找，就住在东房里，但是屋里人说刚出去，到胡同口等着买豆腐。

熟人和老先生突然意识到什么，老先生急切地和屋里人核实每一个细节：年龄、小名、原来住的地方、上过学的地方，脑海里所留存的都拿出来，一一吻合。这时，有人把那位妇女叫回来了。"叫什么叫，有啥急事了，耽误了买豆腐你们都不要吃！"那声音从大街上一直喊到院里喊进屋里。

"你找谁了？找我了？我咋不认识你。"说话时满嘴的唾沫星四溅。老先生快要崩溃了，但他使劲坚持着——落实了眼前的这位妇女就是他朝思暮想、魂牵梦绕了几十年的初恋情人。

当得知事情的原委后，那位妇女十分的不好意思。她费了九牛二虎之力打开尘封的记忆，又费了九牛二虎之力换了一件较为得体的短袖上衣、长裤和凉鞋。但当年的神韵已不复存在，当年的感觉也荡然无存。

虽然那位妇女的丈夫早些年已经去世，现在是独自一人，靠儿女们不间断地过来关照，但老先生还是没有多说什么就离开了。

老先生的心里怎么感受，我们常人难以想象。只能看到他走路再没有从前精神了，笑容也基本上不见了。

那位妇女心里也不好受，一是看到两人的差距惭愧，二是得知因自己而使得他终身未婚心有愧疚。但这能怪她吗？当年，他参军时彼此没有许过任何诺言，甚至女孩都不知道男孩在恋着她。

带着这份惭愧和内疚，女士开始重新审视自己的生活。这些年因为自己一人带大四个孩子，根本没有工夫修养自己。老先生的出现唤醒了她沉睡的青春梦。她并未幻想要和老先生怎么样，但是她的生活目标定格在要做一个雍容华贵但同时又简朴纯洁的女人。她从一点一滴做起：吃的、喝的、穿的、戴的、说话、走路、站、坐等。儿女们都感到不可思议，私下里议论"妈妈不是精神有问题吧"。

两年后,广告商需要一个老年妇女展现老年服装的风采,他们无意间在公园里看到了那位女士。于是她的形象就上了电视,传遍了全世界。当然也传到了老先生的眼里。

当老先生看到时惊得脱口而出"快看,这就是我的初恋情人""她的眼神、她的笑容、她的神韵一点没变"。人们以为他想得发疯了,都没有理他。他坚持着还要回大陆,可是亲戚们这次都以为他是神经有点问题了。半年后,老先生得病的消息就传到女士耳朵里。女士二话没说就开始办理访台手续,因为她做广告有点名气,才在若干人的帮助下用了近半年的时间办通。飞到台湾后,老先生已经在医院病得很厉害,失去了往日的风采,但女士不嫌不弃细心照料。

这真是解铃还须系铃人,老先生渐渐好了。两位年龄已到古稀的老人牵手走进了婚姻的殿堂。

初恋,初恋……

作于2005年听闻寻找初恋的故事之后

此情可待成追忆

爱无疆

翁倩玉唱过一首歌："爱是 love，爱是爱心，爱是 amour，爱是爱心。爱是人类最美丽的语言，爱是正大无私的奉献。每个人都在爱心中孕育成长，再把爱的芬芳播撒到四面八方……"

人们应该不会忘记当年《正大综艺》栏目的这首主题歌。每每听到这首歌，我们的心都会为之震动，静心问自己被赋予的爱如何去回报？

回报一份爱给父母，天经地义，因为生命是父母所给予的。无论父母贫穷还是富有，无论自己有钱还是无钱，献上一份力所能及的爱心。古人所说"天下百善孝为先，原心不原迹，原迹贫寒无孝子"就是这个理。爱不分贫富。

回报一份爱给兄弟姐妹，理所当然，因为手足之情不可分割。无论谁是中指，谁是拇指，谁是小指，既然十指本就不一般长，就安心相依。"拇指短，但是老大；无名指没名，却坚守婚姻的承诺"。无高无低。

回报一份爱给爱人，荡气回肠，因为相爱容易相守难。无论平淡还是波澜，爱之所爱，敬之所敬。"百年修得同船渡，千年修得共枕眠"。不抛不弃。

回报一份爱给孩子，无私无欲，因为天伦之乐是人生的最终归宿。无论成龙与否，无论变凤与否，孩子永远都是自己的最好。"世界上只有不会教育的父母，世界上没有教育不好的孩子"。

回报一份爱给朋友，真诚善良，因为生命之路少不了各种树木花草。无论得势还是失宠，不媚不谄。"患难见真知"。

　　回报一份爱给社会，宽宏大量，因为生命是船，社会是海。无论风平浪静还是波澜壮阔，爱心之门始终敞开。"一个好汉三个帮，一个篱笆三个桩"。

　　回报一份爱给人类，博爱无疆，因为芸芸众生难分你我。无论什么国籍，无论什么肤色，慈光普照，爱心遍洒。"爱会带给我无限温暖，也会带给我快乐和健康"。

　　爱不设界，爱不设防，爱心无疆！

作于2008年统战部举办新年联欢会之际

世界大爱出于心

父 亲
——写在父亲节之际

人们常说：父爱如山，父爱似海。

无论是石光荣式的耿直父亲，还是徐志摩式的柔情父亲；无论是朱自清笔下的父亲，还是腾格尔歌中的父亲，父亲带给儿女们的始终是博大、坚强和深沉。

朱德曾写过朴实的母亲，高尔基曾写过伟大的母亲，但是让人有感难发、有话难言、有情难抒的父亲却似乎更值得人们在书外的世界里寻味。

记忆中的祖父是父亲的好父亲。不管父亲遇到什么风雨，在动荡的岁月里，祖父始终为父亲撑开一把伞，围起一面墙。

生活中的父亲是儿女们的好父亲。儿时，即使父亲很累，只要一回家定要挨个把孩子们抱一遍。在父亲高举的手中飞翔是最美好的童年记忆。

身边的先生是我孩子的好父亲。从第一眼看到襁褓中的婴儿时眼中流露出的父爱，到孩子高出自己时仰望目光中的欣慰，具有多年父龄的父亲，在几千个日日夜夜付出心血中写照了天下无数父亲的缩影。

父爱陪伴我们走过一生，这是身为女性最值得骄傲的事情。倘若有一日父亲西去，身边的丈夫会义不容辞地接过父亲手中的接力棒，把那份父爱揉在爱情中，给我坚定和信心。倘若有一日先生老之将至，儿子会毫不犹豫地接过这根接力棒，把那份父爱揉进孝顺，给我宽慰和安心。

我们是多么的幸福，一生中有山一样的父爱把我们托起，有海一样的父爱把我们滋润。

爱父亲吧，他是我们的生命。

作于 2008 年父亲节

天下为公我为民

无奈的爱的三种境界

一

为人之女时，最无奈的是母亲的"生气"。从早晨睁眼到晚上睡觉她有说不明道不白的无数气在生。始终见不到母亲的眉角上翘，即使现在翻阅母亲的照片基本都是紧闭双唇，两眼滚圆，腮帮绷得紧紧的。

我看到别人的妈妈和颜悦色，就很羡慕。常常回家后和母亲慢慢说话，甚至也找些估计能让她高兴一点的事情讲，但母亲的反应最多是多看我一眼，然后继续干她的事情。

印象深的是上大学后第一年，国庆放假，同学们比较想家都回家了，我也跟着心血来潮回家。火车上大家把想家的气氛酿得浓浓的，好像回家后的第一件事就是扑到妈妈的怀里。我一摁门铃，母亲问"谁呀"，把门打开后，两眼滚圆看着我"你回来干什么来了"，没有半点温馨。那想家的气氛一下飞到九霄云外了。

中午，父亲看到我回来很高兴，问我在外边的情况，弟妹们都在旁边饶有兴趣地听着，突然听到母亲在厨房大声呵斥、抱怨。所有的人都缩回了脑袋。

我一直对此很无奈，即使我考上京城的大学，母亲也没有高兴过，她始终能从任何事情中找出不高兴的事情。人们说血缘是不可以选择的，我对母亲的爱也是不能选择的，所以这种无奈就是无奈，听之任之，顺其自然，到最后成了我生命的组成部分。

二

为人之妻后，最无奈的是先生的固执。最严重地固执到我生孩子还需听他安排时间，而我竟然接受了他的安排：晚上离开医院先回家睡一觉，第二天早晨再到医院生。好在孩子命大，竟然安然等到第二天。

先生是个读书人，也是官场中人，所以对于一般的活基本上不行。但是他固执地认为弄个电灯什么的没什么了不起，别人能干，他更能干。所以我们家的东西如果出了问题我绝对不敢和他说。否则，等我请来再高明的专家也回天无力了。

有一次，听人说铁锅做饭可以增加铁元素，于是让人买回一个铁锅。但发现铁锅有锈不能直接做饭，需要那纱布打磨后才可以。那天是星期天，保姆放假回去了。先生迫不及待找来纱布，使尽全身的力气打磨。我看一眼觉得这次不错，不会以聋致哑。打磨好后炒菜用。结果愣是把一个新锅打磨得薄到锅底漏了。

孩子常有许多自动化的东西：玩具或学习用具。只要孩子不小心说一句什么不好使了，而且让先生听见了，那就等于判了死刑。所以，很多东西不是孩子玩坏或者用坏，而是我们可爱的先生修坏了。

为这种无奈我曾反抗多次，处心积虑要改变先生，甚至在改变不了时做出要重新选择"新先生"的决定。直到今天仍然跃跃欲试，时刻准备着改变现状。终不能像对母亲那样顺其自然。

三

　　为人之母之后，特别是孩子长大之后，最无奈的是我的话他东耳朵进西耳朵出。无论生活上还是学习上，我都是过来人，有经历，也有经验，所以教导几句那都是为他好。

　　有一次放暑假，我不同意他到乡下。一是因为怕耽误学习，二是因为担心乡下的卫生等影响健康，继而影响学习。如果不是现今的考试政策，我也不会这么要求他，但是考试谁也躲不过，万一身体不适怎么办。我和他讲道理，他很配合，而且还和我有交流。我觉得这次很成功，说服他了。但是在我们谈话结束时，他问我：妈妈，我想带上照相机，你不反对吧？我想把读过不用的旧书也打包带到乡下，你应该不会有意见吧？我当时差点晕过去。

　　看着孩子在我的磨叨中一天一天长大，我对这种无奈从生气发展到欣赏。每次看到我的话在孩子的耳朵里穿梭，我就很惬意。他长大了，对他的爱远远大于对他的无奈，不仅没有反抗，而且也不是停留在顺其自然上，甚而是在赞叹、在欣赏。

　　这就是我生活中的无奈的爱的三种境界。

作于 2009 年

父 爱
——写在父亲病重之际

我曾写过一篇《父亲》，说到"父爱如山，父爱似海"。这是我的肺腑之言，也是天下儿女的肺腑之言。当我累了，我始终觉得有一座山供我歇息，躺在舒服的山坡上，绿树成荫，花团锦簇，多少劳累都会随云而去。当我困了，我始终感到有一片海供我修养，微波粼粼，绿波荡漾，多少困倦都会随风而去。父亲永远是我电话那头的鼓励、安慰。

最近，父亲突然病重，我常常不能自已，由不得泪水夺眶而出。让人看了难免有点不甚理解。其一，父亲年事已高，已过耄耋之年，到了"不遗憾"的年龄；其二，自身年龄已接近知天命，应该有精神准备。这个理论上是成立的，但是理论和实践显然是有距离的，更何况人的情感也不是千篇一律的，再者，父亲的付出和父亲在儿女们心中的感受也是不一样的。可能我就属于父亲付给我的爱是最多的那种，父亲在我心中的感受举足轻重的那种。所以，我的痛苦就深，我的泪水就多。

父亲给予我耿直的性格，宁折不弯。为此，我也吃了不少苦，但我从来没有怨恨过。父亲一辈子光明磊落，为官时勤廉，为民时恬静，坦坦荡荡，始终是我学习的楷模。

父亲给予我乐观的态度，诸事不愁。为此，我也曾措手不及过，但父亲的观念"车到山前必有路"让我也受益匪浅。父亲一辈子从从容容，不急不躁。

父亲给予我宽容的胸怀,不恼不怒。为此,我也受过伤害,但是父亲的话语"做人就不怕吃亏"时刻激励我。父亲一辈子容天下难容之事,家里家外宽宏大量。

母亲说我是最随父亲的一个孩子,无论性格还是长相。所以我便感激父亲的赐予,更遗憾我的回报。

父亲很帅,直到今天面色红润,没有一个老年斑。容颜光洁,没有一丝皱纹。父亲始终衣冠整洁,如果我穿得邋遢都不好意思见父亲。有时我回去看父母,走在院子里,看到一位眼睛炯炯有神的老头,左手拄着黑色龙头拐杖,右手牵着老伴,戴着礼帽(夏天是凉纱礼帽,秋天是夹礼帽,冬天是呢毡礼帽),挂着一副宽边眼镜,衣衫干净整齐,脚穿舒软松紧口皮鞋,腰板挺直,脚步稳实,笑眯眯地望着,我常常会不由得胸口发酸,眼睛潮湿。那就是我的父亲,牵着母亲的手走过了62个年头,用他坚实的肩膀托起五个儿女。即使在饥饿的岁月也没有让儿女们挨饿,即使在动荡的岁月也没有让儿女们受苦。他不仅用爱送走了自己的曾经年老的父母,还用爱庇护着自己的老姐老弟,更用隔辈的爱爱抚着孙子辈的孩子们。

最早记忆中的父亲,是父亲扎脸的胡须和父亲会让我飞起来的一双大手。如今胡须已花白,生长在已然老去的不停蠕动的嘴边,那双大手已经被岁月剥去了往日的力量,再也不能在空中翱翔了。

在记忆中父亲训过我两次,一次是在我十几岁时,因为我没有帮母亲干好事情,父亲训斥我不懂事。头一次被父亲训斥,我哭了一夜,第二天眼睛都肿起来了,母亲看着心疼又来哄我,父亲也后悔,好几天家里人都不舒心。第二次是在今年夏天,也是因为母亲。母亲住院了,我在上海学习,没能及时取得联系。我回去后,父亲很激动地数落了我。这次我痛心地一夜没有合眼。

后来父亲又后悔了，见了我总是表示得更亲以作弥补。

父亲永远是坚强的，在我的心目中永远是不倒的，即使病倒我也坚信他很快就会站起来。然而这次父亲没能在我的预料中硬朗地站起来，我傻掉了，我茫然了，我失控了。

陪侍在父亲的病床旁，眼前出现了当年那条健壮的汉子，几天加班连轴转都没事，几十斤乃至上百斤的重担只肩挑。眼前出现了那个曾经极为孝顺的儿子，从不和爷爷奶奶顶撞，把中华民族的"百善孝为先"发扬到了极致。

你从没有想到服侍父亲会让儿女的心颤抖吧。我给父亲胸前戴上围嘴，左手扶着父亲的后脑勺，右手一把水一把水地给父亲洗脸，"闭上眼眼"，父亲乖乖地闭上眼，任我洗涮已经陷下去的眼窝；"闭上嘴嘴"，父亲乖乖地闭上嘴，任我摩挲花白的胡须。我说"咱们剃胡子吧"，父亲摇摇头说"你剃得不舒服，还是等你哥哥吧"。"挖挖鼻涕吧"，父亲就会轻轻地屏住呼吸。父亲乖得像个孩子。当你心目中的那座山变成你怀中的一个"孩子"，你的心能不颤抖吗？

早晨，我对父亲说"该起床了"，父亲用乞求的眼神看着我，我知道他想睡觉，不是因为没有睡够，而是他没有穿衣服的体力。尽管如此，父亲还是会一次一次喊"起床"，给自己鼓劲。终于要起床了，我给父亲穿好上衣，再穿上裤子，穿上袜子，扶父亲坐到床边，穿上鞋。父亲很喜欢坐到沙发上，我扶他坐下，护士们进来，他会微微地和她们打招呼，并且告诉他们昨晚睡得不错，现在感觉还可以，实际父亲夜里睡8个小时就需要起十几次夜，我需要一次次接小便，甚至换尿不湿。当你心中的那片海变成了眼中的一个"婴儿"，你的心能不颤抖吗？

我总以为"老小儿"是说人老了就像小孩的性格，但我没想到实际意义是人老到一定时候就是一个孩子，一个婴儿。

父亲尽管体力不支，但思维非常清楚。他知道我夜里没有睡好，哥哥来接班时，他就一个劲儿催我回去睡觉。该回来上班的时候，他就一个劲催我别耽误了工作。他咯血，安慰我说是毛细血管咳破了，过两天就好了。他脚肿了，安慰我说是因为不走动血脉流动不畅，一旦能走动就好了。这话本该我来安慰父亲，可是父亲用平静的语言说出来了，我的泪水直往肚里咽，我不允许泪水流出来，我不能让父亲看到我流泪。

母亲每天都要被接过来和父亲待半日，看到母亲来了，父亲会微笑着问候一声"来了，快歇会儿"，他知道母亲能来陪他已是很不容易。两个老人各自躺在自己的床上，互相望着，没有语言，就那样望着。不时，母亲会提醒说"喝口水吧"，"好，喝口水。"父亲应接着，母亲会坐起来，坐到床边的椅子上，接过保姆递过来的水，父亲就像个孩子，等着母亲一勺一勺地喂着。母亲常坐在椅子上和父亲很近很近地对视，父亲会拉住母亲的手，没有语言，就那样望着。母亲要回去了，母亲要说"再见"，父亲也会珍重地说"再见"。我听到过无数次的再见，也说过无数次的再见，但是从来没有这个"再见"这么沉，它既是明日再见的告别，也是来生再见的承诺，我的耳朵几乎载不动，我的心几乎盛不下。

父亲是家里的天，为了撑住这片天，儿女们竭尽全力，父亲看在眼里，疼在心上。自己病在床上，还关问已近花甲之年的大儿子身体没事吧，关问上了幼儿园的曾孙习惯吧，关问二儿子初当书记是否适应，关问小女儿竞赛情况如何。这片天为我遮风避雨将近50年，我不敢想象没有他的日子会是什么样，谁接听我的电话？谁为我开家门？我到哪里才能找到他的身影？

我说过父亲是我的生命，只要我的生命存在，父亲就不会离开我，就会和我在一起。

我爱我的父亲，我亲我的父亲，我疼我的父亲。
亲爱的父亲，你不会倒下，你还会坚强地站起来！

作于 2010 年父亲病重之际

湖守三塔我守湖

母亲花

又一个母亲节快到了,今年的母亲节在五月十二日。

五一节放假回家,面对一日一日老将去的老母亲,内心百感交集,慨叹万千。心头涌出几声呐喊:天下谁人无母亲?天下谁人无母爱?天下谁人不爱母?

美国诗人惠特曼说:"全世界的母亲是多么的相像!她们的心始终一样,每一个母亲都有一颗极为纯真的赤子之心。"世界的母亲有共性,世界的儿女也有共性,都拥有一颗纯真的孝顺之心。正因为如此才有了这一年一度的母亲节,才有了这花一样的五月母亲节。

西方从古希腊起就有了"母亲节"。几千年前,古希腊人向希腊众神之母希布莉(宙斯、波塞冬、哈德斯、得墨忒耳、赫拉和赫斯提亚的母亲,故称众神之母)致敬,由此衍生出最早意义的母亲节,日期在一月八号。现在流行的母亲节由美国最先设立,是五月的第二个星期日。相传有一位安娜·查维斯夫人历时25年祈祷创立一个母亲节。在她72岁去世时,她的女儿安娜发誓要完成母亲的遗愿。安娜经过多年的奔波呼吁,终于实现了母亲生前祈求的心愿,1914年,正式命名五月的第二个星期日为母亲节。

中国民众逐渐接受母亲节是在20世纪80年代。在2006年11月13日,全国政协委员李汉秋以《创设中国母亲节》为题,提出设立中国人自己的母亲节的设想,并提出孟母可作为中国母亲节的形象代表。然而早在《诗经·卫风·伯兮》中就有"焉得谖草,言树之背"的诗句,唐代诗人孟郊在《游子诗》里写道:

"萱草生堂阶，游子行天涯；慈母依堂前，不见萱草花。"之后宋代词人叶梦得诗曰"白发萱堂上，孩儿更共怀"，等等。由此可见，中国人对母亲的情怀并不只依赖寄托在母亲节，而在很早以前就以萱草花作为"母亲花"寄托思母、念母、敬母之情。

萱草花是学名，别名有"金针""黄花菜""忘忧草""宜男草""疗愁""鹿箭"等。萱草在中国有几千年栽培的历史，古时又名谖草，正如诗经所言"焉得谖草，言树之背"，为什么会选择萱草花作为母亲花，我们无从考证，但是从萱草花的特性中我们似乎能有一点感悟。百科全书说："萱草花产于中国、西伯利亚、日本和东南亚，既耐寒又耐热，适应性极强。"这是否可以让我们从一个角度理解为什么高尔基笔下的《母亲》，积极、上进、觉悟，能让世人亢奋；朱德笔下的《我的母亲》，朴实、勤劳、善良，能让世人动情；老舍笔下的《我的母亲》，平凡、普通、可爱，能令世人亲近。

意大利伟大诗人但丁有一句至理名言："世界上有一种最美丽的声音，那便是母亲的呼唤。"中国通俗歌手庞龙有一首淳朴的歌《回家吃饭》。无论是中国还是外国都能感到母亲呼唤儿女时那厚厚的一摞爱，都能真真切切、清清楚楚、明明白白听到发自母亲心底的呼唤——"回家吃饭"。

现今，人们常用康乃馨作为母爱的象征，好像比萱草花对母爱的内涵多了几分温馨祝福和几分崇拜：祝福母亲健康，祝福母亲美丽，崇拜母爱的神圣，崇拜母爱的伟大。所以在我感受老母亲昏花的眼里露出的温暖，抚摸老母亲沧桑的双手和凝望老母亲慈爱的面庞的时候，我更多感受到的是母亲的乐观、母亲的美丽和母亲的康健。曾经愧疚于未能践行"父母在，不远游，游必有方"。悔恨时刻尖锐地敲打着思念者的心，而今从母亲的眼里看到一种宽容。曾经愧疚于未能彻底知晓养儿方知父母恩，虽然已为人母,却未能明白"子欲孝而亲不待"的切腹遗憾,而今从母亲的心里得到一种相通。由此更深刻地感悟到印度谚语"世界上一切其他都是假的,空的,唯有母亲才是真的,永恒的,不灭的"真正含义。只有感悟到这句话的真谛才能去除浮躁,实实在在地、朴朴素素地做一回好儿女。

人类由一代一代的母亲来创造,"母亲花"的赞叹不是停留在个体母亲的层面,而是对整体母亲而言。但整体母亲又离不开个体母亲的集,这个集包含着你和我,所以爱母亲就是爱自己,敬母亲就是敬自己。母亲节不只是唤醒儿女如何孝敬母亲的节日,而更重要的是教育后代如何做一个好母亲的节日。身为母亲的女儿和儿女的母亲,有责任、有义务用心去呵护这个世界。

祝天下的母亲像母亲花一样美丽、健康、圣洁、坚强!

作于 2009 年母亲节

瀑布挑帘迎我归

驮在自行车上的爱

  自行车在我的心里有着特别的感受，驮载在上面的曾是无限的爱。

——题记

白山牌自行车

  记得儿时每过春节，全家在初三这天都要去给外婆拜年，那是最享受的一天。现在想来都觉得难以想象，父亲竟然就像个杂技演员，能用一辆自行车驮载全家。

  那时的自行车没有前筐，父亲就在后轮外侧做一个扁形的木筐，把要带的物品都放在里面。母亲抱着弟弟坐在后面的座架上，我和姐姐前后坐在横梁上。那是一辆白山牌自行车。为了避免横梁太细坐的时间久而不舒服，父亲在横梁上绑好小棉被。

  父亲总是先把我用一只手抱到横梁上，同时用他的胡须扎吻一下我的脸，很幸福。然后再把姐姐抱上去，嘴里嘱咐"坐好啊"，我把身体向前倾点，给姐姐留出空间。我们四只小手都握着车把，但父亲总提醒"不要压得太紧"，压紧了父亲不好转动方向。

  父亲放好我和姐姐后，右腿横跨叉住自行车，让母亲慢慢坐上去，而且还得坐稳了。稳得就像坐在炕头上，因为怀里还得抱稳弟弟。然后父亲就喊"都坐好，出发了"，自行车就像飞机一样起飞了。感觉实际比飞机还快。

5千米的路程,父亲的呼吸在耳旁,父亲的气味在心房。父亲还不时地空出一只手摸摸我和姐姐的头,或者回手摸摸母亲。因为我总听到母亲训斥父亲"好好骑,两只手扶住把"。弟弟总是要在幸福的摇晃中睡着,所以母亲就得给他加围一个小棉被,这些都是在行进中稳坐在后架上完成的。

白山牌自行车驮载了儿时全家的爱,那份爱就像一座"山"踏实可靠。

飞鸽牌自行车

随着一天天长大,父亲给长大的孩子们买了一辆旧飞鸽牌自行车。姐姐迫不及待地上街学习骑车,我从小就是姐姐的"跟屁虫"。她在前面学,我就跑在后面。我是第一个坐在姐姐车后架上的人,也是第一个被姐姐摔下去的人。

那辆飞鸽牌车驮着姐姐读完高中,驮着我读完高中,驮着弟弟读完高中。

记得有一次我去上学,在下坡时突然和一辆从半中间闯出来的自行车相撞。那男人连同他的车"蹭"地被我撞出好远。他的车的横梁拱起来了,前叉也向后曲了。可我那飞鸽牌自行车安然无恙。

姐姐高中毕业后去做了教师,那在当时上山下乡风刮得很紧的环境下是很难做到的。所以好好工作,保住饭碗是第一任务。一年春天开学那天,由于连续几天大雪纷飞,厚厚积雪漂白了整个世界。公路上的汽车全部都安装了防滑链,而且多数是部队野营拉练的军车,一般工厂的卡车基本都不出动。那时根本没有私车这一说。去姐姐的学校平时也没有公交车,通常姐姐会搭一辆便车,因为路途远,姐姐住在学校。

可那天,妈妈很着急。爸爸在外地搞运动,妈妈又不会骑车。如果让姐姐把车骑走去上班,那我和弟弟没了车就没有办法上学。如果让姐姐走着去,可是开学是要带很多东西,自己又背不了。

我说:"姐姐,我推车送你吧。"

姐姐问:"15千米路走去再走回?能把你走趴了。"

那天是正月十五,人们都在庆贺元宵节,还办了一台样板戏。人群熙熙攘攘涌到路上,很热闹。我和姐姐推着飞鸽牌出发了。

走在马路上,积雪被踩压成干饼,白亮晃眼。走着走着,我觉得太慢了,总想试试骑骑怎么样。姐姐说骑不了,我说我骑姐姐坐。我一向有点男孩劲,姐姐终于被我说服坐在了后架上。我慢慢蹬腿,车轮稳稳向前转动,我迈腿骑上去了。所有的路人都惊讶不已。一个十来岁的女孩驮着一个十几岁女孩,车上还载着大包小包一大堆,行驶在比镜面还光滑的路面上。汽车来了,我往边上走走,司机们都直咂舌头。有行人了,我就摁摁车铃,所有行人都跑着让道。就这样飞鸽牌车愣是没有摔一跤,稳稳把姐姐送到学校,而且还稳稳把我送回家。

手足之情犹如飞翔的白鸽纯洁和蔼,飞鸽牌自行车驮载了浓浓的兄弟姐妹的爱。

凤凰牌自行车

现在的人们追求高档汽车,殊不知那时如果能有一辆凤凰牌自行车绝对不亚于今天的宝马、保时捷。而且那辆凤凰牌车还是绿色的。那是我的恋人的坐骑。

约会时，我就坐在后架上。先是拘谨地坐着，两只手紧握住后架，生怕掉下来，更怕碰住对方的身体。两人不会有什么话语，都沉浸在无言中。突然，"咔嗒"一声，自行车冲着一个台阶就冲下去了，我下意识地抱住他的腰。紧接着"咔嗒""咔嗒"几个台阶就这么冲下去了，我越抱越紧。从那以后就没有松开过，而且还常常伏在他宽大的后背上。

有一次，他说后轮胎气不足，不能坐后边，得坐在横梁上。我有点不好意思，虽然父亲那样让我坐过，可是……

他不由分说，把我扶到横梁上坐下，然后腿一蹬就出发了。我听到了和父亲一样的呼吸，闻到了和父亲一样的气味，只是让我更加心醉。他像父亲那样摸我的头发，像父亲那样用胡须扎吻我的脸。那一刻心告诉我他将接父亲的班，呵护我。我们紧紧依偎在一起，陶醉的时候竟然会把凤凰牌摔到地上全然不知。

有时他会夸张地让我坐在车把上，我们就像杂技演员一样玩起飞车。

操办婚礼时，我建议就用我们的凤凰牌接我，因为她驮载了我们太多太多的爱。但是考虑到场面，我们的凤凰牌只好屈居幕后。

之后，先生不断改进交通工具，可那辆凤凰牌自行车一直保存在"车库"里。凤凰五百年涅槃重生，我和先生等不了五百年，但我们约定百年好合，百年涅槃重生，来世还做夫妻。

永久牌自行车

在我怀上孩子后，医生建议多运动。距离单位正常情况为15分钟的自行车车程，为了上下车方便，母亲让我骑了一辆二六式小型永久牌自行车。

那辆车驮着姐姐生下外甥，驮着我生下儿子，驮着妹妹生下外甥女。

车型小巧，我个头大，直接就可以坐上坐下。感觉就像坐在沙发上，很舒服。

儿子从娘胎开始就很健壮，总有人建议我做 B 超看看是不是双胞胎。因为个头大，体积也逐渐加大的我坐在那辆小巧的车上，多少有点让人担心，她能承受得了吗？

她不仅承受得了，而且还时时刻刻保护着我，比今天的人们买保险还保险。

记得在我怀孕 8 个月时，我已经很笨拙了。我的永久牌照例载着我优哉游哉地行进着，突然前面拐弯处横空出来一辆自行车，车后架载着非常多的东西，高度有骑车人两倍高，宽度赶上汽车的宽度。骑车人拐弯时把握不住重心，后面体积大，把他拖倒在地。我那小永久不慌不忙，慢慢悠悠就载着我向那倒地的车靠近、靠近、靠近，最后轻轻地让我躺在那一大堆载物上，非常柔软。原来小伙子是弹棉花的，正要把弹好的棉花送给客户。如果我要急刹车，或者急转弯，都会造成可怕的后果。

好心人急忙把我先生喊来，先生吓得不轻，几个人过来帮忙要把我抬到先生的车上，到医院看看。可我感觉没事，果真就是没事。

儿子长大后，学车用的也是这辆永久牌自行车。小家伙学车贼猛，一个下午就可以疯狂。不知是咱孩子的技术高明，还是车有灵性，孩子从开始的学车玩一直到后来上四年级时就自己骑车上学，多少年平安出入。

孩子长成大孩子后，永久牌自行车就永久地退休了。但她留给我们的爱却永久不能磨灭。

现在出门很少骑车了,但是我仍然在院子里放一辆自行车,是捷安特牌的。即使不常骑,我也不时去擦擦土。通常买菜都会推着她去,从汽车上卸载一些物品也会推着她去,好帮我驮一些重量。那感觉悠然像一个保姆。如今的日子就像自行车的品牌名"捷安特"所内涵:快捷、安全、富有特色,但是驮载在自行车上的爱永远流淌在我的血液里。

我的白山牌自行车,我的飞鸽牌自行车,我的永久牌自行车,我的捷安特牌自行车,驮载在上面的是无限的爱。

作于2009年自行车被偷之际

黄石公园山不黄

夏日母亲雨

母亲节的清晨,睁眼向窗外望去,天空又是一片灰蒙蒙,刚感受到的那份来自孩子的母亲节祝福的喜悦心情,兄弟姐妹致敬母亲的喜悦心情,微信圈里营造的节日气氛一下子被蒙上了一层灰色。"又是一个雾霾天"。

最近的天总是让人欢喜让人忧。如果有一天晴朗,便是喜不自禁,因为那连续几天的雾,让人忧伤惆怅。因此以前人们出门关心的是天气怎么样,而今关心的是空气怎么样。雾霾天气意味着又一个宅家的日子。

然而,今天毕竟是母亲节,母亲是人间的福音,除了给人类带来无数的生命外,今天还给初夏带来了淅淅沥沥的春雨。站在阳台上,望着雨水像一根根丝线从天空一挂而下,望着水珠一滴滴地洒在地面,突然觉得眼前的雨如此亲切,如此可爱,如此温暖。一直讨厌的灰色天空,今天格外惹人心爱,因为那灰色里不再是雾,不再是霾,而是母亲雨。

浑然间,有一种冲动想要走进这片母亲雨。大学时期看到过的《雨中情》电影情节浮现于脑海,那时的困惑"为什么在雨里能那样恣情",今天得到了答复;是因为爱的燃烧。这份爱可以是情侣之间的爱,可以是亲人之间的爱,可以是芸芸众生的爱,在今天那就是母亲的爱。

走在雨中,沐浴着初夏的春雨,犹如母亲在抚摸着自己的头发和肩膀。抬头望天，任由雨滴落在眼角、额头、脸颊、下巴。"好雨知时节，当春乃发生。随风潜入夜，润物细无声。野径云俱黑，江船火独明。晓看红湿处，花重锦官城。"我想到了杜甫当年写《春夜喜雨》的心情。那今天是否该叫"夏日母亲雨"？

也许有读者会疑虑，怎么总说是初夏的春雨呢？因为这场雨知时节，这场雨细无声，昭示出我们的母爱特性：温柔贴心。那夏雨是什么样的呢？电闪雷鸣，瓢泼倾盆，那应该更像父爱吧。是不是这就像我们生命中的严父慈母？

一辆汽车从身边驶过，溅起一阵阵水花，司机摇下玻璃点点头，也许是歉意水花会溅到我身上？也许赞叹这份"雨中情"？望着远去的车影，看着一路上瞬间即逝的水花，突然想这水花有谁能注意到？汽车注意不到，司机注意不到，只有车轮与之为伴，但也只能忍痛远去。有多少母亲来到这个世界，孕育出多少后代，又有多少母亲离开这个世界，身后留下一朵朵水花。

一把雨伞撑在头顶，隔住了雨水，回头望去是一双怜惜疼爱的眼睛。拉住一只有力的手，踏着柔软的雨水，缓缓向前走去。这时天空飞过一只鸟，画了几笔飞走了，像是代表远方的孩子们为母亲们写下了一个 love。心顿时酥化了。可以想象被酥化了的心如何能说的或听的或读的锋利的言语？能说出写出锋利语言的人定是没有享受到母亲雨。所以伸出双臂，轻轻呼唤一声："来吧，朋友！夏日的母亲雨充满了无限的人间挚爱。"

作于 2010 年母亲节

舍不得

舍不得忘记你，
却又无法想起；
舍不得离开你，
却又无法在一起。

乍一看上去，像是在写情歌。然而有谁能知晓这是做女儿的对已故父亲和健在的老母亲的离别愁情。

看着父亲的遗像，为他老人家点燃一支寄托哀思的藏香，双手还未及合掌泪水已然流淌在脸庞。亲爱的父亲，想起你是我的心痛，忘记你却是千万个舍不得。

看着母亲消瘦的脸庞，为她老人家端上一碗热腾腾的饭菜，双目还未及与母亲对视，心已经在胸膛颤抖。亲爱的母亲，和你在一起是游子女儿的一片孝心，离开你却是万万个舍不得。

陪在老母亲身旁，听着母亲不停地念叨父亲的一言一行，从早说到晚，静心地听，认真地听，看她说得已经很累了，但打断她实在是舍不得。

听着母亲接听儿女们的电话，说到伤心必流泪，一字字一句句哭诉着内心对父亲的思念。"我想得不行，我想得不行，我想得不行"，看她哭得已经很伤心，但劝母亲不要再想父亲，实在是舍不得。

帮老母亲收拾家什，拿起每一件东西都是一个关于父亲的故事，放在明处，会让母亲伤心，可是存放到哪里都是满心舍不得。

睡在母亲身旁，就睡在父亲当年睡觉的地方。母亲说父亲睡觉很轻，怕惊醒睡眠不是很好的母亲，父亲翻身都是很轻很轻。我也努力控制自己，不让自己有声响，即使睡着了也不让忘乎所以，惊着母亲实在是舍不得。

睡梦中，一次次梦见父亲活过来了，又惊喜又担心，惊喜的是奇迹终于出现了，担心的是万一又有危险可怎么办。双手紧紧抱住父亲，生怕一不小心就不见了。醒来原来是个梦，努力想重新回到梦中，梦中的情景让我舍不得。

看着母亲为父亲折叠金银元宝，一张又一张，一个又一个，嘴里还不停嘱咐父亲如何花销，心隐隐作痛，泪悄悄在流。但是让她停止仍然是舍不得。

跪在父亲的坟前，给父亲讲述着家里这些日子发生的一切，告诉他放心母亲吧，我们儿女们都孝敬她，照顾她很好；放心所有的事情吧，儿女们团结一心，同心协力，解决得都很好。亲爱的父亲，把你一人冷冰冰地留在那里是千万个无奈与舍不得。

亲爱的父亲，舍不得让你冷，舍不得让你饿，舍不得让你疼，舍不得让你痛，可今天这份舍不得只能留在梦中。

亲爱的母亲，舍不得让你悲，舍不得让你愁，舍不得让你孤独，舍不得让你寂寞，可今天这份舍不得只能留在心中。

我满含泪水唱起《父亲》《母亲》，以寄托我的这份舍不得，以告诫天下儿女好好孝敬自己的老人。

那是我小时候，常坐在父亲肩头，父亲是儿登天的梯，父亲是那拉车的牛，忘不了粗茶淡饭将我养大，忘不了一声长叹半壶老酒。

情爱之根

等我长大后，山里孩子往外走，想儿时一封家书千里写叮嘱，盼儿归一袋闷烟满天数星斗。
……

你入学的新书包，有人给你拿，你雨中的花折伞有人给你打，你爱吃的三鲜馅有人给你包，你委屈的泪花有人给你擦。啊！这个人就是娘，啊！这个人就是妈……
……

作于2010年父亲去世之后

浓妆淡抹总相宜

真的好想你

树欲静而风不止，子欲孝而亲不待。

亲爱的父亲，你在我的千呼万唤中走了，去到一个我无法看到你，无法听到你，无法触摸到你，只能用心感觉你的地方。我抬头远望，不知哪颗星星是你，不知那朵云彩是你。我常常恍惚中听到你在喊我，下意识回头去看，却不见你的身影。

亲爱的父亲，你走了。带着对生命无限的眷恋，带着80多载的岁月沧桑，带着对母亲的深爱和一百个不放心，带着对儿孙们的深情和千万个无奈，一个人静静地走了。我无法忘记你最后挨个凝视儿女们的眼神，我无法忘记你四下寻找母亲的眼神，我无法忍受你停止呼吸的瞬间，我无法忍受你一人冷冰冰地躺在那里的场面。

亲爱的父亲，你离开我已经两周了，我无法接受你的离去，我无法忘掉你慈祥的音容笑貌。多少次做梦见到你，梦中哭醒，流泪到天明。

亲爱的父亲，是你创造了这个家，然后又创造了我。是你拉着我的手从昨天走到现在。你的爱厚重如山，让我感到安然；你的爱缠绵如水，让我感到恬静；你的爱如伞，为我遮风挡雨；你的爱如雨，为我洗涤心灵；你的爱如路，伴我一生。

亲爱的父亲，你走了。恐惧时，让我到哪里去寻找你的勇气；黑暗时，让我到哪里寻找你的光明；失败时，让我到哪里寻找你的鼓励；成功时，让我到哪里寻找你的警示。

情爱之根

亲爱的父亲，你可否知道坚强的母亲亲自去灵棚看你。60年的携手如何让母亲割舍，她哭喊着你的爱称，哭声撕碎了我的心，撕碎了所有在场人的心。

亲爱的父亲，你是否听到哥哥的哭声，那是他在哽咽着诵读《祭父文》，一桩桩一件件，虽不是丰功伟绩，却活生生地浮现在来宾们的眼前，回荡在儿女们的耳畔。来宾们为你流下了眼泪，儿女们为你悲痛失声。

亲爱的父亲，姐姐哭你，那是她在倾诉没能挽救你的生命的无奈；弟弟哭你，那是他在感叹你为什么不能再多活三年五载；妹妹哭你，那是她怨恨所希望的奇迹没有出现；我哭你，那是我有满腹的话语无法诉说。

亲爱的父亲，你放心吧。我们会像你孝敬爷爷奶奶那样继续孝敬母亲，我们会像你对待母亲那样过好各自的日子，我们会像你对待工作那样继续干好工作，我们会像你教育我们那样教育我们的后代。

亲爱的父亲，能做你的女儿，是我天大的福分，今生没有做够，来世我还要你做我的父亲。

亲爱的父亲，我好想你，真的好想你。

作于 2010 年父亲去世之后

感　恩
——写在感恩节与父亲的周年祭之际

从事英语语言工作多年，对这个节日比一般人更加熟悉一些。每年这个时候会有一些美国朋友、中国的年轻朋友发来邮件祝感恩节快乐。

今年的感恩节有点悲喜交加。为什么呢？因为正好和父亲的周年祭赶一起。感恩节就像我们的中秋节，全家人要欢欢喜喜团聚一起。可是当我们全家也都团聚到一起时，遍寻家门少一人的悲伤让我心痛不已。母亲的哭声也让全家再次陷入悲痛之中。

父亲离开我们整整一年了，365个日日夜夜，我是如何一天一天地走出来的，我知道，我身边的人知道。这里我讲一个前两天发生在我班里的故事。有一个男同学，英语并不是很好，但我一直鼓励他坚持，他也比较用功。这次，他在周记中用英语写了一篇安慰我的文章。意思说：去年这个时候，他很想安慰我，但是他的英语水平不行。最近他感到我有点不很开心，一想才发现是我父亲去世快一年了。他想我一定是因为这件事。他劝我说：我是我父母亲的好孩子，是他们的好老师。我在家孝顺大人，在班里不仅教他们知识而且还教他们做人的道理。他还说：人总会有 leave 的那一天。他没有用 die，而是 leave。他一共写了两页纸，我是含着泪水读完他的周记。我公正地写了 Thank you!

这就是感恩。

这个感恩节我想得比以往多。想到了父母亲的养育之恩，想到了兄弟姐妹的手足之情,想到了爱人的疼爱之情,想到孩子的恩爱之情。想到了当年的老师们如何教我从一个不谙世事的孩子变成一个为人之师的人,想到了生活中有多少个亲戚朋友帮我渡过春夏秋冬,想到了职场上有多少长辈、领导、同事和我共同走过一村又一村,还想到有多少孩子们——我可爱的学生们和我一起成长,让我越活越年轻……我也想到了那首歌"我拿什么报答你,我的爱人"。

学会感恩,不是一件容易的事情。

当你沐浴阳光、呼吸空气、头顶蓝天、脚踩大地时,你想到过感恩吗?如果这时每个人都想到感恩,那么阳光就会更明媚,空气就会更新鲜,蓝天就会更干净,大地会更整洁。

当你吃饭、喝水、穿衣、行住时,你想到过感恩吗?如果这时每个人都想到感恩,那么食物就不会有添加剂,水就不会被污染,布料就不会不健康,房子就不会不环保。

我们把太多的事情认为想当然,总是一副怨天尤人的样子,总觉得自己是世界上最受委屈的一个人,受到的不公平最大。其结果是误读了幸福观,西方有一句话:上帝关了一道门,必然会给你打开一扇窗。所以我们不是要怨恨那位关门的人,而是要感谢他给你打开了一扇窗。

中国有句话叫作:滴水之恩当涌泉相报。这是一个理想的境界。但是知恩图报是做人的最起码的本分。可是问题往往出在"不知恩"上。生活中不乏听到这样的话"好心做了驴肝肺",指的就是这种情况。

中国还有一个词叫作:以德报怨。这是一种超脱的感悟。如果能感悟到这个高度,那就不会因为有恩于人没有得到回报而生出烦恼,也不会因为别人没有善待你而纠结于要不要报复一下。

感恩是一种享受。别人对你好,要感恩;别人对你不好,也要感恩。别人有求于你，要感恩；你有求于别人，也要感恩。

正如一首歌里唱道：感谢天，感谢地，感谢生活中有了你。这个"你"就是广义的你，可以是天，可以是地，可以是人，可以是物，可以是正在读这篇文章的每一个你。谢谢你！

作于2011年父亲去世周年祭

青海长云暗雪山

打　枣

　　今天是周末，一大早母亲就早早起床，到楼下的小吃店买回5斤麻叶（北京人叫"油条"），煮好一锅鸡蛋，熬了一锅豆浆，等着儿孙们回来。父亲在一旁忙着清点口袋："今年春天雨水不大，枣花没被淋着，秋天也没有雨涝，枣儿也没被淋着，肯定收成不错。拿几个大点的口袋吧。"父亲唠叨着。

　　"爸""妈"……

　　"爷""奶"……

　　"姥爷""姥姥"……

　　说着话，儿孙们可就都回来了。每年打枣都要集合在父母亲家，吃母亲做的早饭。尽管父母亲老了，不能一起回老家打枣了，但是看着儿孙们整齐划一地乘坐几辆轿车回家打枣，老人们心里甭提有多高兴。他们不仅高兴儿孙们有出息，更高兴儿孙们没有忘本。

　　老家离市区两个小时的车程，院里种着6棵枣树，房子是在1999年翻修重盖的，专门为了给奶奶完愿。奶奶在晚年已经不住在村里，旧房子多年没有人住，已经潮湿塌陷得不成样子。奶奶一天到晚惦念："老院子再不经管，可就塌得什么都没有了，到时候，你们想回去看看连个落脚的地方都没有。"为这事，全家人讨论了好久，要不要重盖？

　　家里没有人，盖了没人住，不就白盖了吗？可是奶奶不那么认为，"如果有房子在，孩子们就会有个念想，否则可就真是忘本了,久而久之,孙子们都不知道还有一个老家,根在哪都不知道了"。

看着老人很执着,而且也很上心,孩子们决定重盖。把所有的建筑材料都从城里拉回村里,请来施工队,全家人排班轮休监工,三个月时间整个院子焕然一新。

完工那天,特意把奶奶接回老家,院里挂了彩带,请了锣鼓队,好不热闹。大孙子出主意:"新房落成典礼开始,由老奶奶剪彩"。奶奶手拿剪刀,脸儿乐得像一朵菊花。下午回家时,奶奶提出要在院里住下。这下全家人忙了手脚,没有准备住的物品,而且新房也不适宜马上入住。但是奶奶很坚决。我们家的习惯是老人至上,宁肯儿孙跑断腿,也不让老人受委屈。于是立马派一辆车回城取来所有吃、喝、住等物品,包括燃气炉,并且留下父亲和叔叔作陪。晚饭全家人坐在院子里吃,笑声弥漫了整个院子,枣树都乐得手舞足蹈。

很晚了才依依不舍地离开院子,和奶奶、父亲、叔叔告别。我们能想象到母子三人同睡一床,该会如何地重温往日的梦,梦里该会怎样地怀念已故的先人。

可叹的是从老家回来,奶奶就开始昏睡,就像婴儿一样每天的睡眠时间有20小时,而且醒来以后非常清醒,只是一点饭都不吃。"你饿吗?""不饿。""吃一点吧。""不吃。""喝点水吧。""不喝。""痛吗?""不痛。"医生查了一遍又一遍,哪里也没有问题,最后的结论是"电解质紊乱"。

靠输液维持生命,但是每次醒来她都说"不要输液"。有一次,她说"该走就走,不要强留"。就这样维持了40天,每次下面排便,她都会从梦中醒来,喊着"快点!快点"。虽然告诉她垫着尿不湿,不要紧张。奶奶一直到最后都干干净净。走的前一天晚上,她把儿孙们都叫来,嘱咐大家不要忘了十天后是父亲的

情爱之根

70岁生日。父亲是家族的大儿子，长子如父。

次日九时三十分，奶奶悄然离去，安详地离去。等到把老人送回老家安葬的时候，人们惊奇地发现，老家房里桌子上的钟表就正好停在九时三十分，直到今天，直到永远……

老家院子是全家的魂聚之地。

车一进村，关系不错的邻居们就都来帮忙，有的拿着枣杆，有的拿着篮子，老老少少男男女女站了半个院子。上树的、打杆的、捡枣的，大家一起动手，三个小时，所有的枣儿就都乐颠颠地睡到了口袋里。之后，在村边的一家饭馆，要了三桌饭菜，所有人热乎乎美味一顿。道谢、告别，返回到父母身边。

六袋枣儿一袋一袋抬到楼上，父母亲看过后再把其中的五袋抬回到车上，分给我们五兄妹。也许旁人会觉得多此一举，但是这绝对不是多此一举。这样做，老人们的心里感觉到这枣子是从他们的手里一袋一袋送给孩子们的，这是老辈们的礼物。这样的习惯在其他节日也一样，孩子们把礼物都买回来，放在父母家。过节时孩子们回来，在家里吃，走时父母亲再给儿孙们都带走。老人们要的就是这份安定、安然。

回到家，父母亲会很激动，一边翻看枣儿，一边过问院子和村里的朋友们。终需要都清楚、明白、安心后才让抬着枣儿离开。那感觉就像小时候父母亲给买了好吃的、好穿的一样，别提多高兴了。隔不几天，母亲就在电话上提醒"多翻动枣儿，可别发霉了"。再隔几天，母亲就又来电话"酒枣已经酒好了，快来拿吧"。若谁家没有及时回去，母亲就会让最先回去的捎一碗送去。实际也没有多少，但是吃着绝对比外面买回来的香。

到了春节，母亲还会保留一罐最好的酒枣，那是世界上最醇香的酒枣、最醉人的酒枣。一个春天、一个夏天母亲总会不时来电话"熬好银耳红枣汤了，来拿吧""做好糯米红枣粥了，来吃吧"。枣儿会从这年秋天一直甜到来年秋天，全家人都醉在老家院里的红枣里。

日落西山红霞飞，
儿孙打枣把家归，
高兴的歌儿唱不完，
甘甜的枣情辈辈醉。

作于 2016 年秋季

近水远山何缥缈

妈妈，我好想做一个孝顺的孩子

清晨，我拉开窗帘，看到霞光万丈，我祈求霞光一定要照到千里之外的妈妈身上，暖暖她已经不很挺拔的脊梁。

夜晚，我闭上眼睛，恍惚进入梦乡，我祈求梦乡一定要带我回到从前的院子、从前的房子，去看看从前的妈妈和从前的我。

我是妈妈射出来的箭，她把我射得好远好远，远到我听不到她的声音看不到她的脸。只能求助一根电话线，一头接到妈妈嘴边，一头接到我的耳边，一秒钟两秒钟、一分钟两分钟、一小时两小时，听妈妈讲遥远的过去，听妈妈说邻居家的孩子好淘气，一点都不好好吃饭。

我是妈妈刻出来的雕塑，她把我刻成她心中的维纳斯。无论什么时候见到我，她总要再看看，再看看，再看看，看看她的女儿哪里还能再完美一些。为了妈妈心中的期盼，我只能求助时间，请它对我网开一面。

妈妈说，她最喜欢的事情是看着儿女们香香甜甜吃她亲手做的饭，一碟菜，一个馍，一碗汤……母亲用温暖的目光把这些护送到我的嘴里，无论是咸是淡，是酸是甜，我都哑吧着嘴吃下去，妈妈满意的笑容让我的泪水在胸口翻转。

妈妈说，她最高兴的事情是能与儿女俱进，如果我要去美国，妈妈会提醒我，那里有恐怖，要随时注意安全；如果我要去台湾，妈妈会告诉我那里的气候很热，注意防暑，别忘了带雨伞。我会认真地点头，记下妈妈说的每一点，并在出发前告诉她我已按照她的提示准备完善。

每当我站在台前，总觉得有一双眼睛在后面望着我，似乎在说：别怕，有妈妈在这边。为了不让妈妈失望，我一次次努力表现。实际上，妈妈从来没有和我一起见证过成功时的喜悦。

每当我遇到挫折，总觉得有一双手在为我沏一杯热茶，仿佛在说：别怕，有妈妈在身边。为了不让妈妈操心，我一次次喝完茶水，再次背起行囊。实际上，只要朝妈妈住的方向望一眼，就能感到妈妈在喊：孩子，累了就回家来歇歇，可我从来都是带着充满活力的笑脸出现在妈妈面前。

妈妈，我给你讲佛经，是想让你从思念爸爸的痛苦中解脱出来。我给你读故事，是想让你明白儿女的爱虽然比不了爸爸的爱，但足以替爸爸继续撑着那片天直到那一天。而我也许当不了大梁，但会尽力做一根尽职的小木椽。

妈妈，我好想做一个孝顺的孩子，为你建一座不会哀伤的房子，让你忘掉刻骨铭心的思念……

作于 2018 年

南禅寺前问春秋

包粽子想起了父亲

从来没有包过粽子，今天包一次，突然想到父亲。

小时候最不能理解的一件事是父亲怎么那么爱吃粽子。每到端午节母亲要包很多，最新的粽叶，最新的马莲草，最新的黄米，最新的红枣。从煮粽叶开始就满屋、满院飘香。母亲包得有棱有角，严严实实。煮粽子时间很长，有时我都出去玩好久了，回来还在煮。那时是煤炭火，需要不时地控制火候。父亲这个时候最小孩气，他会等不及，有时会拿一个出来。母亲说还没煮好，父亲会笑着说我尝尝好了没，边吃边说：还硬点儿，还硬点儿。母亲瞪一眼，父亲吃完喜滋滋地干别的去了。端午节，父亲郑重其事地在碗里放三个，撒上白糖或蜜，拿筷子搅匀，把枣核捡掉。哇！真是吃得香。边吃边说好吃！

那时我吃不了粽子，象征性地吃一个。母亲常说我，这么好的粽子咽不下去？我也不知道为什么咽不下去。为了鼓励我多吃一个，母亲会警告说：端午不吃粽子，长大会变楞了。

粽子要吃好几天，没有冰箱，需要泡在一个大盆里，不时地换冷水。有时，父亲会从冷水中拿一个出来，半哈腰，拆开包的马莲绳、粽叶，手握住直接吃。边吃边说：凉 zan er di！现在回想起那个情景都觉得好吃。

实际上黄米粽子没有糯米的好吃。后来有了糯米的，我就可以比较轻松地咽下去，但还是不爱吃。我结婚后，母亲每年都包更多，要给儿女们家送，至于父亲怎么吃，我就没有太多印象了。但当有一天父亲因患糖尿病母亲只允许他吃半个粽子时，我似乎觉得想掉泪。他眼巴巴地看着别人吃，问：好吃吧？很奇怪的是，我变得爱吃了，而且十分爱吃，完全是父亲当年爱吃的那种感觉。不仅爱吃娘家包的，而且还爱吃婆家人包的。

父亲走后，母亲还坚持包粽子，每年会在冰箱里冻几个，等农历七月十五去上坟时贡献。母亲如今老了，说不准备包粽子了，吃了这么多年母亲包的粽子，从没多想。今天铺排开，泡好米，煮好粽叶，洗好红枣，挂好马莲绳。是啊！我要包粽子了！父亲绝对不会想到我会包粽子，如果母亲吃到我包的粽子，她也许会认真地看着我，像是发现了新大陆。老公一直鼓励我，给予理论上的指导，就像小时候父亲鼓励我一样。

粽子终于包完了，有的小，有的大，有的没有棱角，有的有棱有角，有的只包了一个枣，有的两个，有的一个叶子就成，有的两个叶子。没有母亲包的好看，却和母亲包的一样好吃。我想如果父亲吃到我包的粽子，会怎样？他会在碗里放三个，加上蜜，搅匀，捡掉枣核，美美地吃一口："我云云会包粽子了！好吃！"

作于 2019 年端午节

生如夏花，死如秋叶

"生如夏花，死如秋叶"是印度大诗人泰戈尔的一句诗文，我们总觉得只有像泰戈尔这样的文豪才能说出这样的话，但实际上我的母亲正在用一生实践着"生如夏花，死如秋叶"。

母亲已接近鲐背之年，一生养育了五个儿女，大儿子已快到致事之年，小女儿已近知天命之年，重孙子都到了舞勺之年。

母亲说：年轻时养儿女如养花，年老时养花如养儿女。

母亲心灵手巧，在物资匮乏的年代，自己设计、裁剪、缝制，把儿女们打扮得很新潮。一双鞋子，夏天是夏天的花样，冬天是冬天的款式，常常成为邻居模仿的对象。记得那个时代没有小孩们穿的雨衣，母亲买了塑料布自己做，可是针脚走过的地方会渗水，而且容易撕裂，母亲想办法，买了同色的布，裁成窄条，包边过针，效果很好。那时小伙伴们很羡慕的事情之一，便是下雨时我会很得意地从书包里拿出雨衣穿上，有帽子，有袖子，一直通到脚面。我和姐姐长大后，母亲觉得女儿们出门得更体面些，她动手做呢子大衣。买了两块呢料，价钱不便宜，裁坏了可了不得。母亲找上报纸先裁出纸样，一次又一次修改，直到认为满意才动手裁呢料。但缝制中出现了问题，针一过就抽巴了。无论怎么调缝纫机的针脚大小都不成。缝了再拆，拆了再缝。不知失败了多少次，最后想出一个办法，过针时在呢料上垫几层报纸，之后把报纸撕掉，呢料不再抽巴了。呢大衣终于做成了。姐姐的浅蓝色，我的深蓝点儿。之前母亲给我和姐姐做衣服都是百分之百的一样。但是因为我俩长得极像总被认错,母亲这次用了两种色。但问题是两块料放一起才能有比较,如果分开穿还是辨不出谁是谁。母亲还帮助邻居们做衣服,尽量不做重。放在今天,母亲可以称得上服装设计师。

母亲照料儿女极为细心。比如每年春季都吃驱虫片,我记得那药很甜,咬起来很脆,形状有点像跳棋。家里备有一个像今天的保温桶一样的药桶,外面淡粉色,打开盖里边洁白,所有的常用药都保存在此。我小时候冬天爱咳嗽,一吃四环素就好,药桶里总备着。所庆幸的是四环素没有给我造成后遗症。我有时会得中耳炎,疼起来坐卧不安,母亲总备一小瓶滴液。

母亲对儿女的饮食悉心准备,容不得半点儿马虎。比如夏季败热毒,大中午,母亲会提前在水缸上贴一层绿豆凉粉,孩子们下学一到家,母亲就揭下来,切成条,加点调和汤,十分凉爽可口,至今怀念。冬天母亲会储备尽可能多的菜,我记得母亲把茄子埋在煤里保存,有一次把西瓜埋在煤里,可以保鲜到过年。那时候肉食很少,母亲就请人做很多豆腐,我记得一锅能做半个砖头大小的45块,放在院子里先冻了,然后装在一个布袋里,吃一个消一个。在院子里有很小的一块地里母亲种上花生,那是我第一次知道花生是长在地里而不是结在树上。

母亲极有远见。在没人重视读书的日子里,母亲从不让儿女们误学,能学多少就学多少。只要看到孩子们在看书,她就不打搅,不吆喝去干活。母亲对老师极为尊敬,只要能帮到的,比如缝一件小衣服什么的,母亲都热情地帮助。那时候书很缺,很多书都被"破四旧"毁掉了,但也有一些留在个别人手里,他们当时收回去后没有烧毁,而是保留在家里。后来风声过去后,便可以偷着阅读。有两个人的藏书我读了不少,母亲会提醒我不要乱说,不要把人家的书弄脏,记得及时还人家,对这两个人直到今天母亲还念好。后来我们五个孩子相继考学深造，成为远近的一时佳话。

父亲一直都是在外忙，印象中很少和父亲有对话。那时各种运动不断，但父亲从未在运动中栽跟头，很大程度上和母亲有关。母亲回忆说，在大炼钢铁时，父亲吃住都在单位，母亲扛起照料爷爷奶奶和孩子们的全部负担，解除了父亲的后顾之忧。只要父亲的工作需要，母亲就带头干。母亲告诉我在怀我7个月的时候，国家要求家属义务碎石子，支援建设，母亲带头去。在食物短缺的时候，母亲总是把最好的给老人、父亲和孩子们吃。

母亲对第三代更是关爱有加，看大一个再看一个，如今第三代中已有四个考学或深造或就业。在母亲眼里，孩子们就是一朵娇嫩的花，必须细心呵护，才会艳丽绽放。

如今母亲老了，特别是在父亲去世后，内心的孤独如影随形。为了调节心情，母亲开始养鱼养花。大鱼养在大鱼缸，小鱼养在小鱼缸，大鱼喂大鱼食，小鱼喂小鱼食。换出来的鱼水浇花。养花更像养孩子，她采用不同的土，不同的肥，不同的浇水频率。杜鹃花、蝴蝶兰、君子兰、山茶花等开满了阳台，龙骨、文竹长得顶住了屋顶，还种西红柿、辣椒等，而且每一株都生机盎然。母亲常用数字描述，比如某株西红柿先后结了50个，比如某株花共开了106朵。母亲会摸着略发浅绿的花叶，心疼地说：看把你累得，不要再开了，歇歇吧。或者她把鸡蛋壳泡水后浇花，边浇边说：营养营养吧。

母亲说生活如开放的花儿，活一天就绽放一天。她除了把自己的日常生活安排得妥妥帖帖外，也把自己的死静静地做了准备。所有的寿衣母亲都自己缝制，包括铺的盖的。上个闰年年我买回一块被面，母亲不用我缝，她要自己缝。前段时间母亲生病住院，我正好在国外，在兄弟姐妹的悉心呵护下，母亲逐渐痊愈，我回来后陪母亲住了几天，直到她康复。我很内疚当时没在她身边，但母亲没有半个字责备我。这个清明节回家祭祖，顺便陪母亲，母亲从容、宽容的态度让我心疼，但同时又十分敬佩。"视死如归"，之前我们形容英雄人物才会用到这个词语，但今天用在母亲身上一点不为过，她把死看作是回家，父亲已经回去了，她忙完手头的活也就回去了。静静地睡去如一片秋叶，到了该落的时候，自然飘落，化入泥土。

"落红不是无情物，化作春泥更护花。"

作于 2019 年

朱砂一点沁人醉

自然之景

开篇：暗香

陆游写过一首诗："驿外断桥边，寂寞开无主。已是黄昏独自愁，更着风和雨。无意苦争春，一任群芳妒。零落成泥碾作尘，只有香如故。"每读到这里，眼前就出现荒凉的驿亭外面，断桥旁边，黄昏冷落凄凉的风雨中，梅花一任百花嫉妒，无意争春斗艳，即使凋零飘落，成泥成尘，依旧保持清香。这是花儿的执着。

近日外出旅游，走在山路上，两旁绿树成荫，未见花朵点缀，然而香气袭人。停下脚步，屏气嗅闻，却终不能找到香气来自何处。甚至攀上山崖，拨开树丛，花儿却不愿显露真形。这让我想起李清照的诗句："薄雾浓云愁永昼，瑞脑消金兽。佳节又重阳，玉枕纱厨，半夜凉初透。东篱把酒黄昏后，有暗香盈袖。莫道不销魂，帘卷西风，人比黄花瘦。"这"暗香"不是"盈袖"，而是"盈林"。这是花儿的沉默。

常有花儿开在路边，供人欣赏。知花者驻足赞叹，不知花者不解花儿为谁开，貌似爱花者掐了带走，看腻了，丢弃一旁。花本是"桂花寥寥闲自落，流水无心西复东"，然而世人却赋予了"女为悦己者妆，花为知己者开"的意味。这是花儿的无奈。

花儿或是怒放，或是微绽，或是吐蕊，或是凋谢，花儿的生命皆融于自然。若哪朵花要争抢风景，那是花儿的悲哀；若哪个人要借花施威，那是人心的可怜。花开花落花飞去，梦起梦落梦无痕。众里寻花千百度的暗香最值得寻味、最值得浮想、最难以释怀。呈献暗香的花儿最自在、最洒脱、最逍遥，最懂得"为有暗香来"。

作于 2009 年

战舰东风任我借

秋之韵

小时候，爷爷给我出一字谜："左边绿，右边红；绿的怕火，红的怕水。"从那时起，就开始咀嚼秋的韵味。

说到秋，少不了火红的高粱，金色的谷穗。这寓意着秋的韵味是收获。

看到秋，忘不了甜香的红枣，酥脆的月饼。这寓意着秋的韵味是享受。

听到秋，免不了遍插的茱萸，重阳的登高。这寓意着秋的韵味是祝福。

想到秋，落不了升级的孩子，庆教师节的老师。这寓意着秋的韵味是爱道。

2008年之秋，两奥并举，世人欢呼。这寓意着秋的韵味是进取。

秋，左边绿，右边红，红的不娇，绿的不媚，可谓琴瑟相和。

秋，怕火的绿和怕水的红，水乳相融，和谐相凝，铸就一个让人千古耐寻的"秋"，供世人观赏、品味，"天凉好个秋！"

作于 2008 年

节气——气节

节气是中国的特色，是以农历为基础划分的，有一首节气歌唱得好：

春雨惊春清谷天，
夏满芒夏暑相连，
秋处露秋寒霜降，
冬雪雪冬小大寒。
上半年来六廿一，
下半年是八廿三。
每月两节日期定，
最多相差一两天。

从立春到大寒，24个节气年复一年地轮回着，冬至日起，昼开始变长，夜开始变短；到了夏至日，昼开始变短，夜开始变长。我们的祖先若干年前就总结出当代人难以置信的节气。

节气是亘古不变的，中国人衍生出的"气节"一词同样也坚定不移。文天祥唱道"人生自古谁无死，留取丹心照汗青"。周恩来的"面壁十年图破壁，难酬蹈海亦英雄"。都是中国人不屈的气节体现。

人的一生也像24个节气，分成不同的阶段。前24年是学业奠定的阶段，中间24年是成家立业的阶段，后24年是完善人生的阶段。所以，人们常说72岁是个节。随着生活水平的提高，"人活七十古来稀"的说法已经变成过去，第四个24年把人生延长至百岁老人。最后的24年是安享天年的时间。

气候的节气在一年365天，人生的气节在整个生命旅程。节气长久不衰，气节浩然长存。

> 春雨催绿人如蕾，
> 夏满花盛人映红，
> 秋处登高人庆丰，
> 冬雪梅傲人盼春。
> 上半生为儿女情，
> 下半生为父母心，
> 一生一世天注定，
> 节气气节人天共。

作于2009年

清明节咏叹

"清明时节雨纷纷,路上行人欲断魂。借问酒家何处有?牧童遥指杏花村。"唐代诗人杜牧的这首诗不知被多少人记忆诵读。行走在清明祭祖的无为路上,春雨淅沥,泪花婆娑,一束白花,一枝绿柳,一张风筝,寄托着对先祖先烈的无限追思。

"春城无处不飞花,寒食东风御柳斜。"唐代诗人韩翃为纪念仅比清明节早一天的寒食节所做的这首诗句远没有达到妇孺皆知的程度。其实,寒食节的蕴意绝不比清明节逊色。

相传春秋时代,晋献公死了,诸王子争夺王位,晋国大乱,公子重耳逃离晋国,在外流亡19年。先锋营首领介子推等大臣跟随重耳忠心耿耿。重耳流亡到卫国,饥饿难行。有一次,重耳饿晕了过去,介子推为了救重耳,从自己腿上割下了一块肉,煮了汤送给重耳吃。重耳得知是介子推从大腿割下来的肉,感动得泪如雨下。后来重耳归国做了君主,成为春秋五霸之一的晋文公。他大加封赏同甘共苦的群臣为君侯,唯独忘了介子推。有人在晋文公面前为介子推叫屈,晋文公马上差人去请介子推上朝受赏封官。可是,差人去了几趟,介子推不来,晋文公只好亲自去请。当晋文公来到介子推家时,只见大门紧闭。介子推不愿夸功争宠,已经背着老母躲进了山西的绵山(今山西介休市东南),不愿为官。晋文公便让他的御林军上绵山搜索,没有找到。于是,有人出了个主意说,不如放火烧山,三面点火,留下一方,介之推是孝子,大火起时介子推一定会救母亲出来,这样逼介子

自然之景　　115

推出来。大火烧了三日三夜,仍不见介之推。火熄灭后,人们在一棵柳树下发现介之推背着母亲的尸体,以及一首诗:

> 割肉奉君尽丹心,但愿主公常清明。
> 柳下作鬼终不见,强似伴君作谏臣。
> 倘若主公心有我,忆我之时常自省。
> 臣在九泉心无愧,勤政清明复清明。

为了纪念这位忠臣,晋文公下令在介子推死难日不准生火做饭,要吃冷食,故称为"寒食节",同时下令把绵山改为"介山",山西的介休县就是晋文公将原来的定阳县改名而来的。

清明节是尽孝道,大约从周代开始,延续了近2500多年。寒食节是献忠诚,从春秋时代开始延续了2700多年。国家需要忠诚,家庭需要孝道,这是中国人传统的道德核心,是几千年中国家庭和谐、社会稳定的重要载体。

近几年,山西介休市每年都要举行寒食节纪念活动,旨在让人们记住寒食节,虽然专家们都说它已经和清明节合为一体,但是其真正内涵不可忽视。

小时候,清明节陪爷爷去祭祀,"文革"期间好多墓冢都被摊平,先祖的也未能幸免。爷爷就站在大概的方位敬洒醇酒,叩首而拜,插一支绿柳,培一锹乡土。家里会蒸花馍,把馒头做成燕子样以及孩子们喜欢的小动物样,还有花瓣样,馒头上面插上红枣,蒸出来后再用红水点缀,奶奶和妈妈手很巧,用一根很细的小棍蘸上红水能在馍上点出各种图案来。拿在手里爱不释手,觉得那是一种工艺品,根本不舍得吃掉,有时会放到很干很干还是不舍得咬一口。邻里之间也会赠送自己家做得最得意的花馍。所以从儿时起就有一种慎终追远、感激报恩、亲邻近帮的情愫。

偶尔父亲在不忙的时候给孩子们做一个纸风筝。找几根竹竿,用线缠起来,拿面粉熬一些糨糊,把白麻纸粘到竹竿上,再做三条长尾巴粘到风筝的尾部,那时有一种线叫"柱麻线",比缝衣服的线粗很多,比纳鞋的麻线轻很多,每次都要用这种线来放。这种风筝一定得有耐心等干透了,不然风一刮就散架了。父亲做好风筝就干别的事情去了,而孩子们就得眼巴巴地瞅着风筝,那几分钟就像几年难熬。终于风筝要上天了,父亲一点一点地抖动手中的线,风筝飞起来了,我们也会不时拿一下风筝线,但担心风筝会掉下来,都不敢太久。仰头望去,蓝天白云,小鸟轻飞,风筝忽高忽低、忽远忽近,心都跟着风筝飞到了天空。那时不懂放飞愿望、憧憬未来这样的词语,但是那种感觉的确深深留在记忆里。

长大后学校组织到烈士陵园扫墓。每次都要做白纸花,倾听老红军老战士讲解战斗故事。印象最深的是一位老营长讲述解放太原的牛驼寨战役,当他说到一个排一个排的战士冲上去,阎锡山的部队从碉堡里射出一排子弹全部打倒一个不剩,再派一个排上去……我深深感到"我们的幸福生活是先烈用鲜血和生命换来的"这句话的分量。

一个家庭需要一代一代的人来创业,一个国家需要一辈一辈的人来建设。尽管"前不见古人,后不见来者",但是追思怀古,畅想未来是每一位当下人不可或缺的思想。也许会"念天地之悠悠,独怆然而泪下",但是清明远远超出节气本身,值得华夏儿女们去纪念。也许站在清明节这个思前想后的点,人类的永恒命题会闪现在眼前"我是谁""我从哪里来""我到哪里去",清明节已然在和西方贤者进行对话,清明节便不再只是某个疆域内的节日。

作于 2009 年

自然之景

赏花情

想象中，踏春赏花定富有诗情画意，绚烂的花丛映照的总是俊男靓女、金童玉女，即使有老者，那也多是风度翩翩不减当年、老态龙钟富贵一生。

今日外出，一片金灿灿的迎春花犹如时下升值的黄金十分养眼。迎春花总是在乍暖还寒的春天顺应时令，绽放自己。无意争春，但却得到春的无限眷顾。

我下车上前，意在尽情感受花开的春天。却看到花丛旁边蹒跚过来一位老者。步履沉沉，腰身蜷曲，两眼浑浊，满面沟壑，拄着手杖的手背青筋突兀。我驻足不前，生怕惊动了老者，也好奇赏花的别样情结。

老者颤巍巍地捧起一枝枝花，亲吻着、端详着、抚摸着、嘱咐着、告别着……像是对待自己的孩子。

亲吻着自己摇篮里的婴儿；

端详着自己熟睡的宝贝；

抚摸着初出茅庐的孩子；

嘱咐着出门远行的爱子；

告别着立业成人的后代。

老者一生的情似乎都倾注在朵朵迎春花上，迎春花频频点头，微微挥手，与之呼应。

花开花落，人来人走。开不骄人，落不伤情；来得平淡，走得从容。老者与花的画面定格在春天，留给赏花人无限深思……

作于 2010 年

聆听建筑讲文化

他乡的风筝
——写在春天放飞风筝的季节

人们常说"故乡情",台湾诗人余光中的小诗《乡愁》可谓道出了天下游子对故乡的一片眷恋之情。"乡愁是一枚小小的邮票""乡愁是一张窄窄的船票"。

然而,身居异乡,难为异客,正恰如歌手李健在《异乡人》中唱道:"不知不觉把他乡当成了故乡,只是偶尔难过时,不经意遥望远方。"

在上大学时流行一首歌,唱到"他乡也有情,他乡也有爱",于是成千上万的学子奔赴他乡去寻找情、寻找爱。但也有像我这样的,坚信故乡的情更纯,故乡的爱更深。

可是,经不起"外面的世界更精彩"的诱惑,许诺归期"大约在冬季",我也踏上了开往他乡的列车。从此,天空中就又多了一只飞往他乡的风筝。

每次放飞都充满了希望,充满了激情。喜欢上了他乡的山水,他乡的人文。于是便安心地、坦然地在他乡享受。饱尽了眼福、耳福、口福,欣赏到最美的画面,倾听到最美的乐章,品尝到最美的菜肴。只是魂牵梦绕的还是故乡,清晨睡眼蒙眬,望着初升的太阳,不经意地在想"那边也是晴天吧""那边不冷吧""那边不刮风吧"。

风筝的飞翔是无忧无虑的,放风筝的人却需要掌握风向、节令。每次放风筝的人都需要不失时机地收回飞往他乡的风筝。风筝躺在放风筝人的怀里感到无比的温暖、无比的安心、无比的踏实。

　　为什么说要叶落归根呢？多半是因为人老了的时候，飞的人飞不动了，放飞的人也放不动了。或者更因为"外面的世界很无奈"，飞翔多年后感到还是故乡的云更美，故乡的风更丽，故乡的人更亲。

作于 2010 年

世尘斯处无留染

狼牙山之旅
——一次生命之行

  狼牙山之旅成行于7月9日，16位出行者乘坐大巴向河北挺进，也许是知道狼牙山由五壮士而闻名，也许是因为小学就受到五壮士的触动，这一路的行进极为顺利。天公似乎也在为出行者酿造气氛，炎热的夏天没有了骄阳，而是轻轻漫出幽幽哀云，淡淡洒下怀念泪水。

  汽车驶进狼牙山，山路盘曲，人们惊叹当年的战斗何以在这几近鸟飞绝的山崖上进行。这份疑虑竟然使得汽车无法载动，一行人下车前行，走进狼牙山纪念展厅，聆听早已熟知的壮士事迹，瞻仰经久不衰的壮士"容颜"。

  悠悠缆车鸟瞰崇山峻岭，一株株树木仿佛就是当年的一个个军人，长眠在山上的都曾是活生生的生命。然而战争是残酷的，正义和非正义的搏斗让无数生命浴血奋战，不惜洒下最后一滴血。下了缆车，步行在山人铺好的山路上，登山没有了危险，没有了忧虑。完全成为一种享受、一种乐趣。我们怎样能够和五壮士同感受？爬到了山顶，五壮士纪念塔淹没在浓雾之中，迟迟不愿露出真容。或许这是对来者过分悠然的一点点怨情，或许这是对来者看了就会匆匆离去的一点点挽留。站在五壮士奋力一跳的地方，心灵在一瞬间感到剧烈的震撼。现代人也在一跳、二跳乃至十几跳，跳是为了一己之利，跳是为了结束生命。而五壮士的跳是为了天下之利，跳是为了得到永生。

狼牙山之行可以称之为生命之行，每位行者都不同程度感受到生命的心跳。无论过了不惑之年，还是几近知天命，无论是发已花白，还是仍在而立之年，生命都是不可复制的极品。看着路旁卖山货的山人，一斤山货或八元，或九元、甚或只有一元，秤是公平的，账是严谨的。无论黄杏，还是薯干，还是野鸡蛋，内心感到的是实实在在的生命。

最后，把五壮士的名字排列于此，不仅是为了记住这几个名字，而更重要的是为了感悟什么是生命——马宝玉、胡德林、宋学义、葛振林、胡福才。

作于 2011 年

我与青山皆过客

我爱四月的花

常听到有"五月的花"的说法,多半是赞扬众香国的姹紫嫣红。

四月的花不多为人称道,颇有不公之嫌。为此我才更爱四月的花。

迎春花在春寒料峭之时,一身黄纱亭亭玉立,那份羞涩、那份柔情、那份妩媚让多少双眼睛为之注目。

娇艳的桃花把蕴藏了一个冬天的热情全部奔放出来,赏着一枝一枝、一树一树、一片一片的花团锦簇的桃花,仿佛进入了陶渊明的《桃花源记》,心旷神怡,不知人世间为何物。所以,金庸先生的笔下也就诞生了一处"桃花岛"。

梨花常被形容成雪白的梨花,"银装素裹,分外妖娆"是再恰当不过的赞美了。她没有迎春花那样纤细、娇嫩,没有桃花那样艳丽、撩人,但她的高贵、典雅让多少人拜倒在她的梨花裙下。

迎春花在绿叶没来得及赶上趟,就独自冒着寒风给人们送来春的信息、春的暖意。我们禁不住为她表示衷心的敬意。

桃花为了给人们渲染一个盎然的春天,"独秀"枝头,洋洋洒洒。有谁不会被她火一般的激情所感染?

梨花以绿叶为伴,清新淡雅,素面朝天。每一个灵魂都会被洗涤、被净化、被漂白。

……

四月的花。

我爱四月的花。

作于 2011 年

奥本红楼留学梦

五月遐想

"五"的中文谐音接近"福",因此某种程度上讲,中国人对"五"有着千丝万缕的不解之情。从远古世界到当今时代,从阳春白雪到下里巴人,"五"的身影随处可见。

中国人的祖先有五帝:皇帝、颛顼、帝喾、尧、舜。

中国的国土有五方:东、西、南、北、中。

中国的群山有五岳:泰山、华山、衡山、恒山、嵩山。

中国的风水有五行:金、木、水、火、土。

食物有五谷:稻、黍、稷、麦、豆。

身体有五脏:心、肝、脾、胃、肾。

首级有五官:眼、耳、鼻、口、舌。

味道有五味:酸、甜、苦、辣、咸。

金属有五金:金、银、铜、铁、锡。

不仅如此,"五"的足迹还走向奥运,为此我们才有了举世瞩目的奥运五环。

……

其中的奥秘有谁能说得清呢?

今日的时光定格在五月,"五月"也披上了"五"的神秘裙纱,人们的心中荡漾起无限遐想。

我们的劳动者在五月的第一天度过了自己的"五一劳动节"。农民渴望年景五风十雨,工人盼望日子五彩缤纷;做领导的拒绝五日京兆,做学问的期盼五行并下。

我们的孩子们在五月的第四天迎来了自己的"五四青年节"，无论脚下的路有多坎坷，决不让自己的生活五色无主。

五月拥有亘古的时令"立夏"，这是五光十色的百花发出了怒放的宣言。

五月载着不变的节气"小满"，这是五十步笑百步对世人的虔诚告诫。

五月驱走了最后的寒意，让五湖四海的人们走出家门，走向世界。

五月带来了徐徐的热气，让五方杂处的世界变成天堂，变成人间乐园。

五月带给人们无限遐想，遐想你，遐想我，遐想他；遐想今天，遐想明天，遐想永远……

作于 2011 年

柏林墙头论功过

秋

古往今来有多少文人墨客咏秋、赞秋、怀秋、哀秋，而一年一季的秋，任凭风吹雨打胜似闲庭信步，怀揣一颗慈悲之心：静观花开花落，笑看云卷云舒。

记得小时候写作文时老师让用词语"秋高气爽"描述秋天的宜人景色，但直到在北京上大学后，听到"北京的十月最好"才真正体会到什么是秋高气爽。那时和同学们结伴爬长城、赏香山、游颐和园，黑白照片记录下当年的快乐、当年的清爽。今天大早晨一阵秋风之后，远处的山脉、近处的高楼挣脱了尘雾的枷锁透明地出现在眼前，对秋高气爽的理解远远胜过当年的领悟。

哥哥比我大很多，我上学时哥哥已经加入"文革"大串联的队伍，但他之前的课本和作文本成了我的阅读资料。"秋风萧萧，落叶遍地"就是哥哥在作文《打煤糕》里的开头词。当时的学生到了秋天要以班为单位打煤糕，为办公室和教室过冬生炉子取暖备用。我借用后老师在班上还表扬我，实际那时我也不完全知道什么是"秋风萧萧"。几年前我写过一篇《满园都是黄金叶》，看着秋风在林中穿梭，树叶在空中盘旋，一片一片跳着自己的告别舞落在地上、草上和灌木上。每一片的舞姿都独一无二，每一片的吻别都深浅不一。走在街上驻足欣赏树叶的飞舞便是领略到了秋风萧萧。在美国奥本大学我看到一个现象是落叶静静躺在树根部，尽管颜色已经不再绿、不再黄，变成了深褐色，或者已经没有形状了，但依然不被打搅静静地躺在那里，真正体现了"落叶归根"的安逸。

每个人都要经历"少年不知愁滋味,为赋新词强说愁"的岁月,读到秋瑾的"秋风秋雨愁煞人",只理解为革命工作艰难,借用季节来表达内心。于是也学着去感受秋天的惆怅。托腮凝思坐在窗前,望着窗外淅淅沥沥的秋雨一点一滴打在地上,你会发现秋雨和春雨的区别在于春雨滴滴入土,而秋雨在地上打滑,于是有泥泞的秋雨之说,所以秋就有不畅快的感觉。长大后才知道真正的原诗作者是陶澹人,他在《沧江红雨楼诗集》中有四句:"篱前黄菊未开花,寂寞清樽冷怀抱。秋风秋雨愁煞人,寒宵独坐心如捣。"长大后也知道不必为强说愁而去找秋风秋雨,更知道秋风秋雨也可以喜煞人。

爷爷说"秋的品格极高,不嫉春,不妒夏,不厌冬"。爷爷用谜面"左边绿,右边红,绿的怕火,红的怕水"解释秋。水火本不兼容,但在"秋"中,水火却是如此兼容。如果水火都能兼容,世间还有什么不能容?

走在秋天的路上,听着秋风,沐着秋雨,赏着秋叶,心便像秋一样慈悲:静观花开花落,笑看云卷云舒。

作于 2012 年

金门厦门门对门

中秋雨中月

　　中秋节首次放假，心情比往日更轻松、更愉悦。翻阅着一封封贺信，品尝着一道道佳肴，说声笑声夹在月饼馅里，老人孩子乐在团圆饺子里。

　　供品载着虔诚，恭敬地燃起三炷香，合掌弯腰，五体投地拜请佛菩萨保佑天下芸芸众生安康，保佑全家平安：保佑老人安度晚年，保佑孩子大有作为，保佑先生仕途顺利，保佑我幸福美满。

　　到了赏月之时，呈上果盘、月饼、美酒，全家人拥在明月下，倾听嫦娥歌舞，斟酌吴刚美酒，醉在月光里。

　　先生提醒说天气有变，尽管语气温柔，但仍然让赏月人心头掠过一片云。每个人都不愿相信，但是嫦娥拂袖而去，吴刚挥手告别。每个人深信明月在云水中游，昂头望去，天空一道道亮光画过，那定是嫦娥点燃的烛光，耳旁一声声轰隆声响过，那定是吴刚擂响的鼓乐。云中的月更增加了一份妩媚，玉兔感动得流下了行行泪水，一滴滴落在人们的头上、脸上、手上、心上。

　　中秋雨中月，充满了无限遐想……

作于 2013 年中秋节

九月九日话重阳

一年一度的九九重阳节到了，中央电视台的《国庆七天乐》和《我要上春晚》节目都有意安排了关于老年人的内容，反映出我们对老年人的关爱和敬意。

记得小时候读到毛泽东主席的《采桑子·重阳》："人生易老天难老，岁岁重阳，今又重阳，战地黄花分外香。一年一度秋风劲，不似春光，胜似春光，寥廓江天万里霜。"感觉诗的意境很美，但是缺少深层感悟。而今，也许是随着年龄的增长，也许是怀念老父的情思，今年的重阳节便有一份别样的感触，脑海也就无意识地再次想起这首诗，对"人生易老"有一种无言的感慨。

学校是充满活力的年轻人的地方，即使身边有老教师，多数情况不会超过60岁，所以重阳节似乎离我们不是很近，对生命的感知便体现出另一种情境。免不了会闻到一点点烈味，感到一丝丝锐利。有一句话叫"少年不识愁滋味"，今天则有"中年不知老将至"。

无论少年时代的"为赋新词强说愁"，还是中年的难解"菊花何太苦，遭此两重阳"，生命总在一天一个台阶地向上攀爬，或许沿途有坎坷，或许一路有风景，只有经历过才能来到九九重阳。

"九"在中国文化中是一个最大的数字，农历九月初九是两个最大数的重叠，加之《易经》中的"九"为阳，"六"为阴，所以得名"重阳"。

实际上，重阳节的原始形式是先秦之前在九月农作物丰收之时祭天帝的活动。《吕氏春秋》的《季秋纪》中记载："（九月）命冢宰，农事备收，举五种之要。藏帝籍之收于神仓，祗敬必饬。""是日也，大飨帝，尝牺牲，告备于天子。"重阳节始于远古，形成于春秋战国，普及于西汉，鼎盛于唐代以后。屈原的《远游》里写道："集重阳入帝宫兮，造旬始而观清都。"历代文人墨客有不少贺重阳咏菊花的诗词佳作，其中最为脍炙人口的就数唐代诗人王维的《九月九日忆山东兄弟》："独在异乡为异客，每逢佳节倍思亲。遥知兄弟登高处，遍插茱萸少一人。"

我国是在1989年把重阳节定为"老人节"，"九九"谐音"久久"，有长久、长寿的意思。2006年国务院又将"重阳节"确定为我国"非物质文化遗产日"。

登高是重阳节的一个重要活动。金秋九月，天高气爽，登高远望可让人心旷神怡。如果说清明节是人们度过漫长冬季后春游的节日，那么重阳节则是在秋寒新至、人们即将蛰居时的秋游，我们把清明节的春游称为"踏青"，相对应地说，重阳节的秋游就该是"辞青"。

王维在诗中提到"插茱萸"，佩戴茱萸是重阳节的重要标志之一，人们认为在重阳节这一天插茱萸可以避难消灾。重阳的茱萸相当于端午节的菖蒲，多是妇女、儿童佩戴。但不是所有地方都可以找到茱萸，因此佩戴菊花也是重阳节的另一标志。菊花被称为"延寿客"，所以也有延年益寿、消灾避邪的作用。

记得小时候，到了秋天，摘一朵黄灿灿的菊花捧在手里，轻放在鼻前，其实菊花并没有太大香味，但是仍然要沁入心房似地去闻。有一次被问到最喜欢的花是什么花，我毫不犹豫地回答说："菊花！"等到后来才知道菊花竟然是家乡的市花，每年秋天，家乡都要举行菊花展览，免不了闲暇时去凑凑热闹。能对花卉"四君子"（梅、兰、竹、菊）之一的菊花情有独钟也算是一种"艳福"吧。

说到重阳节的另一习俗——喝菊花酒，在古代被看作重阳必饮、祛灾祈福的"吉祥酒"。酿制菊花酒，早在汉魏时期就已盛行。唐代诗人卢照邻在《九月九日玄武山旅眺》："九月九日眺山川，归心归望积风烟。他乡共酌金花酒，万里同悲鸿雁天。"诗中描述的"金花酒"就是菊花酒。菊花酒有枸杞菊花酒、花糕菊花酒、白菊花酒等诸多种类，就犹如菊花有杭菊、亳菊、祁菊、贡菊、滁菊、怀菊、济菊、黄菊等种类一样，品饮哪一种都在饮酒人的一念之中。若手边一种酒都没有，也别急，掰几缕菊花瓣轻放口中，慢慢品味，也能觉出淡淡的菊香。

重阳节里最实惠的活动就是吃重阳糕。"高"和"糕"谐音，取步步登高的吉祥之意。重阳糕有桂花糕、菊糕、五色糕等种类。严格地讲，重阳糕要做成九层，才称得上"九九重阳糕"。但是，在西北地区，最广为接受的是黄米面油糕。黄澄澄的黄米面包上红糖馅、桂花馅、青红丝馅等，包的时候面是滚烫滚烫的，需要蘸上凉水才能做，包好后放一会儿里面的红糖就化成水，为了方便孩子们迫不及待地要在油炸之前就吃一个"面稀"，奶奶和妈妈会有意地包成长条形，而且有意地多放一点糖，并且在包别的糕的同时还要搓一下那几个长条形的，为的是让里面的糖融化得彻底一些。现在想到当时拿起来咬一口的感觉都觉得甜到心里，那才真是叫甜。

重阳节文化紧紧围绕健康平安、洪福长寿、趋吉避邪等企盼美好未来的主题。其中对"孝"文化有很好的演绎。我国每年农历九月初九重阳节定为全国的敬老日。这不是狭义地只孝敬自己的父母，而是广义地对长者尊敬。长者的智慧是社会的宝贵财富，"莫道桑榆晚，为霞尚满天"。其次提升了"寿"文化。青

自然之景

春长驻、人生不老是人类世世代代的共同追求。此时不仅祝福老人们长寿,也应该祝福年轻人健康。最值得提倡的是重阳节的"雅"文化。赏菊吟诗,品酒赋词;登高望远,心往神驰,禁不住发自肺腑地赞叹:

少逢重九情烟花,
今日登高在天涯。
劝君一醉重阳酒,
邀月同赏长寿花。

作于 2013 年

一草一木同窗伴

满园尽是黄金叶

古人曾说：一叶知秋。给人的感觉是瑟瑟秋意，大有繁华落去，满目萧条的味道。但今日信步走在校园里，看着满园的黄金叶，心情怎么也悲凉不起来。

看到一个捡拾落叶者，我止足上前，想问得：是否有黛玉葬花的感受？

看到一阵微风掀动地面的树叶，翻着、滚着，想寻得：是否有无可奈何花落去的感慨？

然而，从捡拾者惬意的眼神中，从叶片轻快的舞姿中，甚或从追逐飞叶的女孩的那只纤纤细手中，从脚踏落叶的男孩的盈盈脚步中，我感到秋带给人们的绝对不是凄凉。

世人多描述天女散花，有谁曾想到过天女散叶吗？望着叶片在空中翩翩起舞，自由翱翔，似乎在温馨地提示人们"没有叶落飘飞，怎能有来年的春暖花开"。

"落红不是无情物，化作春泥更护花"是对落花的赞叹。而今，面对金黄的落叶，我们不由得也会赞叹：落黄不是无情物，满园尽是黄金叶。

作于 2014 年

冬　风

春风和煦，送来姹紫嫣红；
夏风凉爽，带走腥汗炎热；
秋风凛冽，横扫残枝败叶。
那么，冬风是什么感受呢？
漫步在冬的季节里，静心屏气品味冬风，会有很多感受。

一大早，太阳还在睡懒觉，晨练的人就出门了。扑面而来的冬风吹醒了睡意犹在的大脑，吹红了乍暖还冷的面庞，人的精神瞬间而来，腿不由地跑起来，脚不由地跺起来，手不由地搓起来，哈气不由地飘起来。冬风是一首晨练曲。

走在出行的路上，冬风从耳旁嗖嗖飞过。有人围起了围巾，有人竖起了衣领，有人升起了手掌。似乎想把冬风留下来，留在围巾里，留在衣领里，留在手掌里。冬风是一首行进曲。

冬风有时也会发怒。它怒为什么如今的冬风冷得不够劲？它怒为什么如今的冬风很少见到雪伙伴？它怒为什么如今的冬风很难听到呼啸声音？所以，冬风憋足了劲，要展示往日的风采，它狂啸，它飞卷，它要让人们睁不开眼睛，它要让人们吐不出呼吸，它要让人们回味冬风曾是一把利剑。

然而，穿着毛皮衣服的人们不怕冬风，带着大墨镜的人们不怕冬风，开着有暖风的汽车的人们不怕冬风，住着有暖气的房子的人们不怕冬风。冬风禁不住感慨时代变迁，岁月流逝，沧海桑田。

冬风抬头望望天空，万里无云，哪里找得到雪花的踪影？

它怀念雪花的舞姿，飘飘洒洒漫山遍野。它怀念"忽如一夜春风来，千树万树梨花开"的美景。

傍晚，冬风目送着匆匆回家的人们，心头升起了爱怜、恻隐。它不忍心惊动人们，它轻轻地吹拂着，连它自己也不清楚自己刮起的是冬风还是春风。只听有个声音"今年又是一个暖冬"。

人们已经进入梦乡，冬风独自在旷野上徘徊。没有了川流不息的车辆，没有了如潮涌动的人群，在那零下几度中它感觉到自身的价值，冬风恢复了自信。它飞舞、飘游、旋转，直到清晨迎来又一个晨练的人。冬风是一首迎宾曲。

爱春风，

爱夏风，

爱秋风，

更爱冬风！

作于 2014 年

冬风吹醒春天梦

自然之景

冬　雪

记忆中的雪都是白皑皑、苍茫茫。每到冬日就等着能感受一场望上去晶莹剔透、听上去沙沙作响、闻上去清新舒爽、摸上去沁心冰凉、踩上去柔软酥松的雪。

天地合一，万物一新。灵魂都被洗涤漂白。

这就是冬，这才是冬雪，这才是冬雪的韵意。

凌晨，微微睁开双眼，感觉窗帘外的亮度比以往高几倍。是有雪了吗？隐约传来一个欣喜的声音"下雪了"，确定是有雪了。

摒弃喜欢捂暖被窝赖着不起床的习惯，急忙穿衣下地，披上为冬雪而准备的红外套，穿越几百个台阶，直奔楼下。

站在院里四下望去，雪在哪里？只见周围世界像披了一件丝织白沙，像雾像霜。脚不敢乱走，手不敢乱摸，生怕弄皱薄如蝉翼的白纱，弄醒披纱熟睡的大地。

站在原地一分钟，两分钟，十分钟，半个小时……听不到，摸不到，闻不到，踩不到，只有薄雾轻绕。

这也是冬雪。是现代都市常看到的冬雪。

整个上午，坐在办公室，就像多日没有洗澡，浑身不自在。中午破例冲了个冷水澡，让头发尖都经历一次"透心凉"，直冲到热血沸腾，灵魂升华。

天地转动，沧海变桑田。不变的是冬雪情结。

作于 2015 年

诗城布拉格

从布拉格回来已一个多月，每每回忆起来都是情深义重，也许我真的和她有前世的缘？

布拉格是捷克的首都，远在地球的另一端，新石器时代就有人居住，始建于公元9世纪，查理四世（1316—1378年）时期成为罗马帝国兼波西米亚王国的都城，达到鼎盛时期。但我却有似曾相识的感觉，潜意识里似乎在这里待过。也许是她沿袭了被西方称为城市规划之父的古希腊建筑师希波丹姆在5世纪制定的规范化城市设计模式，与其他欧洲城市如罗马、巴黎或伦敦等构成西方城市相近的城市意象，但我对她的情感的确要超过我曾去过的任何一座欧洲城市。

一、守约的布拉格老城广场

那是一个夕阳斜照的下午，我带着一身旅途疲倦前往老城广场，出门不远的街口，一位打铁的小伙子专心致志地拨弄炭火，火苗在铁棍左右蹿腾，这人与这火吸引了周围的游客，也让我忘却了疲惫。他从不抬头，似乎身边一街整齐的货摊根本不存在，似乎驻足的路人只是耳边的一阵风。他一锤一锤地砸下去，火星四溅，打好的铁具挂在身旁的木板上。我想问问这铁具的用途，但终看不到他有交流的意愿，我把好奇装进兜里离开他，走向街巷深处。脚底下是一块块黑黝黝的铺路石，高低不平，但充满了

自然之景　139

千年的温度，踩上去心是暖的。我每一步都周周正正地落在石块中间，担心歪了会踩坏记录岁月的诗篇。两边的建筑矗立，仰头望去，和路一样宽窄的天与楼顶的雕塑携手肃穆，无需语言，一切都在不言中。

耳边传来一阵琴声，一个姑娘站在广场边上的一个建筑前静静地演奏，有听的，有不听的，有给赏的，有不给的，姑娘如电影中的人物，看不到发生在身边的事情，只有当喜欢者要上前合影时，才会稍稍有所表示，但也绝对不会迎合。人静，琴静，心静。

老城广场看上去并不很大，却是11至12世纪中欧贸易最重要的集市之一，欧洲各地的富商们在广场周围建起巴洛克式豪宅，风格一致，但绝不雷同。首先吸引我的是广场的提恩教堂，斜阳照着正面金碧辉煌，金光再反照在油光发亮的石块路面上，我站在那里留影，但我不知道会和哪位先人的脚印重合。我仔细端详着这座哥特式的教堂，80米高的两个双塔矗立顶部，为什么是两个呢？欧洲教堂不都是一个尖塔吗？原来这里有故事，一个是亚当，一个是夏娃。那么是粗一些的是夏娃呢？还是细一些的是夏娃呢？所以一个城市要有故事，一个建筑也要有故事，有故事才有生命力。

老城广场也是决定国家历史命运的政治事件发生地，捷克著名的宗教改革家胡斯雕像成为广场的中心。这座雕像从1902年至1915年用13年塑成，纪念的不仅是一位宗教改革家，他还是中欧最古老的大学布拉格查理大学的首任校长，他改革和简化了捷克语语法，主张高校用捷语教学，反对日耳曼化，并由于主张改革宗教，于1415年被罗马教皇宗教法庭处以火刑。绕他的雕像走几圈就像绕佛塔一样的感觉，敬意和崇拜并不会因为宗教理念的差异而厚薄，内心涌动着一种感恩，感恩世间有这样为正义不惜牺牲生命的人，感恩后人还能如此珍惜前人的献身。雕像周围设了一圈座椅，游人真把广场当成客厅了，悠闲地坐在胡斯的身边，听他讲述 600 年前的故事，也把 600 年来发生的一切讲给他听。我也坐下来倾听，虽然语言不通，但我能感到周围游客内心的安宁。

广场最热闹的莫过于建于 1410 年的钟楼了。这个自鸣钟每到整点便自动打开窗门，12 个圣像相继出现，向人们鞠躬。当最后一个圣徒走过并把天窗关上时，天窗上面的金鸡扇动两翼后鸣啼，宣告报时结束。自鸣钟至今走时准确。钟的中间部分为钟盘，标明太阳和月球的运动；钟的最下部分是 12 个镶有圆框的组画，描写一年十二个月的农耕情景。年历两侧是装佩宝剑、短杖和盾牌的天使以及三个象征公正掌管城市的市民。伦敦有大本钟，巴黎有巴黎圣母院的钟楼，布拉格的自鸣钟却让我不知该怎样看才能尽兴。我在不同角度、不同远近处拍摄，终难满意；我摄像录音也终不能记录它对岁月的见证。606 年，它见过多少人，听过多少事，不知它是否能记住有一位东方来的虔诚女子倚在它的脚下拥抱它、瞻仰它、赞叹它。

离开老城广场，我写了一首诗，表达我对它的眷恋：

守约的布拉格老城广场

忐忑你会不会等我

担心你经不起岁月的诱惑

我匆匆穿过店铺的河

跨过铁匠的火

挤过一线天的衔巷

扑向你的胸膛

自然之景　141

自鸣钟依然跳动着你的心脏
在相约时分为我吟一曲思恋之歌
胡斯依然昂起你的头颅
为我讲述浴火重生的信仰
亚当夏娃塔依然张开你的双臂
拥抱我的柔肠

你果然在等我
坚守着千年的承诺
陈旧不平的铺路石
都是你泛黄的日记
我怎能逐篇读过
奔驰的马车拉我回到与你的初恋
眼前的浮华我又怎能舍得
我只能捧一掬你的影子装进相机
约定梦里为她盖一座哥特式教堂
再盖一间巴洛克式的房

二、查理大桥，与你牵手

伏尔塔瓦河是捷克的母亲河，全长435千米，流经捷克，也南北贯通布拉格，成为布拉格城市的中轴线。会务组宣布要畅游伏尔塔瓦河时，我稍有激动，一路兴致勃勃跟着导游路小姐穿过大街小巷来到河岸。游艇停在岸边，要到正点才出发，于是就欣赏到一幕惊心动魄的"醉酒戏河"。一个当地小伙突然从身边跳进河里，上下翻腾，我们都在观看他的游技，只见他好像要在水中表演脱衣秀，但又看到他像是力不从心，浮不上来。真不知道他是在表演还是要出事，我本能地大喊一声"Help"，一下警醒了观看的人群，一阵骚动，冲来几位穿制服的工作人员，火速抢救，把他拖上岸，原来这位小伙子是喝醉了酒。

开始登船了，入口处两位漂亮姑娘托着一杯一杯的红葡萄酒和黄葡萄酒，接过这杯酒，你就觉得长上了翅膀变成了鸟，或潜入水中变成了鱼。岸边的"布拉格红"建筑（我命名的，因为和中国红不一样）在我心中燃起一团文火，我站立在游艇的二层露天平台上，透过水墨画似的云雾，欣赏两岸"远近高低各不同"的不同风格建筑。这条河上有不同时期的18座桥，查理大桥是最古老最具魅力的老桥。游艇从桥下穿过，似乎穿越到1400年前，感受当时的工匠如何修建16座桥墩，如何架起520米长、10米宽的桥梁可以支撑616年风采依旧，如何在桥上雕塑30尊圣者雕像，成为"欧洲的露天巴洛克塑像美术馆"，如何为历代国王加冕游行铺上红地毯。河边的白天鹅把我拉回到现实，一幅风景画在眼前定格：查理大桥像是苍劲有力的火烧过的颜色，岸上是布拉格红，游艇和白天鹅在比谁更洁白，河水清清，天空垂下一挂雨帘，我的黄色长裙随风飘逸在雨中。

我披着湿漉漉的长发回到游艇的一层，细雨在窗玻璃上画出不同的画，各种美食摆满自助餐餐台，红葡萄酒黄葡萄酒交相辉映，诗人们诗兴浓浓，吃着、喝着、聊着、笑着、赏着、合影着，一首首诗在心中酝酿发酵，而我却想着怎么能尽快飞到桥上与它亲密接触。次日，我步行来向它问候，穿越桥头哥特式的门楼，走在高低不平的桥面，30尊雕塑复制品一一向我点头致意，桥那头的布拉格城堡也在向我招手。我站在桥上，四处环望，写下了：

查理大桥，与你牵手

昨日从你桥下穿过

我感到你支撑岁月的坚强

今日你举我肩上跳舞

我感到你跨越时空的悠长

数十座雕塑肃立

在接受我的检阅

你待我如来访的君王

伏尔塔瓦河伸手紧紧握住了长江

桥头古老的城堡

奏出捷克和中国的圣歌

伴着河面跳跃芭蕾的天鹅

红房、绿穹、黑桥、蓝天、白云

托起我的黄色裙装

一座彩虹桥落你身旁

与你牵手

共同走进传说中的殿堂

三、人生一串相逢

  会议在布拉格市立图书馆举行，每天都需要从酒店步行至会场，可以选择不同的行走路线，领略不同的街景。其中让我感兴趣的是"书雕"（我命名的，全部用书制作）。在布拉格市立图书馆入口的台阶顶部就有一个书雕，很有老子的味道，"谷神不死，是谓玄牝。玄牝之门，是谓天地根。绵绵若存，用之不勤"。我坐在书雕的玄牝之门照相,感觉要脱胎换骨,巧的是那日我身着一身白色西装,整个人像是被净化了。街头的书雕很长,可能是随时都需要变换造型,但是有十足艺术味。

会议期间,与会人员都在市立图书馆相聚,朗诵、研讨、发布新书。这日,会议结束后,几位诗友相约去拜访一位华裔诗人。出了图书馆向西而去,沿途一路上坡,每条街都不很长,总需要拐弯,可是沿途赏景的兴奋点不一致,于是总得在拐弯处停下脚步为后面的人指路。如此走走停停,看到了罗马式的一个广场,方尖碑高耸,周围是栩栩如生的雕塑,只是少了喷泉。看到了街道两旁的各种商店,琳琅满目。再次领略了查理大桥的遒劲和伏尔塔瓦河的柔媚。继续向上,坡度大约有45度,年长者走得都要放弃了。一路问路一路前行,终于来到了布拉格住户的民居最高处(我认为是),来到了朋友的家。爬上三楼,穿过宽敞的客厅,直接来到阳台,规模大小像一处后院。入座,喝着红酒,品着美食,放眼整个布拉格城,眼前一片布拉格红,各种建筑高低错落。大家在说什么我都没听进去,我只在想每天坐在这里享受这样的美景,那该需要几世修的福。天色暗下去,万家灯火亮起来,天空又挂起一帘雨幕。回到客厅,诗友们继续喝着美酒、品着美食、听着音乐,朗诵着自己的诗作。时间几次想提醒大家,但不忍打断。终于不得不说再见了,大家走在蒙蒙细雨中,一路下坡,脚步快了,心情乐了,诗人冒雨一直送我们至不会迷路处。这份雨中情便留下了永久记忆。

西江月·人生一串相逢

人生一串相逢

前后自有顺序

今夜访你媒为雨
爱洒一路难去

景深怨桥不长
心重嫌人语絮
我写诗行谁谱曲
有情未必再聚

四、布拉格，一座诗城

布拉格的街就是一首诗，长短不一；布拉格的路就是一首诗，高低不平；布拉格的路口就是一首诗，分不清东南西北。迷失在城市里，就犹如迷失在诗里。迷失中你能遇见一代文豪卡夫卡，他会带你走进他的书房听他读《变形记》，走进他的博物馆感受他的时代，甚至可以走近他的墓地倾听他的恋人朵拉不舍他离去的哀哭。迷失中你能遇到布拉格城堡的历代主人，他们会邀请你走进圣维特教堂参观彩色玻璃窗，走进圣乔治教堂欣赏国家艺廊，走进黄金巷里的童话王国。迷失中你能听到隆隆炮响，那是城堡的火药塔在发威；你会漫步绿色花园，那是为了映衬墙外的布拉格红。

我在街边的藤椅上小坐，要一杯咖啡，看着行人走来走去，看着街头艺人的倾情表演，看着"活人雕塑"（我取的名，就是人满身涂上颜色，一动不动地站在那里，连眼睛都不眨）。看着五彩缤纷的建筑，看着形态迥异的大小雕塑。要的是一杯咖啡，品尝的绝对不只是咖啡的味道。我徘徊在广场，几辆老爷马车"嘎哒""嘎哒"地奔驰而过，女马车手和男马车手一样潇洒，车里的游客有节奏地配合着马蹄声上下起伏。另一边，一个十多岁的男孩打开了场子，观众略略围了过去，不一会儿观众头上飘满了大大小小的肥皂泡，孩子们四处追逐。太阳照着肥皂泡五颜六色，飘啊，飘啊，碎了，变成沙粒大小的彩点不见了。世界万物如肥皂泡破灭了多少，不计其数，但仍有眼前这千百年的城市、千百年的建筑、千百年的文化、千百年的诗意在经历过千百个劫难后还留存，难怪布拉格这方水土能养育出诺贝尔文学奖获得者——诗人塞弗尔特，难怪塞弗尔特在《故乡之歌》中写道（何雷译）：

　　她像细瓷花瓶中的鲜花一样美丽，
　　我的祖国、我的故乡；
　　她像细瓷花瓶中的鲜花一样美丽，
　　又像你刚刚切开的、
　　香甜可口的面包瓤。

　　尽管你一百次地感到失望和沮丧，
　　你还是回到了祖国的怀抱；
　　尽管你一百次地感到失望和沮丧，
　　你还是回到了富饶、美丽的故乡，
　　回到像采石场上的春天一样贫穷的故乡。

　　她像细瓷花瓶中的鲜花一样美丽，
　　她也像自身的过失那么深沉，
　　她便是我们无法忘记的祖国！
　　当生命的最后一刻来临，
　　我们将长眠在她那苦涩的泥土之中。

自然之景

返回酒店的路上,我走在小方石铺就的小巷,一辆辆红色有轨电车风驰电掣般驶过,铁轨发出沉闷的叮咚声,转眼消失在古董一样的中世纪建筑群里。三十多条有轨电车穿行于布拉格的大小街区,轨道和地面一样平,丝毫不影响其他车辆行驶。行走着,仿佛在时光隧道穿越,一会儿回到中世纪,瞬间又被带到21世纪。音乐感的脚步迈出诗一样的步伐,前世的缘今世的情都涌到脑海,流淌出一首赞歌:

布拉格,一座诗城

走进似曾相识的诗城
往事如云
一块块黑黝黝的铺路砖石
记录着诗客的青春
俯身抚摸
岁月磨灭了诗文
变成负氧离子
飘入空气中

喜欢诗城的味道
让人沉醉不醒
在一个多岔路口
铁匠哥还在痴情地等
"我回来了"
铁匠哥头也没抬
"回来晚了

淬炼的诗太阳

被塞弗尔特那小子拿走了

得了个诺贝尔文学奖"

披着诗太阳

登上诗城的高处

拜访一位"老"诗人

问他，诗城

有多少人写诗

多少人读诗

多少人听诗

多少人品诗

他俯瞰细雨中的万家灯火

问我，能数清吗

多少盏灯吗

不，多少缕细雨

每缕细雨都是一首诗

落入伏尔塔

奔流不息的诗河

作于 2016 年

邦咯岛之诗行

初听邦咯岛是在布拉格举行的世界诗人大会开幕式上,马来西亚霹雳州州务大臣兼诗人以双重身份邀请世界诗人朋友参加马来西亚将在霹雳州邦咯岛举行的国际诗歌节盛会。英文 Pangkor Island 一滑而过,并没有留下印象,只是知道马来西亚的国际诗歌节在一个岛上举行。

一、吉隆坡,一位智慧的母亲

诗光流转,收到了邀请,该出发了,但还是没兴趣了解这是个什么样的岛。进入马来西亚的国土,走在吉隆坡的街道,满满诗情投给了双子楼、清真寺、皇宫、独立广场、老城等,对于将要见到的邦咯岛没有太多期待,除了对一些诗友们的挂念外。

从吉隆坡需要乘车 4 个多小时到码头,在漫长的车行中,除了要停下来等待沿途顺路搭车去邦咯岛的其他诗友和会议的志愿者外,就是在座位上对吉隆坡用诗歌回味。这是我第三次来吉隆坡,所以感受要比首次来复杂一些。双子楼,让我更多想到的不是它寓意马来西亚有独一无二的石油钻井,不是它门前高大的圣诞树,也不是附近新建的桥梁,而是纽约的双子楼。我曾写过一首关于纽约双子楼的诗:

双子楼,你是一朵花

初识你
你亭亭玉立
修长的身段直达云际
电梯以火箭的速度升起
为了让我吻到你

再见你
你疲惫地躺成一堵墙
我抚摸着一个个雕像
眼泪还挂在他们脸庞

今见你
你端坐如两尊佛
净水潺潺而下
涤荡一切阴霾拥抱阳光

看
Ronolda 绽开一朵白花
洁白柔和
所有的目光都投过去
我注目端详
看清了
她原来就是你

而此时,我对雄伟建筑的命运感到悲凉,比如中国的阿房宫、圆明园,意大利的万神庙等。有的是天灾,有的是人祸。吉隆坡的双子楼在我的眼前开始摇晃。

又见吉隆坡双子楼

爱你
不是因为爱你
想你
也不是因为想你
又见你
是为看到纽约双子楼的生命在延续
是为看到我对他的爱有所托寄

仰望你
多年前的一幕重回记忆
翩翩红风衣
与他相识在冬季
他和你一样高大挺立
如果建筑是凝固的音乐
他就是贝多芬的命运交响曲

今日又到"冬季"
你捧出盛夏的太阳
我内心却仍有寒意
眼前总有重影
飘来晃去

一会儿是他一会儿是你

我慨叹

历史上有多少建筑能寿终圆寂

  而今,她留给我的记忆除了美好,还有一点点尴尬。母亲把新皇宫镶嵌成亮黄色,看到比旧皇宫更光明的未来;母亲把独立广场打扮成深色,从中体会反殖民的艰辛;母亲让老城保留着老样不是偏心不爱,而是以此警醒儿孙。我喜欢这位母亲,从而喜欢这座城市。

  车在行驶,吉隆坡从视野里消失,眼前出现了颠簸的乡路和水域码头。车停下了,好像是目的地到了,但是还要等,等什么?等接车的人。车上等,没到。下车等,还没到。坚信所有的等待都是值得的,一行人在叫作红土坎的港口等着,等着……

二、军舰与诗歌握手

  海面停着几艘大船,原来果真是军舰。虽然没有夏威夷的军舰那么大,但是这军舰上的军人荷枪实弹。几位海军带我们上了军舰,上军舰就先上交护照。显然这是动真格的,不能有疏忽。本以为军舰会立马开往邦咯岛,可是迟迟不启航。等什么?不知道。在二层甲板上,马来西亚海军蓝波乐队已经打开了场子,乐器歌手都已就位,背景是邦咯岛诗会的展板,而且摆好了饭菜、饮料、台吧。看架势不是等启航的问题,是要在此等一场宴会。果然,主人出场了,舰长郑业龙是一位华裔,致辞欢迎大家,诗会欢迎仪式正式开始。主持人报幕,节目一个接一个,朗诵、唱歌、跳舞、乐器弹奏等,精彩纷呈,诗人们吃着、喝着、欣赏着。军舰什么时候启航的不知道,但感觉到军舰停下来又在等,等什么?

自然之景 153

还是不知道。我开始在甲板上前后走动，只见舰首大炮高架，海军手握钢枪，三步一岗，五步一哨，和舰尾形成鲜明的对比。我好奇这些真枪真炮，记得学军时打靶动过真枪，还有一次去军营访友，首长拿出各种枪弹，在山里进行了一次实弹射击。我没什么收获，倒是锻炼了儿子的胆量。这次我提出合个影吧，战士点头同意，并同意我摸着枪留个影。之后，我找了个中间的位置坐下，左边在唱在跳，右边持枪架炮。感慨之余，我写了一首小诗：

文武之道

红土坎港口驶出一艘军舰

船首

高射炮仰天守望

水手紧握钢枪

船尾

诗歌在海面回荡

舞步伴着海浪

这是诗的力量

文武在此汇合

书写

铸就

文武之道的模样

军舰与诗歌就这么握着手，不愿分开，诗人们从下午等到日落。只见水手们换上洁白的海军服，指挥穿着长筒军靴，手持军刀，在甲板入口处昂首列队。是在欢迎某位重要人物？是欢迎雳雳州州务大臣。州务大臣来了，在特意安排的餐桌旁就座，一行人开始欣赏节目，品尝美味。饭吃完了，节目演完了，军舰似乎没有再次启航的任何迹象。等什么？不知道。就在太阳就要隐入海平面的时候，舰长再次出来讲话，穿着洁白军服的水手们列队走到舰尾竖立军旗的地方，水手奏起军乐，旗手缓缓随军乐降下军旗。噢！等的是这样一个特殊的场面。

　　太阳潜入海底，海面顿时一片漆黑。下舰的命令来了，可是军舰在海上怎么下？诗人们随着州务大臣和舰长来到底层甲板的一个小窗口前，从这里下。先到的已经穿上救生衣，这可不像玩漂流，救生衣是摆设。这可是要正儿八经地穿好，系好所有的绳扣。小窗外一片漆黑，诗人们顿时紧张了起来。两个海军一边一个站在窗口，负责地把每一位乘客从小窗口送出去。他俩紧紧提留住救生衣后领口处的一个布环，不停地和窗外的人交换意见，同时给乘客下指令，大概是"出舰""转身""往下走"，每一批能走8个人左右。我早穿好了救生衣，可是第三批到我这里结束了，我被捂出一身汗，等第四批。开始了，我出舰，转身，梯子是垂直的，海面翻滚，候着几只冲锋舟，云梯最下边阶梯处有两个渔民模样的壮汉，负责把冲锋舟和军舰稳固在一起，还负责把云梯上下来的人的脚放在梯子横杠上。我正要抬脚往下走，只听见两位渔民急切地呜哩哇啦几句，我立马就被两位海军提留上来，我趴在那里，一个劲地安慰自己"没什么！一点儿都不用害怕"，我还略略看了一下海面，原来浪太大，小船稳不住，像要被掀翻一样。不知过多久，可能是几秒，可能是几分，我感到提留我的手松了，我开始往下迈步，渔民们大概是喊着"再下一步""再下一步"，脚被一个渔民摁到了小船上，他们开始接下一个人。我需要自己走到小船中间，可是我的脚一步也迈不出，我急得想哭，可是也没有哭出来。这时，离我近的渔民像提留一只小鸡一样把我提留进了小船，我爬着坐到了位置上，鞋和裤子都湿了。满员了,小船飞速驶向邦咯岛。这次军舰与诗人的握手让我终生难忘,也让诗友们终生难忘。

三、邦咯岛美得不累

　　踩着海边柔软的细沙,我踏上了邦咯岛,几张大桌子,几圈椅子,给我第一印象的是电扇像磨盘大,忽悠忽悠地转着,估计不仅要吹散热气,还要吹掉身上的沙子。诗人们终于都到齐了,大家向酒店走去。路不远,但道不是很平,深一脚浅一脚来到有路灯的地方,一艘军舰模型躺在路口边,路灯不紧不慢地把光打在舰身上。马路对面就是酒店,到家了,这一天够辛苦的,恨不能马上进房间洗个热水澡。进了大堂,会务组没有人接待,只派了几个志愿者帮忙,选房间一阵混乱,所有的急性子在这里都需要接受锻炼。6点多到,8点还没有入住。等到你不热了、不累了、不急了,甚至不想洗热水澡了,钥匙才拿到手,而且是最原始的金属钥匙,是一间房不管住几人都只有一把钥匙,是如果不知道出门要反锁,房间锁着就如同开着。前后楼之间有一处像天井一样的地方设了一个游泳池,孩子们在里面戏耍,大人在池边的椅子上悠闲地躺着。

　　次日,会议在邦咯岛一所学校的礼堂举行。然而早饭过后了,还没有拿到会议日程,经过再三询问,拿来几个会务袋,可是有的装着会务挂牌,有的竟然没有。又经过一段等待,才等来会务挂牌。步行10分钟走进礼堂,门口的迎宾姑娘温文典雅,从她们身边走过你都不舍得走快,那样会觉得太造次。进了礼堂,椅子左右两边横排,正对舞台有几把椅子,坐着几位主要嘉宾,如霹雳州州务大臣和夫人,还有本次诗会主席等。他们正对着舞台,而没有坐在舞台上。会议从朗诵诗歌开始,首先是土耳其的一位诗人朗诵，诗人们依次朗诵后，霹雳州州务大臣才致辞、朗诵自己的诗，诗会主席才发言、朗诵自己的诗。之后会议开始接受各国诗人团队的礼物，比如中国诗歌团队赠送了画作、书法作品以及茶叶等。会议还在进行着，突然就得到一个指示去参加诗会的第二会场。我恋恋不舍地离开会场，站在门外等待参加第二会场的诗人们都不知道去哪里，等着，等着，来了几辆出租车，大家被召上车，一路颠簸向前开，开到哪里，估计只有司机知道。到了一片废墟前，车停下了。这里是荷兰炮台所在地，墙体还在，炮却是今人摆在那里的。废墟前面还有一块空地，做了一幅红白相间的立体型画。两旁是售卖当地土特产的小摊铺，组委会还特意在树荫下备了各种当地小吃和饮料。

这是一个很别致的设想，诗人们就站在画上，开始朗诵，大家努力用英语朗诵，中国 90 后诗人马小康就是在这里用英文朗诵了他的诗作。之后诗人们再次乘车向前，爬着台阶来到一高处，站在凉亭极目四望，山环水绕，风景秀丽。这时，州务大臣一行也来到这里，凉亭同样备了地方小吃和水饮，州务大臣为客人们亲手夹送甜点，并讲解甜点的故事。之后诗人们就在这样一个美丽的地方开始朗诵，我在这里用英语朗诵了一首非常应景的古体诗：

南乡子·心之味

何处寻心味？
满腹杂陈理还累。
千古爱恨多少情？
非非！
英台望断山伯泪。

山间绕江水,
唱遍东南与西北。
试问天下当为谁?
心碑!
是王非王皆化灰。

　　这种户外的朗诵会持续到下午,诗人们在邦咯岛宜人凉爽的招待所,穿过开敞的窗眺望大海朗诵;诗人们在华人建造的寺庙喝着椰汁、欣赏着蜿蜒的白色长城造型朗诵;诗人们见识着印度人的宗教礼仪、探寻着最古老的印度庙遗址朗诵。
　　这里给我留下深刻印象的有印度姑娘们,她们的从容大方以及和蔼友善留在了我的诗歌里:

走近印度女孩

你漂亮的吉祥痣谁点
你乌黑的秀发谁梳
你传神的大眼谁擦亮
你丰满的体态谁滋育

拉你的手
脑海浮起佛经中的牧羊女
祭祀盆的贡品
是佛的回礼
还是你对佛的敬意

坐你身边

耳边响起《流浪者》的丽达之歌

你黑了点

你胖了点

你老了点

但善良纯真从未褪去

吉祥点我眉宇

手指滑过我的发际

我盛情邀你住我眼里

你温柔拥我依你怀里

这里还有一位叫作雪梨的姑娘给我留下印象,她的平静、淡然也留在了我的诗里:

有个姑娘叫雪梨

骄阳似火

邦咯岛懒洋洋地躺在海上

人躲在树下

热浪钻入头发、衣袖、鼻腔、毛孔

躁得心胀

有位姑娘叫雪梨

纱黑,衣黄,唇红

像是寒宫仙女

热不附身

悠然地飘来飘去

看着她

犹如喝了冰红茶

心若不躁
热奈我何
心若不冷
寒奈我何
心若不霾
雾奈我何

这里的海滩给我留下了印象，特别是在巴锡武雅海滩看海时邂逅了一对青年男女，他们的热情、彼此的爱慕让我不由得想起了我与先生看海的一幕幕：

看海

看海
须成双成对
鸳鸯卿卿
海鸥我我
此岸与彼岸两相随

曾记得，我们
在夏威夷的黑红绿黄沙滩
看潮起潮退
在百慕大的粉色岸边
看云卷云飞
而今天

我宁愿单行

因没你作陪

眼前的浩渺

不想独自面对

我赤脚倒走

脚印盛开两行茉莉花

左边是你，右边是我

雪白纯洁

我心自醉

  这里最高处的观音像肃穆端庄，守护着远离故土的华人，也守护着远道而来的我。我顺着菩萨的目光望出去，邦咯岛绿色的树、红色的房顶、蓝色的海水、白色的云彩一览无余。看着这样的景，耳边回响着诗人们的朗诵声，我静静地坐在台阶上，邦咯岛美，美得平静，美得不累。就连具有国王身份的人物出席晚上的闭幕式时，也如菩萨般缓缓而行、轻轻入座、君臣相敬、安详平和。

邦咯岛之美

走遍千山万水

只喜欢你的红绿搭配

看尽古今名胜

只为这座白色长城陶醉

少女的妩媚

英男的阳刚

距离只在舰首舰尾

君王的淡定

自然之景　161

臣民的安然
答案只在清纯蔚蓝的海水

穿行在古老的渔村
诗已无疆
质朴乘着诗句在江河山脉间穿飞

邦咯岛
美得平静
如巴锡武雅海滩的漫步
美得不累
如马六甲海峡的戏水

作于 2016 年

四目相对两不厌

诗行桂林

去桂林就像桂林的山水一样自然，没有任何刻意。北京的朋友解我的诗情，得知他桂林的朋友在酝酿画意，便为我搭了一座桥走进了桂林。

从雾霾迷蒙的北京转入山清水秀的桂林，视力一下提高了好多，尽管当时是夜里两点。坐在机场大巴上像是坐在私家车上，乘务员可以热心到帮你接听电话，帮你计划路线，若不是车上还有别的乘客，真能送你到终点。下了车，走在路上，路边仍然还有摩的候着。问一声路绝对没有害怕的感觉，都是热心地告诉你怎么走。进了旅馆，服务员一个劲地问候，好像造成飞机晚点是他的责任，拎着箱子送我到房间，临走还嘱咐"早点休息"。虽然睡得晚，但却睡得很香。

次日早晨，迎着东升的太阳，信步闲逛，高大上的大招牌让我有点恍惚，"维纳斯""维也纳""格林"等洋名字矗立在离天最近的地方，我迷惑了。是欧洲移民到了桂林？还是桂林移民到了欧洲？不管是谁移民，都不是我想要看的，我要看地道的桂林。于是驱车约一个半小时去到磨盘码头，乘坐豪华轮游览漓江。

桂林的历史可以追溯到一万年左右的母系氏族时期，真正的"桂林"这两字是秦始皇时期才有，而桂林名和今天桂林区域相吻合也已有一千多年的时间。当坐在游船二层相当于头等舱的座位，喝着清香的桂花茶，窗外的山向后隐，船下的浪向前翻，我陷入沉思。这手牵手的群山见证过多少游人，这滚滚的河水承载了多少悲喜哀乐。身旁刚结识的大姐来自东北，说是因为身体不好，所以出来旅游。拿着自拍杆出出进进，难得闲下来。她的热情感染了我，我想我也不应该辜负了这山这水。本来此时正是同学们在家乡为我的同桌送最后一程的时刻，我为不能亲去而内疚，更为失去他而心疼。我想漓江能承载别人的忧伤，也一定能承载我的。我起身走出船舱，立于船头，微风从耳边掠过，青山绿水白船映衬着我的红风衣，可以想象是多么美的一幅画，我要把它拍下来，船上的摄影师帮我做到了。沿途每个景点我都会摆出特别的姿势呼应，四个小时的航程就在景与照相机之间度过了。至于是否能看出九匹马、是否能拜到观音山、是否能想象出母子山都是为了增加漓江的诗性，漓江的诗性也就是桂林人的诗性。所以，船行漓江可以说是诗行漓江。

　　船停靠阳朔县城，稍稍走走看看后乘车返回桂林市区，不是因为阳朔不美，阳朔有西街、有"印象刘三姐"、有大榕树、有月亮山、有溶洞等。只是那晚在纸的时代书店聚集了一群诗人在为桂林诵诗，我要听听他们口中的桂林是否和我眼中的桂林一个样。我听到了，他们说"桂林的山是心电图""桂林的山是手拉手"，说得好！大概这就是诗行桂林吧。一位路过桂林的客人在书店听到有诗会，带着自己的家人入座，静静聆听朗诵，也即兴送上自己的一首，献给在座的诗人，也献给同行的家人，更献给桂林。大概这也是诗行桂林吧。

　　桂林不仅让我领略它披着阳光时的美艳，还要让我看看它烟雨蒙蒙时的娇羞。果然第二天一大早雨就渐渐沥沥下个不停，桂林的逍遥楼、东西巷、靖江王府等都表演起"犹抱琵琶半遮面"，站在逍遥楼的高处，俯瞰城市忽隐忽现；走在东西巷，雨水打湿的大红灯笼纯嫩欲滴，窄窄的街巷、湿漉漉的地面、轻巧身材、彩色的花伞、守候的摄影师，我忘了是我在画里，还是画在我心里。那棵古老的城墙，我真想扑上去拥抱它，我真得拥抱了、亲吻了；那棵沧桑的大榕树，我也真想扑上去拥抱它，我也真的拥抱了、亲吻了。我仿佛听到凯旋的马蹄声穿过城门，送来胜利的消息。我明白了，为什么桂林要烟雨蒙蒙，这样才好让我想象，让我有诗意，让我诗行桂林，从昨天穿越回今天，穿越到鲁家村。

鲁家村从珠江看像是一颗珍珠，从芦笛岩看，像是一位披着白色婚纱的新娘。整个建筑以白色为主色调，村落布局和房屋采用欧美建筑风格，不设中轴线，不讲究左右对称，道路方向不明；屋脊高低不一，房间错层。而小品点缀却具有中国风格，如古戏台、古装雕塑、小桥流水、大红灯笼，以及《西游记》师徒四人的取经路。穿行在村庄，有错位感，不知是英国的乡村借用了中国的文化还是中国的文化安插了欧洲的建筑。雨下个不停，我在村落里也不停穿梭，想在最短的时间内读懂它。每一户人家都取一个诗意的名字，最让我感动的是"水云居"，旁边一行英文"Rain and Cloud Live Hotel"，水在这里译成了雨，而这天正好雨不停，云不散。我喜欢这里，"云水两无言，一片清凉境"。

心情好，诗意就浓。那座古戏台摇身一变成了诗会朗诵台，诗人粉墨登场，抑扬顿挫，激情四射，雨还在下，为诗人们增加了无限想象。我记得在《布拉格，一座诗城》中我写到布拉格的"每一缕细雨都是一首诗"，今天我想说，桂林的每一缕细雨也都是一首诗，他落在冒雨听诗的诗人们身上，诗人也变成了诗。所以看着每位诗人，就等于在读一首诗，有的风流、有的潇洒、有的学究、有的严肃、有的幽默、有的多才、有的华美、有的典雅、有的可爱、有的热情、有的冷艳……来不及读完，来不及细读，这趟诗行桂林就在诗人们"听雨论诗歌"的热谈中结束了。

没有读够，没有听够，没有看够，但有遗憾才是最完美的完美。告别了桂林，告别了专程送我到机场的诗友，我满载诗情、友情登上回京的路程。

作于 2016 年

玉碧罗青赞桂林

花落人亡雕像知

——记莫斯科新圣女公墓闪着灵魂之光的雕像

"墓地"对很多人是一个忌讳的词,也是忌讳的地方,因为那里居住的不是这个世界的人,而是离开了这个世界的人。我自己也经常在想,人一旦离开这个世界,继续居住在这个世界的人就会无形中对他(她)产生惧怕感,是去世者不服气过早离开?还是在世者回避"离开"这样的情境?如果有一天今天的在世者变为去世者,是否也会让那天的在世者恐惧?之前我也不敢走进墓地,真正不恐惧墓地开始于父亲去世。无论什么时候去祭拜父亲都不会感觉害怕,而会喊一声久未能喊出的父亲,跪在墓前和他说话。

家族墓地对一个家族很重要,公墓对一个国家也很重要,体现出一个民族的文化和精神。几年前在撰写《中美城市建筑文化美学》一书写到"灵性空间"一章时,我特意去了美国华盛顿建于1864年的阿灵顿国家公墓,那里规定只有美国荣誉奖章获得者、为国殉职的现役军人、长期服役的退伍老兵、在联邦政府担任过高级职务的退伍老兵以及他们的遗孤,才有资格入葬。他(她)们中的每一位,无论军阶高低,身份职位;无论是功绩显赫的英雄,还是身份无法辨明的普通将士,都享有一方属于自己的象征着荣誉的栖息地。在阿灵顿国家公墓,除去乔治·华盛顿、帕克·柯斯悌司及其夫人,乔治·马歇尔将军,约翰·肯尼迪总统及罗伯特·肯尼迪等少数墓地外,墓地不分等级,将军与士兵比

自然之景

邻而居，每个人占有的土地面积包括墓碑的大小基本一样。墓碑整齐地排立成半圆形，白色的墓碑绿色的草地，每天都有新的墓碑立起，为每位逝者举行的入葬仪式都是一样的时间，有乐队奏乐、鸣炮、降旗，所有入葬者都是站立而入土。在那里我真正感受到对逝者的尊重。那天我遇到了几位法国年轻人、敬老院的老者、学校的孩子们，以及不同地方的旅游者。

  这次去莫斯科，祭拜了被称为欧洲三大公墓之一的新圣女公墓。新圣女公墓震撼我的不是哪位政要、文人、名流葬在那里，比如赫鲁晓夫、叶利钦，或者果戈里、契诃夫等，而是那里闪着灵魂之光的雕像。我曾为米开朗基罗的雕塑臣服，5.5米高的大卫雕像重五千多公斤，用一整块大理石雕成，历时两年，显示出艺术家惊人的魄力与艺术才能。我当年驻足仰望大卫的雕像时，很难和《圣经》中的牧羊少年产生链接。而这次站在新圣女公墓的雕像前，雕像主人的灵魂都被雕刻在石头里，仿佛能听到灵魂在说、在诵、在跳、在唱。

  新圣女公墓建于16世纪，据说是彼得大帝的姐姐索菲娅公主的囚禁与葬身之地。约从19世纪开始才成为俄罗斯的国家公墓，葬居着2.6万多位俄罗斯各个历史时期的名人。这里就像家族的祠堂，当我们走进自己家族的祠堂，对面墙上的画像会让我们对祖先肃然起敬，而新圣女公墓的雕像让我对俄罗斯民族肃然起敬。雕像是生者对逝者态度，一个认真对待逝者的民族一定会认真对待生者。在112亩大的墓地上我看到千姿百态的雕塑，与其说是在祭拜逝者，不如说是在倾听复活了的雕像。普希金在阐述是否后悔决斗，果戈里在哀叹后人不听劝告立碑结果搞丢了头颅，赫鲁晓夫在述职黑白功过，戈尔巴乔夫夫人在殷切等待，卓雅在苦难中挣扎，奥斯特洛夫斯基还在续写《钢铁是怎样炼成的》，乌兰诺娃还在跳着《天鹅湖》，中国的王明还在眺望远方的祖国，等等。对这些我们熟知的人物在我看到雕像的一瞬间就会直接连线，他们生前的故事都刻在生后的雕像上，也许没有一个文字解释，但只要看到雕像就读懂了一切。为这些雕像赞叹，更为雕刻雕像的雕塑家赞叹。

但让我更加赞叹的不是这些熟知的名人雕像，而是我根本不知其名的雕像，即使看了雕像我也不知他（她）是谁，但我却记住了雕像。一位微笑着的军人，胸前戴满了军功章，威武地坐在路边。他没有笔直地站着，而是悠闲地坐着；他没有怒目以视，而是友善地笑着。仿佛我听到了铁马冰河已远去的声音。一位托腮沉思的数学家，数学公式刻在身旁，他像一位哲学家一样在思考。他似乎在说没有数学就没有哲学，没有哲学就没有人类的思想。一位全部用书雕像象征逝者，逝者或许是一位出版商？或许是一位图书收藏家？但我看到书是知识的仓库，知识是人类前进的力量。一位女士优雅地斜倚在自己的墓石上，表情高傲，不屑世间的一切。很难想象她已逝去，她的傲气永远不朽。另一个女士被刻在一个小亭里，小鸟依人，一定是她的先生怕她遭风淋雨，这是一个备受呵护的女人。一个女孩雕像非常端庄的学院派，堪比卢浮宫或冬宫的雕塑作品。我不知道她有什么贡献可以葬在几乎都是成人的墓园，但我从她的雕像中看到了从容、端庄、美丽，还有一点点忧伤。她被鲜花包围，很美很美。还有一个看不到面部表情的雕塑让我驻足良久，他单腿赤脚跪在墓碑旁，左手略显痛苦地摸着低下的头顶，右手摸着一只落在墓碑上的大鸟，鸟儿展开翅膀，一只翅膀覆盖在墓碑上，另一只呈飞翔状，眼睛睁得大大的，乖巧地看着主人。人鸟的对话我听了好一阵，听得我心都酸了。

我们常说人是匆匆的过客，但在这里我似乎感到了人的不朽可以靠这些闪着灵魂之光的公墓雕像实现。比如那位美丽的女孩从1936到1944生命只延续了8年，可直到今天她在我面前依然是鲜活的。那位小鸟依人1904年就离开了这个世界，可她依然那么楚楚动人。那位书先生从1884到1968活了84年，算是比较长命的，但也只有84年，而只要那本书立在那里，他就可以再活半个世纪直到今天，还可以再活更久直到未来。他们人去了，但闪着灵魂之光的雕塑留住了他们的灵魂，供一批一批的后人来祭拜、瞻仰。成型的雕像加深了他们在人们心中的意象，犹如城市的建筑帮助人们记住了城市一样，雕像帮助人们记住了那些逝者。离开墓园时，回头望一眼，我突然想起红楼梦《葬花吟》中的几句：

侬今葬花人笑痴，他年葬侬知是谁？

此情此景：

侬今拜墓人笑痴，他年拜侬知是谁？

一朝春尽红颜老，花落人亡两不知！

此景此情：

一朝春尽红颜老，花落人亡雕像知！

作于2017年

血性的圣彼得堡

我曾写过一首诗《莫斯科,一座过客城》,原因是我看到的莫斯科无法和想象中的俄罗斯联系到一起,如果看北京,我能感到中国文化的厚重;如果在巴黎,我能感到法国文化的辉煌;但在莫斯科我看不到俄罗斯文化的强悍。所以我觉得在俄罗斯面前,莫斯科不是俄罗斯历史的承载者,而能承载俄罗斯历史的是圣彼得堡。

俄罗斯在地理上属于欧洲,但与亚洲比较亲密,比如和蒙古国的关系,蒙古人感谢俄罗斯给予的资助;比如和中国的关系,被中国人称之为"老大哥";比如和日本、朝鲜等。很多时候欧洲人好像觉得俄罗斯更像亚洲国家,经常潜意识中把俄罗斯排除到欧洲之外。但在亚洲人眼里,俄罗斯是地道的欧洲国家,而且在我的心目中那是一个具有一定欧洲文化底蕴的国度,尽管无法和古希腊、古罗马、法国比历史的厚度,但足可以比辉煌的广度,而圣彼得堡为我展开了这幅辉煌的卷轴。

倔强的冬宫

卢浮宫曾震撼到我,为此我多次走进去,院内的玻璃金字塔,展厅的三大镇馆之宝,及其他多达40多万件的艺术收藏品,分展在六大展馆:东方艺术馆、古希腊及古罗马艺术馆、古埃及艺术馆、珍宝馆、绘画馆及雕塑馆的198个展览大厅,至今记忆犹新。当我每每看到游客在展厅里火急火燎地拍照,心里就有点遗憾。这么好的艺术品是需要用心欣赏品味的，而不是留个影就可以感受到。而我这次来到冬宫却经历了一次来也匆匆去也匆匆，但庆幸的是并没有影响我对它的感悟。

冬宫与伦敦的大英博物馆、巴黎的卢浮宫、纽约的大都会艺术博物馆被称为世界四大博物馆。冬宫在18世纪中叶建成，是俄罗斯杰出建筑的代表，19世纪40年代被大火焚毁后浴火重生，二战中受到重创后再次修复，见证了沙皇政府的"流血星期日"，见证了十月革命的天翻地覆。冬宫在经历战火的淬炼后以蔚蓝色与白色相间的靓丽色彩悠然地矗立在涅瓦河旁，270万件展品同样也悠然地与冬宫享受和风熙日。这让我联想到中国北京建于18世纪初的圆明园，1860年遭大火焚毁，这两处建筑年龄相仿，命运近似，一只凤凰倔强地涅槃，而另一只凤凰一直沉寂在圆明园的残垣断壁中。我曾在20世纪90年代去看望过她，之后我不忍再去看她，而今走在冬宫心却隐隐为圆明园作痛。

于是，参观冬宫的脚步显得沉甸甸，每看一幅画、一个雕塑、一件衣服、一面挂毯、一块石头、一件瓷器，我都觉得她们能等在这里不容易，我迫不及待地想听他们讲述自己的故事。皇家的故事听多了，我只想听那些平凡的事。一位老先生雕像是在悠闲地读书，我踮起脚尖才能看到他的书页，也许是普希金的《假如生活欺骗了我》，也许是托尔斯泰的《战争与和平》、也许是契诃夫的《变色龙》，也许是高尔基的《海燕》，但今天相约在这里，他要讲的是这些名家之外的故事。故事中，我听到一个小孩在笑，他就站在一个展厅中央，笑得很萌很萌，笑到我的心都酥了。幽深处传来女孩的哼唱，整个大自然只为她一人展开，我看不清她的脸，看不清她的身段，但断定是维纳斯再世出浴的瞬间。婴儿车旁聚集着妈妈们的身影，在忙着为俄罗斯民族添丁加口，靠着女人生孩子的本分照样可以成为民族英雄。一个巨大的棺椁内响过闷雷一样的喊声，我有点忌讳看棺椁，但我更想听听是谁不服气睡在里面？是谁在向天再借五百年？若真能借得，站在外面的应该就是他了，那豪华贵气的丝绸礼服就应该是他从中国寻得，送给心爱女人的礼物了。达·芬奇、毕加索等大家的名画似乎不再像以往在卢浮宫等博物馆时那样让我着迷，我觉得他们代表不了冬宫倔强的性格。

勇敢的夏宫

去过巴黎凡尔赛宫的人看到夏宫后会觉得似曾相识，喷泉、绿植、雕塑等，那是因为夏宫的建筑师是聘请自法国，夏宫是以凡尔赛宫为蓝本修建的。但不同的是，在凡尔赛宫感受到的更多是温馨，喷泉温馨、雕像温馨、花坛温馨，还有一个逗乐的哈哈镜。而在夏宫感受到的是力量，也许这是因为夏宫是在彼得大帝取得与瑞典战争的胜利后开建的。当俄罗斯把瑞典从称霸一时的强国宝座上拉下来，自己取代瑞典王国成为波罗的海的霸主，可以想象心气有多足，力量有多大。于是在主喷泉雕塑中我们看到设计有《圣经》中的大力士参孙，参孙用强有力的双手掰开狮子的嘴，让泉水从狮子口中喷出高达22米的水柱。在上大学时曾读到英国诗人弥尔顿的长诗《力士参孙》。参孙力大无比，眼睛被弄瞎了，身体被铜链锁着，但仍然用拔山扛鼎的双手拉断了大厅的两根支柱，大厅坍塌，与敌人同归于尽。我没有想到这么多年后，在俄罗斯的夏宫遇见他，他还是那样气壮山河，赤手掰开狮子的嘴。

夏宫分为上花园和下花园，下花园修了一条笔直的管道，直通到波罗的海，我不知道世界上还有哪个花园能有如此魄力引海为湖。站在花园望着茫茫大海，满满的霸气，仿佛看到参孙把一只手伸进海里，整个波罗的海就大浪冲天，整个世界就雷霆万钩。我们通常会唱"我爱那蓝色的海洋",蓝色的大海感受到的是豪情;我在通往百慕大的游轮上是躺在藏蓝色海洋的怀抱,接近于黑色的海洋感受到的是深沉、稳重;而这里的海水是褐色的,褐色的大海感受的是力量。受此力量的感染,我与同行的七位男性诗人坚定地站成一排,迎着海风合了一张"八仙过海"。

游览应该是悠闲的,但我可以闲下来,却总悠不下来。看到一个亭子里有一个小型雕塑,雕塑顶部站着一只鹰,一群外国游人经过,随行的导游在讲解,我听不懂她的语言,但我从她的手势和语气中感到的还是力量,仿佛在讲那只鹰要解救参孙,那只鹰要帮助参孙摧毁亭子。我走在绿植中,一处谢绝游人的房子旁一位老人在清洗建筑立面和门窗,他很瘦,可很有劲。沿途一位胖大妈在清扫路边的落叶,扫把落地"唰""唰""唰"!如果我的感觉没错,夏宫除了让人们闲下来,更重要的是在这里可以充电、可以打气、可以精神抖擞。

浪漫的叶卡捷琳娜宫

也许你会问,血性和浪漫怎么可以放一起?但俄罗斯告诉你是可以的,如普希金没有血性就不会为浪漫而决斗、而死,叶卡捷琳娜二世女皇如果没有血性就不会成为俄国历史上前无古人后无来者的女皇帝,不会成就浪漫的叶卡捷琳娜宫。

叶卡捷琳娜宫也叫皇村,也叫普希金村,也叫儿童村,这是历史留下的脚印。是这里的皇族学校为12岁的普希金留下了美好的6年学习生活剪影,让世人看到一个文学天才的诞生。是这里拒绝了循规蹈矩,为孩子们留下一片自由的蓝色梦境。但最终它还是由意大利设计师拉斯特列里设计的充满浪漫气息的叶卡捷琳娜宫。

蓝色金顶的建筑外貌,清冷中带有贵气,是女皇展现在公众面前的仪态。而宫内大厅金碧辉煌一间接一间，组成一条"金色的走廊"，是女皇火一样的激情。她不仅用最宽敞的接待大厅展现俄罗斯帝国的雄厚国力和她拥有的至高无上的君权，还用"红柱厅""绿柱厅"等体现她女人的柔情。我曾写过一篇《女人和酒》，提到过琥珀色的啤酒要比玫瑰色的红酒更让人陶醉。没想到在叶卡捷琳娜宫的"琥珀厅"得到例证。当年希特勒打到列宁格勒时占领了皇村，把价值连城的琥珀盗走，而等苏军打到柏林时却找不到那些琥珀。尽管现在琥珀厅的琥珀不是当年的琥珀，但仍然能感受到身处琥珀色中的陶醉和浪漫。

走到园子里，到处都是诗一样的建筑、画一样的景色。越过小桥时似乎回到了中国的园林，看到巴洛克式建筑时仿佛到了巴黎，站在一座座姿态各异血性十足的男性雕塑面前，我觉得自己到了罗马、希腊，我可以想象到女皇的情怀有多么宽广。水中倒影婆娑，木舟荡漾，水鸟缠绵，我可以感受到女皇的情丝有多么悠长。在这样的园子里，演绎出什么样的浪漫都不为过，倒是若没有浪漫那就太辜负这片园子了，太对不起为浪漫而献身的那尊普希金雕像了。

从豪华的大门走进去，穿越时空，从一个不起眼的小红门走出。门口有个小纪念品店，比起皇宫大厅的艺术品真是天壤之别。这应该就是人生，女皇这样，百姓也是这样。我想起武则天的无字碑，其浪漫的程度应该不逊色于这里。

坚硬的彼得保罗要塞

我在百慕大去过几个要塞，印象很深的一个要塞是我们自己根据地图一路找去的。看着近实则远，到达时已近夕阳西下，阳光洒在要塞的草坪、花墙、炮架上，一切显得很温柔，全家坐在草地上温馨地合影，完全不是要塞该有的气氛。今天走进位于涅

自然之景　175

瓦河畔的彼得保罗要塞，我同样感觉不到要塞该有的刀光剑影。迎面是彼得保罗大教堂，金色灿烂，高耸入云。几何形平面棱角分明，纵向立面节奏律动，尖顶纤细，一座巴洛克式的俄罗斯建筑经过意大利人特列津尼的设计由此诞生。教堂由于安葬着从彼得大帝到尼古拉二世的几乎所有的俄罗斯沙皇和皇后的遗骨而显得异常庄严、神圣。他们仰望着高逾百米、覆以镀金叶片、宏伟挺拔、充满韵律感的钟楼，倾听着回荡在波罗的海上空的钟声，与圣彼得堡保罗要塞一起坚硬地成为永恒。

彼得堡保罗要塞是圣彼得堡城市建设的前身，圣彼得堡城市是俄罗斯的摇篮，所以来到圣彼得堡保罗要塞就找到了俄罗斯的根，领略其有多坚硬。整个要塞城墙都用花岗岩石料修筑，要塞的棱堡都以彼得和他的将领名字命名：国王棱堡、纳雷什金棱堡、特鲁别茨科伊棱堡、佐托夫棱堡、戈洛夫金棱堡、缅希科夫棱堡，岛上的所有城防工事都是石制建筑。资料这样记载：棱堡和障壁高十至十二米，宽二十米，均由两层墙构成：外墙厚八米，内墙厚两米，两道墙之间铺着碎石、沙土。要塞共六座大门，其中东北向的彼得大门是彼得时代保留至今的唯一一座凯旋门式建筑，建于1707—1708年。门上装饰着圣徒彼得雕像，俄国国徽——双头鹰雕像重达1069公斤。门两侧壁龛内各有一尊女神雕像，象征民族智慧和彼得大帝的英明。

如此坚硬的要塞作为防御工事是所有人的初衷，曾为打败卷土而来的瑞典人立下战功。但这只坚硬的拳头在俄罗斯称霸之后砸向了自己人，成为阴森恐怖的监狱。彼得大帝的皇太子阿列克谢是要塞的第一个囚犯，之后宫廷政变中的失败者均被关进要塞，然后被流放，成为"俄罗斯巴士底狱"。在反对封建专制和农奴制斗争的民主解放运动中成为镇压俄国进步力量的政治监狱，如十二月党人、进步作家高尔基等都曾被囚禁于此。

今天走进这所坚硬的要塞，彼得大帝的雕像端坐在院落中央，审视着要塞是否保持着彼得大帝时的硬度。

高傲的十二月党人广场

听到"十二月党人"这个词就会联想到政治事件，政治事件就会联想到流血，所以我最初想到的一个小标题是"流血的十二月党人广场"，但当我看完广场，驱车离开广场时，我的镜头里出现了彼得大帝雕像中高昂着头的骏马，我想到了普希金的长诗《青铜骑士》，第一行就是"高傲的骏马，你奔向何方？"于是我感到这里的每棵草都是高傲的。

十二月党人广场最初叫作元老院广场，1925年才改名为十二月党人广场。广场上矗立的彼得铜像要比十二月革命早约半个世纪，高五米，重二十吨，底座整块花岗石重四百吨，彼得大帝安坐马背上，两眼炯炯有神，严厉而自信。骏马前腿腾空，后腿踏着一条蛇，大有势不可当的态势。为什么十二月革命选在这里，我想一定是他们也充满了自信。尽管革命被镇压，但是高傲的精神不会被镇压，犹如那些高傲的小草"春风吹又生"。彝族诗人阿布写道："我悄悄连根拔起翠绿的草／不出所料，一根连着一根白骨。"他在这里可能听到了让人心疼的哭声。但我没有听到哭声，我听到了笑声，每一棵小草都在仰天长笑。面对着马路对过奔流不息的河水，大浪淘沙，他们没有被冲走，而是像金子一样留在广场上。就连彼得大帝都觉得是他沾了十二月革命的光，使自己的铜像更加熠熠发光；是他激励了俄罗斯的贵族青年，毅然背叛了自己的阶级；是他衬托了十二月革命的精神，让反对沙皇专制制度、提倡民主的声音响彻俄罗斯。彼得大帝是被迫觉悟的，他从欧洲流放回国后开始了一系列改革。而十二月党人是自己觉悟的，为了民族的未来在自己身上开刀，不惜牺牲优越的贵族生活，这在任何一个民族都是少见的。所以这场革命自始至终都是一场高傲的革命，十二月党人广场应该是高傲的十二月党人广场。

洁白的阿赫玛托娃博物馆

圣彼得堡还有很多地方值得我去讲述，母亲河涅瓦河、救世主滴血大教堂、喀山大教堂、俄罗斯国家博物馆、阿芙乐尔号巡洋舰等，但这里我还想再讲述的是阿赫玛托娃博物馆。说它洁白是因为阿赫玛托娃被称为是俄罗斯诗歌的月亮，月亮博物馆一定是洁白的。实际我对这位诗人并不是了解很多，当一进门看到墙壁上的巨幅宣传画，我没有感觉出她是一位女性。走进院落看到一个小巧玲珑的头像非常美丽，觉得和曾经听说过的诗人的遭遇不相配，一个饱经沧桑的女人怎么可能如此秀丽？博物馆只是一座三层楼高的宅子，院子打理得也不是很好，展厅也不是很明亮，但是陈旧的服装、发黄的纸张、破旧的旅行箱、简陋的厨具，把每一位来访者拉回到那段不堪回首的峥嵘岁月。仿佛阿赫玛托娃站在窗前等待两次被捕的儿子的消息，在告诉别人她没有自杀，在等待不再回家的那三个男人。一个女人纠缠在感情当中、又卷入政治漩涡，需要怎样的力量才能平衡生活？可能是月亮的力量让她回归纯洁，保持了一颗原始的心去继续创作，可能是月亮洁白的光照亮了她的生命航程，使她能够百折不挠。

她和汉学家费德林合作，翻译了中国诗人屈原的《离骚》，翻译"路漫漫其修远兮，吾将上下而求索"时，她会是什么样的心境？她在列宁格勒的探监队度过的17个月里，用口口相传的方法写下并送出去《安魂曲》，这段时间她更是需要怎样的毅力？《安魂曲》30多年后才出版,但一直没有被人民遗忘,也许是月亮保护了这位诗神,虽然她生前并没有看到《安魂曲》出版。

　　告别阿赫玛托娃博物馆,我有一种不愿再看任何景点的想法。圣彼得堡的血性存在于帝王身上也存在于文人身上,存在于男人身上也存在于女人身上,存在于贵族身上也存在于平民身上。如此强的血性让我警醒、反思,返回的路上以及回国后好久我一直未能提笔写下在圣彼得堡的感受,直到此时它还在冲击我,我还在问自己……

作于2017年

夏宫海边忆女皇

走进诗一样自由的戈壁滩

出生在中原地带的我一直向往两个地方,一个是海,另一个是草原,经常幻想那浩渺无垠的壮丽景观。看海的梦想是在百慕大和夏威夷实现的,真正体现了人们常说的一句话:"归来从此不看海"。而看草原的梦还一直萦绕在心头。

辛苦的戈壁朝圣路

从乌兰巴托到戈壁滩需要乘坐一宿火车。习惯于动车、高铁的神速和舒适,当突然发现眼前懒洋洋地躺着一列绿皮火车,时光顿时回转到20世纪80年代上学的岁月。也是一辆绿皮车,也是柴油的浓烟,也是"嘎达!嘎达!嘎达!"的伴奏。小小车厢挤着四张窄窄的床,关于谁与谁同厢共眠,引起一点骚动,男女不愿同厢,陌生人不愿同厢。火车似乎久未开动,窗户打不开,不能通风,又闷又热。请几位大汉帮忙均未能扶起那沉沉的车窗,最终还是列车的工作人员想尽办法使之撬起,但问题又来了,风太大,只能再关上。睡在氧气稀薄但热气充盈的上床,疲倦瞬间把我拖进睡梦,但憋闷又把我拖出来。想爬下床出去换换气,顺便上个卫生间,却找不到卫生间的水龙头开关。原始的便池、原始的洗漱台,让人无奈,乱搬弄一阵终于流出几滴清水。上车前被告知车厢门不关会有危险,所以回到车厢关紧车厢门,那晚体验了一把青藏高原的呼吸,氧气不足,昏昏沉沉。天亮前到达终点，下火车同样是一场考验，提着重重的行李走下一人高的直梯，从此下决心要开始锻炼腿部肌肉。

走在长长的月台，想起了"长长的站台，漫长的等待"那首歌，好在月台是长，等待并不寂寞。手捧奶酪的姑娘身穿盛装在迎候，吃一块奶酪酸在嘴里，甜在心里；月台外的大巴车也在迎候。上了大巴，中门位置竟然设有两个座位，一个先生看到没有人坐便急急地赶过去，哪知座位前是中门的下车台阶，一脚踩空，连人带包陷下去，幸亏眼疾手快抓住了扶手才没有彻底掉下去，朝圣路真的辛苦。从火车站还需开车约两个小时到达戈壁。下了柏油路，汽车就开始颠簸在崎岖不平弯弯曲曲的土路上。车窗外的戈壁看不到黄沙漫漫，也看不到绿草茵茵。一眼望去稀稀拉拉的草趴在地上，偶尔有几簇灌木，也仍然不见绿色葱葱。警车开道，车后黄土飞扬，紧跟的大巴便穿行在黄土中。窗外除了空旷还是空旷，路一直延伸好像可以登上天。终于听到有人在喊"看前面，有蒙古包"！我突然意识到建筑对文化是多么重要，我们常说建筑是文化的载体，在遍地都是建筑的城市，在地标成群的城市，对这句话的感受远远没有此时深刻。蒙古包远远看上去像一个个蘑菇，我怎么也联想不到《草原》歌中所唱"蒙古包就像盛开的莲花"。但无论如何，我已来到戈壁，梦中的草原，尽管不是"风吹草低见牛羊"的梦境。

豪放的戈壁情怀

前些日子，我去了一次上海的周庄，当时我就说：难怪这方土地上的人体瘦小，性格精密。院落不足北方的一个客厅大，水域只能划开一条船，过道搁一个胖子就可以造成交通堵塞。而今站在戈壁滩，无论怎样的人物都会显得微不足道，所以这里的人

自然之景　181

粗壮，这里的人豪放，这里才真是天人合一。

蒙古包用竹子一样的东西编成网格状，围起一个圆圈，高度不足一人高，空间中央立起像房柱一样功能的两根小柱子，绕圆圈斜搭起像房梁功能一样的棍子，搭在中央的房柱顶端，支起白布帐篷，开一个小天窗，开一个小门，一个蒙古包就完成了。出入定须低头，即使如此，还是不停地有人被撞到了头。我估计"大丈夫能屈能伸"应该出自这里，再粗狂的汉子都得低头出入。但只要走出这道门，天高任你飞翔，地阔凭你驰骋。

第一次住蒙古包，第一次进戈壁，不想激动都难。中午我顶着烈日炎炎行走在戈壁，向不远处的几匹马和几个人走去。他们看着不远，但实际上并不近，就在我要放弃的时候，远处传来孩子们的喊声。我不知道他们在喊什么，朝谁喊，但引起我的好奇，一直走过去。我们语言不通，但是完全可以用肢体语言和眼神沟通。孩子们没有用过相机，但有一个男孩非常聪明，很快就学会了照相。他给我照了好几张与他家的马的合影，又把他的兄弟拉过来和我合影，有一个似乎不愿意，他"叽里咕噜"几句，那孩子乖乖站我旁边。我想他们应该是来为我们表演骑马的吧，但在随后的骑马表演中我并没能认出他们。

骆驼对丝绸之路的贡献，我一直敬仰不已。但在戈壁我对骆驼有了新的认识，他们为茫茫戈壁挺起了一座座山峰，为漫漫戈壁画出了一条条曲线。当成群的骆驼聚在一起，眼前是群山峻岭，当骆驼散开来，便是一座座孤峰突起。有了骆驼，地平线不再一览无余，天地之间出现了优美的五线谱，听到了驼铃奏出的音乐。不远处有几匹骆驼在不停地跪下站起，供游人骑上骑下，我是否也要去骑？我怜悯骆驼，但我又好奇驼峰的高大。最后我还是忍不住轻轻爬上了它的脊背，抚摸它高高的驼峰，它真的是好高好高。它轻轻地载我走了一个圈，回到原地，轻轻地跪下，让我下来。骆驼如此高大，却如此谦虚。骆驼更让我敬仰的是在牧民的蒙古包里我竟然喝到了骆驼奶，我原以为是羊奶，觉得酸酸的，主人告知是骆驼奶。在中原牛供奶、马供骑、驴驮载，但这里的骆驼既供奶、又供骑还驮载。骆驼呀，你的胸怀怎么这样宽广，为人类可以殚精竭虑。

我看过无数次演出，小到街头广场，大到国家大剧院、人民大会堂甚至纽约百老汇，但在戈壁看露天演出还是第一回。这里没有舞台，没有幕布，仅仅是没有做过任何加工的一块戈壁周围摆了一排排椅子。唱歌的对着蓝天白云高歌，跳舞的踩着高低不平的沙石地，他们穿着演出盛装一丝不苟。摔跤表演是重头戏，孩子们一次一次上场，严格按照传统的摔跤程序，拍腿、走圈、赢了输了都要有不同的表示。难怪这里的人强悍，难怪这里的人不服输，难怪这里能有成吉思汗马踏欧洲。

戈壁的白天豪放，戈壁的夜晚也豪放，晚餐摆在露天桌子上，无论是讲究的法国人还是精微的日本人，都不会考虑是否有蚊虫飞过，是否有沙土飞落。烤羊肉的烟在空中盘旋，应了那句"大漠孤烟直"，人们不在乎，排着队享受那份烟熏的味道。夜色中篝火点燃，更是点燃了人们的豪情，唱啊、跳啊、喊啊、舞啊，再没有一个地方可以比得上戈壁此时奔放的情怀。

丹津拉布杰留住了乡愁

寺庙是戈壁上唯一真正的建筑，我只听说是活佛兼诗人丹津拉布杰的道场，但在网上并没有查到相关信息。寺庙始终是一个严肃的地方，只要走近就会瞬间产生一种敬畏感，敬畏寺庙的每一尊佛，敬畏寺庙的每一位僧人，敬畏寺庙的每一个建筑，敬畏寺庙的每一个转经筒，也敬畏寺庙的每一盏蜡灯。

进入中式牌楼式大门，右侧是一座唐式飞檐建筑，据说是新建的，里边设经堂，年老的喇嘛围坐在过道两旁的桌子后，年轻的喇嘛在佛像前面高声诵经，年老的低声附和。游人在两侧观赏，不时有人供养，喇嘛们便会给一个小小的纸包，里面像是包着草药或什么。佛像前的转经筒转个不停，游人不停地转，不停地合影。堂内挤得水泄不通，总觉得失去了一点尊严。我退出来，走到院子左侧的一个小很多的屋子，顶部是中国式的塔楼模式，据说也是新建的。屋里设置为土炕的形式，正面是佛像，摆开两排炕桌供僧人们就座。这里有男有女，有老有少，还有计算机。不知为什么这里很清静，除了他们就是我，偶尔进来一个人，拜完就离开了。尽管这里的壁画我并不能看懂，但这份清静我喜欢。大门正对面是一个典型的喇嘛庙建筑，白色圆形建筑上面高耸着金黄色的塔，一层是活佛的经堂，二层相当于观光台。我绕佛三圈，看到后面排列着典型的喇嘛庙小型白色建筑，方形的建筑上面竖立白塔。站在二层平台，向右侧望去，一座佛像在远处金光闪闪。我没能上前膜拜，但我感觉到是观音佛像。我不清楚这座寺庙是丹津拉布杰所修，还是为丹津拉布杰所修，但总之，这里成为戈壁的归处，来到这里就像回到了家，就像找到了故乡。院里没有设香炉，但在一进门的右边设了一个蜡屋。出门前我看到三个小朋友走进去，大的七八岁、最小的可能两三岁，我看着她们进去，大的交了一些钱，拿下三个蜡碟，手把着两个小的各点着一个，自己点着一个，然后恭恭敬敬地摆放在蜡台上。受他们的感染，我也付钱点了几个蜡碟，摆放好。我对大的比画着说：我们照个相吧？她立马同意，我蹲下来，她把两个小的安排在我的两侧，自己站到我的身后。一瞬间，我回到了从前，回到了姐姐拉着我的手的童年，回到了我儿时的故乡。

　　离这里不远处有一个像庙非庙的地方。那种典型的白色建筑隔几米一个像围墙一样围起来。空间好大我的相机无法收进去，于是我爬上附近的一个小山。这里的山石是红色的和黑色的，就像我在夏威夷所见到的火山后的岩石，我相信这里应该是火山遗址。站在红色的山石上，白色的建筑像摆积木一样围起了一处院子，院子左右两边有两处红色建筑。白红相间，甚是壮观。我走下小山，门前两尊铜狮子欢迎我，门中间设一处影壁，画一张脸型图，鼻子和嘴画成一朵祥云，所有游客都要用手顺着祥云顺时针抚摸，仿佛这样可以一顺百顺。沿着中轴线向里走去，爬上一个高台，台上有一丘形建筑，泥沙砖石垒建，旁边有一塔。我没有听到当地人的解释，但我感觉应该是某位高僧的舍利塔。站在高台望去，红色的地面，白色的云彩，蓝色的天空。没有人，没有飞鸟，只有星星点点的绿草，一幅美丽的图画展示在眼前，一首动听的诗回荡在耳边，那是童年的梦，诗意地自由翱翔的梦。

作于 2017 年

骆驼托起沙漠峰

印度行一：
从大理的空灵到加尔各答的空灵

从印度回来就病了。是我在印度透支了我的情？还是印度舍不得我离开偷了我的神？总之，恍恍惚惚病了半个月，照样上课，照样工作，只是有点心不在焉。

今天终于嗓子不哑了，不咳嗽了。清晨起来神情怡然地坐在窗前，看到了秋天正在谢幕，我好像错过了什么，错过了一个月和秋亲近，这一个月我都给印度了。

由于去印度的航班只从昆明起飞，我提前去了大理。大理是一座空灵的城市，苍山空灵，洱海空灵，三塔寺空灵，古城空灵，大理大学也空灵。坐高铁回到昆明，整个的我也空灵了，难怪诗人阿B说我很空灵，实际是我被空灵了。

诗人阿布的族亲在昆明雅都商务酒店设宴饯行。酒店在新城，我骑车只用十几分钟就到了昆明第一高楼万达双子楼，沿途还领略了新建的颇具气势的昆明国际会展中心和昆明城河。陆点是我认识的一位好诗友，可能因为根上是老乡，见了面就自然觉得亲近。他不理解我跑出去看建筑，但我的爱好是看建筑拍建筑。返回酒店，诗友们大概都到了，见到了老朋友，也认识了新朋友。饯行宴吃了什么不记得，只记得诗友们已经开始激动，比以往的任何一次饯行都激动。出发时间是午夜，诗友们尽管多是风尘仆仆刚到昆明，但几杯酒就洗去了疲惫，焕然一新地说着唱着朗诵着。

到机场，登机，飞行，落地，井然有序。我们在夜幕中进入了印度的加尔各答。加尔各答是印度第三大省，曾经是印度的首都。但时过境迁，辉煌不再。机场设施和德里机场没法比，服务也没法比。入境太慢，我们乘着有空先换了卢比，有的换多，有的换少，都随自己的意愿，汇率基本还可以，可能亏一点。我担心太多人换汇会影响全团入境，没想到都换好了还在排队。李自国老师是初次见面，换汇才开始接触，李老师是个爽直的人，从换汇到填表入境等，一路上他给我的感觉就像他的人所表现出来的一样，利索。

终于入境了，取上行李后在灯光闪烁的路灯下，大巴载着我们向酒店驶去。印度的灯光秀普遍好，夜景比日景美，加尔各答也不例外。沿途想看到窗外有什么奇景，不知是我累了迟钝了还是真没有，我只注意到一处带钟表的建筑，好奇路边电线杆上绑着的那些喇叭，就像我们小时候见过的铁喇叭，沿途隔一段就有几个绑在一起。我想可能是斋戒日要广播诵经，我记得在马来西亚遇到过类似的情况，但未来得及证实，入店，入房，休息了。

次日一早，我走出酒店想看看日光下的街，一座高架桥压在头顶，桥下两侧车流行人混在一起，我拍了几张街景赶忙退到酒店的院里。加尔各答第一眼的感觉是：堵。虽然当时车不多，但看着周围就觉得堵，不过走在路上的行人却是悠然自得，仿佛周围什么也没有。

早餐后出发去泰戈尔故居，小有激动。上次来印度没有来这里，但我讲了泰戈尔与中国，对比了泰戈尔与杜甫。这次能拜谒他的故居，自是敬意满满。但可能还是敬意不足，故居由于要接待总统不对外，拒绝了我们。我一步三回头地离开，没有拍任何照，只期望总统走后我们再去。诗友们也有点沮丧，如果距离很远就不期待了，近在咫尺却若天涯，不知今天泰戈尔和我们下的

自然之景

哪盘棋。

　　时间有限，我们等不及，讨论后决定去拜谒德蕾莎修女纪念馆。回到车上，我赶忙换了另一种心情。如果说对泰戈尔是一种崇拜，那么对德蕾莎修女是对她的慈悲的感动。她的一举一动、一颦一笑都具有神性，我很难把她归到众生的范畴。当访客虔诚地跪在她的灵寝石棺边，我从心里接受了她是慈悲神的再现。我愿意伏在她的脚下，愿意在留言簿上写下我的慈悲："平安是福。"愿意朗诵一首诗——"母亲的花"献给她，她是我的神母。离开德蕾莎修女纪念馆的路上，我真正地懂了一个人的美不在外表，而在心灵。德蕾莎脸上的每个皱纹都是一个避难所，收容了多少难多少苦。所以她的皱纹是美的，就像罗中立画中的父亲，皱纹是美，是慈悲。

　　下一处要去维多利亚纪念馆，英国殖民了印度200年，我的情绪隐隐有了变化，似乎有点小愤慨。车驶上了大桥，桥下是恒河水。恒河是印度的母亲河，是印度人心中的圣河，远超过黄河在中国人心中的地位。上次来印度，我特意到了瓦纳拉西，目睹了活人和死者对恒河的敬拜。眼下的这座桥是加尔各答最先进的交通建设。下桥过了收费站，逐渐开始拥堵。旁边的公交车出现了电影里的一幕，没有门，乘客立在门口，半个身子在车外。公交车的窗户低，开口小，里边的人往外看都得低头。我想为什么他们愿意立门口，一是永远堵车开不快，不用担心掉下去；二是这里空气、视野最好，是上座。

　　汽车从这侧下桥，掉头又从另一侧返上来，驶向纪念馆。印度的建筑理念受到欧洲的影响，雕塑成为建筑的一个重要部分。纪念馆大门外就矗立一座人物雕塑，欢迎远客的到来。院内主建筑前后也都有大型人物雕塑，这会使得建筑与人有亲近感。维多利亚纪念馆通体白色，比不上泰姬陵，和美国华盛顿的国会大厦大有一比，都有欧洲建筑的味道。但此圆顶非彼圆顶，有莫卧尔时期的风韵。纪念馆占地面积很大，和拥挤的居民区形成鲜明的对比。我绕这个白色的建筑走一圈，真是完美，无论哪个角度看都美，而且一百年过去，它的天际线没有遭到丝毫破坏。这就是印度独特的地方，该保护的绝对保护，不会搞城市蔓越无序发展。即使有无序，也局限在某些区域，那些区域可以无序到我们看不下去，但就是以局部的无序为代价，换取大局的有序。

印度是一个多宗教国家，印度教占多数，另有伊斯兰教、基督教、佛教。佛教产生于印度，只有10%左右的人信佛。我们开车要去的是圣保罗教堂，这也是一座呈白色的哥特式建筑，鼓浪屿也有类似的一座教堂，只是没这个宏大，我需要跑到最左侧才能把建筑全部收入相机。这个建筑的特色是除了主体部分的顶部有大的尖顶外，每个窗户上方的屋顶都有哥特式的小尖顶，两侧的墙面各有九扇窗，正好吻合了中国建筑的数字"九"符号，也许是巧合。教堂内没有什么特别，不允许拍照，静坐的人也不是很多。从后门出来，看到一个小型的流通部，还看到一位老妪坐在柱沿上悠闲地看报，是杨于军老师提醒我的。杨于军老师是这次认识的一位诗友，和我是同行，她很机灵。在昆明初相识时，她的自我介绍就让我感到她很机灵。她在中学，竟然有很多译著，得有多机灵才能抓住机会，得有多机灵才能躲过繁杂的中学教学进行翻译创作。路上我俩曾坐一起，说起什么时候从加尔各答起飞去奥里萨，她马上从包包里拿出行程表，我赶忙拍下，记住时间记住航班，别走丢了。在和文学院的文化交流中，我更是领略了她的机灵。正如索菲说：she is a great translator. 三人行必有我师，我应该向她学习。说到文学院的交流，我还欠了李自国老师一个情。北塔老师让我找个座位坐他旁边翻译，我是后进去的，不知道李老师已坐他旁边，结果屈居了李老师，我把他的朗诵全程录像以作弥补，不知是否弥补得了，在此再次表示歉意。

从教堂出来去吃饭，李自国老师就提出不要先吃饭，但是没有引起重视。结果等吃完饭再次赶到泰戈尔故居，晚了，只出不进了。看得出来李老师最起码比我上心，他觉得很惋惜，我再次感到了李老师纯真的一面。大家似乎不舍得离开那块地盘，在周围看来看去。拍到了街头简陋的私家祭祀堂，拍到了地面的有轨车轨道完全和欧洲的一样。遗憾仍然挥之不去，最后去了一个不知名的庙堂才平复下来。去庙堂的沿街两侧全部是关于教理的雕刻和文字，每幅图都是一个故事，但由于时间有限未能细细阅览。进入庙门，建筑完全和外面的民居不在一个等级。这是一个印度教的庙宇，院落不是很大，但设计得非常雅致，小雕塑栩栩如生，小厅阁里的大象和骑象人栩栩如生。正面的主建筑是欧式建筑，我们没有进去。而是被领入左手的本土式建筑。从外看非常精致，内部极其华丽。脱鞋进去，告知不能拍照，但看着如此盛装的墙壁，我忍不住偷拍了几张，镶金嵌玉，满壁珍珠玛瑙。空间不很大，但绝对价值连城。这就是印度，把最值钱的都给了神，把清苦留给自己，而且无怨无悔。

离开庙宇，赶往机场，只飞行一个多小时，我们就飞到了奥里萨，结束了期待很久的加尔各答之旅。前面我说大理是一座空灵的城市，加尔各答也可以说是一座空灵的城市。大理的空灵来自大自然的恩赐，苍山洱海是大理空灵的博大胸怀；加尔各答的空灵更多来自人，如泰戈尔、德雷莎修女这样的圣人带给了这座城市空灵，像普通民众这样的凡人也给了这座城市空灵。加尔各答的人要比大理的大自然更加宽容、忍耐、虔诚。来加尔各答就如同接受洗礼，如果不能学会宽容，便无法空灵。

作于 2019 年

印度行二：
世诗会如金盏菊一样绽放

到达布巴纳什瓦尔机场，会议方的接机工作人员为每位诗友都准备了金盏菊花环，就像藏民为客人准备洁白的哈达一样，表达了主人的盛情。带上花环，我顿时心情就不一样，就像一朵朵金盏菊绽放了。看见机场的沙雕喜欢得不行，看到关于甘地的群雕也喜欢得不行，看见一个大花篮也喜欢得不行，完全没有了在加尔各答奔波一天的疲倦感。陈泰久和刘健两位诗友的行李没有如期到，略有点着急，我三步两步就跑去问明情况，那感觉又回到了我当年带团出国的情景。泰久兄是认识多年的好诗友，一身东北人的豪爽，喝酒豪爽，说话豪爽。这次在大巴车上做主持，依然是豪爽，唱的、说的、朗诵的都被他感染。诗友刘剑是今年在另一次活动中认识的，赠送我的诗集，我一直在赏阅。

出了机场乘坐来接我们的大巴，很快就到达了目的地，我似乎没有沿途是什么样的任何记忆。酒店（名字忘了）很不错，干净，整洁，没有异味。印度人的香料是有名的，但不太容易接受，我听到走廊有抽风机的声音，酒店已做了准备。次日一早，我走到大堂观赏这个不错的酒店，酒店的大堂起高幅度很大，站在大堂就有一种被拔高的感觉。大堂门口的特色是大象雕塑，戴着金盏菊花环。走出酒店，远远看去，酒店的主建筑造型像一本打开的书。一进大门正对面是一个圆形塔似的小品建筑，功能应该像中国的照壁。塔前面有小雕塑、小喷泉，院子的地面设计成

自然之景　　191

一个圆形，围着小塔一圈一圈地转，这应该是有蕴意的。酒店大门外对面是一大片绿地，有孩子们在玩球类游戏或比赛，我感觉是在郊外。门前的大路车辆稀少，只看这里不会认为这是在印度。

早饭后集体出发乘坐车牌号 200 大巴前往会场。下了大巴眼前一亮，红色地毯直通会场，两边是当地的舞者和乐师在跳舞、在吹奏，摄影师摄像师三步一个五步一位，好不热闹。走在红毯上，有一种明星的感觉。那天的气温很高，第一会场设在露天，大太阳显得异常地热异常地亮。汗水在往外冒，主席台上的嘉宾都戴上了墨镜。渴了！渴了！送来一托盘，呼一下被喝完了，再来一托盘，呼一下又没了。我纳闷，为什么是拿托盘一杯一杯地送？为什么不是一瓶一瓶地送？KIIT 大学的校长在讲话，他在讲甘地，讲关于甘地的雕像。2019 年 10 月 2 日是印度国父甘地的 150 周年冥诞纪念日，很快主持人宣布甘地雕像揭幕，和我们的揭幕方式不同，不是拉下来一块幕布，而是像试衣间那样围了一圈幕布，嘉宾们共同摁下一个摁钮，缓缓打开。来宾们献花环、献花、撒花，我想起上次来印度开会，第一项议程也是祭拜先人，献花环、献花、撒花，他们这种对先人的崇敬之情很值得我们学习。

第一会场结束后，我们转向第二会场。红色地毯开路，两边的歌者、舞者换成了孩子们，成队成队的孩子们载歌载舞，为诗人们佩戴金盏菊花环，一路上诗人们兴致大增，也不时地随乐而舞。在一个拐弯处，我离开了大部队，向右侧走去。那里有一组孩子们坐在草坪上的白色垫子上，孩子们白色衣服白色帽子，每人手里都有一个乐器，应该是 KISS 学校的男生乐队，他们演奏什么乐曲我听不明白，但他们安闲的神情吸引我坐在了他们的身旁，旁边的人帮忙照下了和孩子们的合影。不远处有六个女孩子,穿着统一,蓝白相间,整齐地站在那里,我仔细端详女孩子们,满脸的幸福,这和在加尔各答见到的沿街乞讨的女孩或在路边卖艺的女孩形成鲜明的对比。我不敢耽搁太久,赶忙返回到红毯上,继续往会场走,这时整个红毯上只有我一个诗人,两边的孩子们对我行注目礼,他们脚下都踩着一块不同颜色的长方形垫子,就像练瑜伽的人用的那种垫子。因为我是最后一个入场,他们在我走过后拿起脚底的垫子逐个撤走。

走近会场时,我看到孩子们提着一桶一桶的水在前面,我有点渴,很想上去讨水喝,可是没有杯子,只好作罢。第二会场是一个露天大操场,正面是有凉棚的主席台,能坐几百人,下面的场地能容纳几万人。场地在后面三分之一处开始有台阶向上延伸,要比全部平铺感觉好很多。当时场上足有三万人,一个方队一种服装,诗人们在前排的藤椅入座,水终于一瓶一瓶地送到了,显然是刚才提桶的那些孩子们现装的,瓶子上没有任何商标。这时工作人员开始邀请我们走上主席台,欣赏几万人的盛况。校长继续发言,这次讲话是对世诗会嘉宾和本土嘉宾的感谢,并为他们赠送了太阳神庙的车轮模型礼物、鲜花。为主席台上的其他来宾赠送印度画和玫瑰,至今我都没有看明白画的是什么。之后我们随着红毯回到了一个有点像阅览室的室内空间,四壁都是藏书,诗人们可以凉凉快快地在这里休息、聊天、赠书。中国诗歌代表团就是在这里把自己的年度双语诗集赠送给了这个"阅览室"。

之后我们又被领到第三会场,这一天的议程基本不知道下一项活动是什么,在哪里。第三会场举行的是拉斯金·邦德的朗诵专场。拉斯金·邦德是印度最负盛名的作家、诗人,已经85岁高龄,身体健壮,底气十足,他为大家读诗应该是大家的荣幸。他读的一首小诗是关于他小时候的事情,非常清新。他回答诗友的问题时坦然地说他没有结婚没有孩子。诗人们一直没有领到挂牌，会场上直接发牌。让我过意不去的是给索菲发挂牌时她的挂牌没有照片，还没有写上她想要的名字。为了安慰她，桂林兄就在她的挂牌上画了一个肖像，显然不是很像。认识索菲也好几年了，她在加拿大魁北克工作，很精致的一位女诗人。记得去年在贵州我做现场翻译时，她一个劲鼓励我。今年的一场翻译任务派给了她，她同样很努力，完成得很好。做翻译的人都知道，交传翻译比较难。

中午在一个餐厅吃自助餐，赞助商米什拉文质彬彬地坐在台上，开饭前，这位先生为大家讲话，典型的商人式文人。文人式商人容易有酸气，商人式文人容易有娇气。什么时间吃完饭不记得了，只记得开幕式是在半下午举行，又是一次红毯带路，通向了一个大礼堂——第四会场。这种开幕式应该很少见，首先我们的会议不会在下午开幕，其次我们的会议不可能要到第四个会场才开幕。

开幕式照例是校长先发言。校长叫 Samanta，是很有头脑的一位中年男子，典型的印度范儿。KIIT 和 KISS 都是他开办的学校，一共有六万多学生，这里的孩子们非常敬重他，他的肖像、与孩子们在一起的照片到处可见。他把教育做成公益，成为一个教育慈善家，这一点我很以为然。布巴内什瓦尔并不是一个富裕的城市，奥里萨整个省还有很多原始部落，但是这里的孩子们特别是女孩子却可以来 KISS 上学，这是多么功德无量的事情。杨允达先生宣布第三十九届世界诗人大会开幕，其他嘉宾一一发言。杨允达先生是一位很睿智的老人，中国台湾人，80多岁了，思维敏捷，口齿清楚，记忆力好，他发言从来不看讲话稿。开幕式请到了 Patnaik，是奥里萨省的 Chief Minister，他到会后举行了点火仪式，嘉宾们每人手持一支点燃的蜡烛，共同点燃一个烛台，有点像运动会点圣火的感觉。Patnaik致词，并向印度的许多名家颁发了证书，包括拉斯金·邦德。开幕式的后半部分是演出，第一个节目是一个男孩和四个女孩赤脚跳起印度舞，舞蹈是一个爱情故事。紧接着更小的孩子们上台跳舞。他们肯定都是该校的孩子们，跳得非常自在。

晚饭有点野餐的味道，在室外。分设不同的取食台，比如烧烤台就很火爆，烤鱼烤虾大家都爱吃。晚上回到酒店已经不是很早，但隔壁的诗友们才开始饮酒赋诗，因为那天是诗人雁西的生日。雁西兄也是初次认识，较早知道他是他的诗集。雁西兄是一位很知性的诗人，他的姿势很优雅，头总是略略歪向一边，加上略带黄色的头发很洋气。雁西兄在购物方面很有品位，他有一个书院，为了装点书院买了很多物件和书。包包不够了，就地买一个行李箱，呵，就地买行李箱的人都比较任性。

第二天上午举行读诗会，是杨允达先生的儿子青峰主持。青峰兄入籍瑞典，很有绅士范儿。我和他是在布拉格认识的，当时还有他的夫人，我们互赠了诗集。他是在新书发布会上记住了我，那次我发布的是《诗是一种修行》。台湾诗人《创世纪》掌门人辛牧先生与他并肩入座。辛牧先生是在台湾认识的，人很好，也很热心。他对我儿子很赞赏，他说我儿子的"古体诗很有造诣"。我的确觉得儿子的诗比我的好，但不敢说他有造诣。午饭后坐车回酒店，我们三个人走错了路，其中有湖南诗友罗鹿鸣。罗鹿鸣夫妇也是这次刚认识，鹿鸣兄全程背着两架照相机照相，非常专业，为大家服务不声不响。在大巴上的发言比他的照相给我留下更深的印象。平日里不多言语，说起自己的爱妻滔滔不绝，还大声唱一首《妹妹你大胆地往前走》，从心里赞赏他。那天我们走错路，让他夫人着急了。

中午回到酒店，说好的集合时间我睡过了。下到大堂，大车当然已经走了。大堂经理帮我联系会务组派车来接,我便等。张中海老师和冯明德老师也误点了,我们在大堂一起等。两位老师是初次相识,平时没有机会说话,坐下来等车便聊起了天。张中海老师夸我上午读的诗好,直到后来回国了还在微信上告诉我台湾诗人和他说我的那首《母亲的花》真好。如果真好,那是托了德雷莎修女的福了。张老师是20世纪80年代出道的诗人,职业教师,写诗不含糊,朗诵用的是"山东普通话",有滋有味。冯明德老师一看就是艺术家,走哪里速写画到哪里,随画随送。冯老师办过诗杂志,培养出好多诗人,可惜我错过了那个缘分。我请冯老师为我画张像吧,他说改日,不知下次见面是什么时候。

小车终于来了,我们忙赶到会场,正在进行一场关于女性问题的研讨会。印度人吃饭一般都推后,中午饭迟到两点,晚饭基本都在九点以后。这不,七点开始演出,合唱、舞蹈、小节目一个接一个,看完演出再吃饭。晚饭仍然在室外,印度的自助餐很有趣,说是自助,但是勺子掌控在大师傅手里,每一种食物由一个掌勺人为食客们盛。印度人爱吃(我们称之为)"糊糊",没有小碗,直接倒在饭盘里。他们是用手把米饭和这些糊糊抓黏在一起吃,吃得很带劲,我们用小勺就很难把那些糊糊从饭盘里盛起来。有一种薄薄的干面饼很受欢迎,供不应求。

第三天我们外出,行程两个多小时到达距离太阳神庙不远的一个叫作"村庄胜地"的庄子,穿着盛装的男士们打着鼓点欢迎我们,女孩子们为我们带上洁白而又清香的阿克花环。我们又被引入第五会议室,太阳神庙的一位行家给我们讲解太阳神庙的前世今生,讲述人们对太阳神庙的已知和未知。听他说这里的花草都很神秘,具有奇效能够治病,包括治癌药物都从这里的植物里提炼,难道《我不是药神》里从印度进口的药和这里有关?很想快点去太阳神庙,会议安排继续留在分会场。我先在院子里四处看看，没有什么特别的建筑，又到别的分会场看看，然后安心地回到自己的会场。午饭后出发，到了神庙门外已经是半下午了，太阳斜照，逆光晃得看不清神庙的主建筑。大门外全部都是摆摊卖小礼品的，等买票期间诗人们抵不住诱惑的就花几百卢比买一些自己也不知道有没有用的东西。我问先桥借了500卢比（我没有带着），也跟着买了一把扇子和一个太阳神庙的车轮纪念品。先桥认识更早一些，是在十二背后认识的，当时还认识了他的大女儿。先桥很厚道，也吃苦。现在的事业做得不错，还兼做慈善。说起纪念品，我记得上次在鹿野苑也买了一个，结果过了一年后才想起来，这次不知要到什么时候才会再想起来。所以诗友李立就问我"买它干什么"，我也不知道买它干什么。李立兄是这次认识的诗友，有几次我们坐在一起，从不熟悉到熟悉。李立兄很率性，有自己的行事方式，有时走到景点门口他都不进去，就在门外等大家。他选的歌都很好听，很有磁性，不仅放开音量给我听，还放到麦克风上给大家听。他很早就开始写诗发表诗，而且也是一个快手，群里面总能看到他的先行之作。

参观完神庙回到车上已经天黑了，真是累了，就想回到酒店早点休息。车子一路奔波，却把我们直接拉到了布巴内什瓦尔博物馆。下了车跟着人流走，才知道是博物馆。如此晚的时间参观博物馆这还是第一次，人们都在跟着指示标向前走，不一会儿馆里几乎就没有人了。我也有点着急要离开，但看到玛利亚和她丈夫正在慢条斯理地听讲解员讲述，就跟着他们慢下来，一处一处慢慢看。等看完走到晚餐的地方，已经开饭好一阵了，那晚的遗憾是由于去得晚了没吃到羊肉。

自然之景　197

布巴内什瓦尔博物馆

毫不知情就被送到你门口
我一屋一屋摸索着前进
竟误了晚饭的时辰
不是你有多壮观
而是好奇你的招牌是"奥里萨省传统"
泥塑，瓷塑，木雕，丝绸，布画，漆器，银器
是全部的奥里萨文明
少吗？2000年历史的见证
落后吗？养活着现有的3670万人
低级吗？有"神圣之国""可以赎罪的地方"的美称
我似乎听懂了乐师吹奏的音乐
似乎欣赏了大象驮载的爱情
似乎明白了织入布匹的天文
似乎理解了女孩的鼻子为何要穿孔
我只用几十分钟走完奥里萨的里程
你默默望着我远去的背影
叹息！现代人的确需要好好领教
慢慢来，莫匆匆

第三天我没有随大部队去孟加拉湾看海，而是自由行到了布巴内什瓦尔市区以及几个主要的庙宇，我要亲眼看看这个城市长什么样。

第四天的主要议程是闭幕式，我们先行回到第三会议室，会议组颁发了奖项和荣誉证书，王桂林等获得了荣誉博士，李立等

获得了诗歌奖。桂林兄是多年的好诗友，人很精明，经营着不少实体店，如书店等。去年世诗会有幸和桂林兄共同主持新书发布会，领略了他的做事认真、一丝不苟的态度。他说那是世诗会上最完美的一次发布会，我听着就高兴，因为其中有我呢。颁奖刚结束，说让大家转移，接着人群向举行开幕式的那个会场走去，院子里全是保镖，进会场要看挂牌安检。原来是副总统 Naidu 先生要来，先遣部队已经到了。陪同 Naidu 先生的是文化部长、奥里萨省长等，Naidu 先生的到来把会议的级别一下抬高到最高级别。Naidu 先生的姿势透出很和蔼的感觉，走进会场和前排握手。坐在座位上，不时翻看桌上的资料，很关心大会的具体情况。在部长、省长讲话后，Naidu 先生发表了热情洋溢的致辞，他的讲话和省长的讲话很富有诗性。Naidu 先生为一批印度杰出文人颁发奖品，之后因公务繁忙和大家握手告别提前离会了。

　　说起今年的新书发布有点出乎意料。早在几个月前我们就开始准备新书的双语发布材料，结果等到公布新书发布的作者时，却落掉了我们的诗友。我和陈波来老师临时上台和主持人交涉，把准备发布新书的诗友名字一个一个地补抄上去，但全排在最后。等到主持人把其他国家地区的作者都念完，轮到我们时，大家有点坐不住了。主持人念不准名字，诗友们因听不清她念谁而着急。发布会没有为作者留出时间介绍自己的作品，这在新书发布会上很少见。世诗会诗集安排在 Naidu 先生到会才正式发布，所以整个会议期间这本书都处于保密状态。本次会议还有一个意料之外是没有确定下次会议的举行地，开始说在美国，后来说否决了，可能在巴基斯坦或巴勒斯坦，但到最后赠送礼品环节都结束了还是没有明确。

　　世诗会今年整 50 周年，50 年共召开 39 届。我没有细数金盏菊花环共有几朵，但是无论几朵，每一朵都象征一次世诗会，每

自然之景　199

一朵都象征世诗会走过的一个年头。道路可能会曲折,但只要人间有诗,有诗意,有诗人,世诗会就会存在。金盏花年年开,世诗会也会年年开。

在淅淅沥沥的小雨中我们告别了酒店,告别了布巴内什瓦尔,告别了世诗会。祝福世诗会!祝福诗人们!

泰姬陵前缘相遇

印度行三：
布巴内什瓦尔——千庙之城的灵性

布巴纳什瓦尔（Bhubaneswar）或者布巴内什瓦尔都是一个地方，只是翻译时的音译不同，是奥里萨省（也翻译成奥里萨邦）的省会。关于奥里萨有两个英文名 Orissa 和 Odisa，我们看到对外都是用 Odisa，很难听出印度人是读 Orissa 还是 Odisa，但翻译成中文一律都是奥里萨，没有用奥迪萨。奥里萨最初还有个名字叫羯陵伽，相传公元前 261 年，阿育王大帝通过血战占领的就是羯陵伽，正是在羯陵伽阿育王决定信奉佛教。羯陵伽在公元前 1 世纪喀罗吠刺国王执政期间曾达到辉煌顶峰，被称为羯陵伽帝国。奥里萨使用的奥里雅语（Oriya）来源于梵语，是印度最古老的语言之一，是这里的官方语言，走进奥里萨就走进古印度。

布巴内什瓦尔的意思是"神的住所"或"乾坤之王"。据说公元 7 世纪，中国高僧玄奘访问过奥里萨，也许来的地方就是布巴内什瓦尔。一说布巴内什瓦尔曾经拥有 7000 座寺庙，一说是拥有 2000 多座寺庙，总之，这里不愧"千庙之城"。经过 2000 多年的历史演变现在依然有约 500 座。根据百度百科，在 2005 年布巴内什瓦尔人口为 80 万，假设 14 年后增加到 90 万，平均 1800 个人就拥有一个寺庙。难怪他有"东方大教堂"之美称，因为美国社区的标准是每 1500 个居民就需建一个教堂。而正是在布巴内什瓦尔，奥里萨神庙的建筑风格从其初期逐步发展成熟，达到顶峰。所以来到布巴内什瓦尔，不看它的神庙建筑就会是一

自然之景

种遗憾。我要走进布巴内什瓦尔市，看这里的寺庙，看这里的信徒，看这里的城市，感受这里的灵气。

我一早向诗友张琴和她妹妹了解她们前几天去帱里寺庙的情况，增加我独自前往的信心。张琴入籍西班牙，认识好几年了，很热情很有活力，为中国和西班牙之间的文化交流尽心尽力。比如诗人王芳闻曾经组织过一次去西班牙的文化交流活动，当时邀请我去，但我的时间排不开。那次张琴就给予出访团很大帮助，诗友们在这次诗会上还在赞美她，感谢她。

我请大堂帮忙约好了一辆车，桂林兄还很担心我独自出行的安全问题，我也稍有犹豫，这时罗鹿鸣的夫人白姐毅然决定要和我去，接着海南诗人虹羽也要去，阿B本来计划在房间处理公司的事情，也改主意要去，于是四姐妹就开始了一天的"布城之旅"。我们根据酒店提供的宣传册，请司机师傅按照最佳路线带我们去。

车子驶出酒店，沿途穿过多个镇子来到林迦拉贾神庙。林迦拉贾神庙建于11世纪，位于布巴内什瓦尔老城，是这里具有象征性的建筑。车子停在离神庙不远的地方，过来一位地导模样的人，说要带领我们参观，司机留在原地等我们。神庙的周围是地摊市场，我们穿过人群走到神庙大门口，他说我们不可以进入，只有信徒才可以。我们相信了他的话，于是只站在门口往里望，大门不高却是较为华丽，五颜六色，雕刻各种花纹、人像和动物像。院内的白塔远远高出大门，塔顶部的雕像仿佛坐在莲花上。我们绕着神庙的围墙向侧面走去，街对过有较为齐整的祭祀堂，比在加尔各答看到的好很多，但仍然能看出来是居民们自己建的。路边卖各种蔬菜，我们问了一下价钱，折合成人民币基本差不多。侧面有个门，门关着，门口有两个黄色动物雕像，和我们的石狮子一个功能。附近有一眼井，这眼井一定有什么故事，当时没有在意。据说穆克泰西瓦尔神庙的西南角上有一口井，喝了井水可以解决生育问题，不知这眼井能有什么功效。爬上看台，基本可以看到整个建筑群的轮廓，但是看不全。资料显示林迦拉贾神庙的塔的高度超过180英尺，建筑雕刻描画许多宗教活动或正在演奏的人群，建筑群中有150座神龛，是人们膜拜神的地方，也是该区域内旧式建筑的最佳典范。站在看台上观察这里的建筑，大部分颜色发黑，但不是黑色，高低错落，形态迥异。最高的形如玉米棒；有的呈蘑菇形一层一层向顶部缩小；有的形如折叠的油纸伞，顶部都有一个像壶盖一样圆形覆盖，花边如莲花瓣。另外也有深红色的，也有白色的。白色的建筑更特别，更难形容，好像是石头雕刻出来的，整体形状似金字塔，但一层一层，不光滑，很厚实，每层就像我们房子的出沿，翘起部分是方形的。紧接着地导把我们直接带到不远处的另一个神庙，面积不大，正中间有一高一矮两个建筑，院落四个角各有一个柱式建筑，和林迦拉贾神庙的建制基本是一样的，这会不会是这里的典型院落呢？发黑的建筑矗立在绿色的草坪上，身穿粉色衣服的我和打着粉色遮阳伞的白老师穿行在期间，的确很怡人。不知是神庙赋予了我们灵性还是我们自生了灵性，整个感觉都不一样了。

以下是我查到的资料："塔为蜂窝状塔（通常被人们叫作玖勒）和塔前的门廊（通常被人们叫作迦格莫罕）。塔檐层层叠叠地向上堆积成尖顶，塔檐角为莲花状。塔身的每一面在中央都有隆起的一条'脊'，像是一条自下向上逐渐尖细的'翼肋'汇集到塔顶。塔的门廊成矩形，上面覆盖着厚厚的石材板。光线通过天窗、门洞和镂空的窗格射入内部。尽管这是一座湿婆神庙，但也是毗湿奴和雷雨神因陀罗、太阳神苏里耶和阎魔的象征，同时还是七位母亲女神的象征。在南边的墙上，是卡尔迪克耶（湿婆诸多儿子中的一个）骑在孔雀上的一幅精美的肖像。大多数的雕

自然之景 203

刻都装饰在内部的含糊不清的马蹄形石质'框'中。这些雕刻都和佛教早期的石头僧院有关,就像不同的神的象征一样,它们说明了印度神性的相互渗透性。"我没有来得及核实这些描述的准确性,目前先行采纳。

  返回到停车场,付了地导200卢比。又开车几分钟来到穆克泰西瓦尔(Muktesvara)神庙。小巧而雅致的穆克泰西瓦尔神庙(公元950年)被称作是"奥里萨建筑艺术的珍宝",是最漂亮最精致的神庙之一。这座神庙的重要性在于它是神庙建筑艺术羯陵伽学派早期和晚期之间的过渡点。在神庙的外墙上装饰有许多雕刻,表现了神的各种变化。穆克泰西瓦尔神庙的内部装饰很精美,拱形门道(韬拉纳)雕刻也极其精美,包括涡卷形雕刻、优美的女性形象、猴子和孔雀,以及装饰性细部。神庙主建筑在一个较低的院落,我们脱鞋走下去并走到建筑前的门口,门口站着一位管理者模样的男子,邀请我们进去,但我们不敢贸然行动。探头往里看,里边空间并不大,光线不是很充足,没有能看出装饰讲究,地上丢的纸币一定是有意义的。我围着建筑转了一圈离开院落,结果那位男士追出来问姐妹们要钱,这让我很意外。除了小院的主建筑,外围的建筑都是一个形制,和我们去的第二个神庙基本一样。网上说这里有圣水池和圣井,我们并没有看到。也许是网上信息有误,也许是我们的灵气还达不到看到它们的程度。

  拉贾拉尼神庙需要买300卢比的门票才可以进去,它坐落在一片开阔的绿地里,显得十分典雅。拉贾拉尼神庙建于11世纪,整座神庙用红黄色砂岩建成,这座神庙的门廊(迦格莫罕)曾经塌陷,后于1903年重建,神塔华丽,神庙的雕刻优雅可爱。这里的建筑和第二个神庙的主建筑一样,两个建筑连在一起,前面的矮后面的高,墙面上全部雕刻各种像。我逐个观察,主要雕刻有各种姿势的女性形象，有的嬉戏，有的怀抱孩子，有的在照镜子等。由于神庙由红黄色砂岩建成，具有更多喜气和活力，我们在现场看到一对新人在拍婚纱照。据资料记载，"在塔的入口门道拐角处的突出部，雕刻着著名的'八方守护神'。从左手开始顺时针方向，他们依次是：因陀罗（东方，吠陀诸神之王）、阿耆尼（东南，吠陀火神）、阎魔（南方，死神）、旎隶迪（西南，苦难神）、伐楼拿（西方，吠陀海神）、伐由（西北，风神）、库柏拉（北方，财富之神，在这里是心愿树）和伊沙拿（东北方，湿婆的化身之一）"。但是在现场没有能够看到，也许在1903年重建时这些雕刻丢失了。我试图进到里面，顶部已经变成了鸟的栖居地，随时可能会落下鸟粪。我赶忙退出来，四下环视，周围面积很大，远超过前面的三个神庙，但建筑却是最少，只有这一座，除了拍婚纱照的没有别的信徒。就这样一个神庙却是唯一要门票的神庙，我看得出同行的三位姐妹和我一样也有一点费解，看不出它好在哪里，今天我想可能就是好在它的黄红颜色，好在它的细腻雕刻，好在它的空旷。

告别印度教神庙，我们按计划去了位于达亚河边的山丘顶部的帱里。据说就是在这里，阿育王完成了从征服者到佛教徒的转变，把佛教定为国教。我们现在去帱里看到的白色佛教和平塔建于20世纪70年代初期，和平塔的造型很特别，整体呈圆形，四面开脸，每侧都有一尊佛像，或坐或卧或立。每面墙体上部5支火炬一样的小柱，顶部的设计有点像中国的斗，就像上海世博会中国馆的形状，斗下面有四个珠子，斗上面有5个像是落地遮阳伞一样的小品。塔的外围墙上矗立着黄色的狮子雕塑，塔身外墙上也雕刻着各种图案，包括黄色的小型佛像。但是比起前面几个神庙的雕刻显得粗糙了许多，而且墙表面上已经出现了不少裂纹，近看颜色已经不是纯白，和维多利亚纪念馆或泰姬陵完全不是一个等级。资料说："在这座小山脚下，可以看到石刻阿育王诏书和公元前260年用一块巨大岩石雕凿出来的大象的前部。"我们向塔身后面走去，看到有另外一个呈白色的柱形建筑，周围都是礼拜的信徒，看他们的举止我很难判断他们是不是佛教徒。如果是，那就说明印度佛教和中国佛教的宗教礼仪已经完全不同了。但是没有看到山脚在哪里，那块刻阿育王诏书的石头在哪里。在新德里有一个阿育王柱，已经残缺，柱子上刻的敕文却是清晰可见，不知这里的石头上的文字是否也清晰可见。这里的视野非常好，满眼都是绿色。我没有查到这个山丘海拔多高，但是布巴内什瓦尔尽收眼底。

朝拜了庙宇，我们计划看一下拥有如此多神庙的布巴内什瓦尔市中心是什么样的，它的政府办公楼什么样，它的公共建筑什么样，它的民居是什么样。汽车向市中心驶去，沿途看到了悠闲悠哉的牛，看到水果摊，我们停下了车子。阿B是我认识多年的好姐妹，服装设计师，穿衣打扮很有品位。她总能发现周围的特殊性作为她拍照的点，她也总能把几件似乎不搭的衣服穿得很搭很潮。停车后，她跑一段返回去拍牛，卖水果的小伙子看到我们很兴奋，只顾自拍，结果搞混了钱数，看他越算越迷糊，我们只好不和他计较了。

上车继续前行，我突然看到一个博物馆建筑，博物馆是一个城市的历史缩影，要了解一个城市的捷径就看它的博物馆。饭店就在市中心，周围的建筑和街道以至于公共设施都不是特别舒服。午饭过后，司机把我们带到市中心的博物馆，结果不开门。从栅栏门看进去几乎看不到建筑，从栅栏门外围看依然看不到我们的城市中博物馆的气势。想想上海的博物馆、福州的博物馆、厦门的博物馆、南京的博物馆等，个顶个的有气势。离开博物馆，我请求司机带我们去省政府看看，这是一个特殊的要求。到了省政府门口，不办公，两个大门紧闭，门卫荷枪看守，即使在门口向里拍个照都不允许，因为有监控。我们没有看到里边的建筑，但是如果里边的建筑很高大，不让进去也完全可以在路边看到。所以这里的人们和加尔各答的人们一样，把最好的建筑给了庙宇，把简陋留给自己，无怨无悔，他们的精神应该是富有的。

由于时间还比较富余，司机师傅就把我们带到了建于公元前一世纪的肯达基里石窟。有点像延庆区的古崖居群，但规模没有延庆的大，时间比延庆的早。岩石上雕凿出许多洞穴，形成一层层古老的居室，供耆那教的苦修者居住。所有的洞窟都不大，顺着岩石的走势开凿而成。洞窟之间雕刻着动物、人和神的形象，显示出那个时期就有了这样的艺术形式和强烈活泼的民间情趣。正面残留的三根柱子看上去是这里的主建筑，正对面是一层一层的台阶，主建筑顶部依然有当年建筑的遗迹，不难想象当时这里的规模。站在顶部，视野比在帷里的视野还宽阔，一望无际。石窟不是神庙，但是攀爬在这里依然觉得充满灵气。特别是对面山上白色的建筑传出一声一声的诵经声，对这里的一草一木，一砖一石更是不敢有半点怠慢。

太阳已经落山了，我们开始返回酒店，整个布巴内什瓦尔的神庙、佛庙、石窟以及民居官建都在我的脑海翻腾，似乎要比出一个高低，看谁最有灵性。这时科纳拉克太阳神庙跳了出来，我突然想起了前一天下午朝拜的太阳神庙，它位于孟加拉湾广阔的沙原上，建于13世纪，是那个时代令人叹为观止的精湛艺术品。泰戈尔说"人的语言比不过石头的语言"。印度学家和艺术史家E. B.哈维尔在提到科纳拉克太阳神庙时描述道："即使是气势恢宏的古希腊时代的埃尔金大理石雕，在优美的动感和立体感方面也无法超越这些印度的阿基里斯；而与那些雄伟壮观的马匹所显示出的巨大力量与勃勃生机相比，韦罗基奥在威尼斯的那些名作便不值一提。"从这些名家的嘴里就可以知道太阳神庙也很有灵性。

太阳神庙的建造者是恒伽国王那罗僧诃。整座庙宇被设计成豪华壮观的战车形状，车身下设有24只装饰极其精美的巨轮，由7匹强健的骏马驾驭，令人联想到这座庙宇就是一辆太阳神的战车。骏马代表戒律、力量和发展。轮子代表24小时。这是建筑设计的平面意象，比如北京的恭王府的平面意象是"福"。"七"在西方文化中应用较多，比如一周七天就是西方文化，东方文化也设计"七"匹骏马，应该是受西方文化的影响。太阳神庙耗费了12年的税收，动用了1200名建筑师和能工巧匠。使用了3种石料：红土石、肯多利石和黑绿泥石。红土石用于地基，肯多利石用于庙墙和其上的雕像，而黑绿泥石用于门侧柱和太阳神像。雕像种类繁多，有行进中的军队和器乐伴奏的舞会场面，有众神、鸟兽、花卉图案等各种雕塑，还有表现性爱的雕刻。太阳神雕像位于三个侧面：狮面象身兽、大象和马匹。圣殿上有一个曲线窗花格的尖顶，现已缺损，还有一座门廊。金字塔形的顶部和引人注目的细部是羯陵伽建筑风格。门廊前部是一座雕刻装饰的舞厅，主殿已成废墟，但舞厅和观众厅还是完整无损。

理论上的了解很重要，但实际的了解更重要。神庙院落的整个空间非常大，建筑只占空间的一半。建筑背着光看呈深色带黑，侧着光看呈深色带黄，正对着光看呈红黄色，这让我想起了布拉格老城广场的提恩大教堂，在斜阳下金光闪闪。主建筑左侧是一大片草坪，右侧是空旷的大平台上的两头大象，后部是独立的一处矮建筑，同样是精雕细刻。关于战车的形状我想应该是俯视才能看出来，我围着走一圈，只能看到车轮、墙壁的各种雕刻。太阳神庙的柱子都是大约两米见方的立柱，立柱上的每一毫米都不是光面，都有花纹或各种图像。这要比在木头上画彩绘或米开朗琪罗在屋顶画《创世纪》不知难多少倍。看到这样的建筑不仅是赞叹，而是震撼。这里凝聚的不仅是建筑师和工匠们的汗水、智慧，而是他们的灵魂。我抚摸着一个个雕刻，在问"你是谁的孩子""你身上流淌着谁的血""谁赋予了你如此灵动的生命""谁让你在此等我"。集合的时间到了，我还是依依不舍，我没有看够，我没有摸够，我没有问够。可能正是因为如此，我才坚决地要在次日继续走进布巴内什瓦尔的神庙。

我很难说哪个神庙的灵性更大，只能说布巴内什瓦尔的灵性最大，奥里萨的灵性最大。

作于 2019 年

大兵护驾我逍遥

印度行四：
新德里的韧性

在淅淅沥沥的雨中离开奥里萨省，离开布巴内什瓦尔市，多少有一种难舍。坐在机场候机厅，情绪在慢慢回温，脑子里开始翻阅上次来新德里的各种照片。诗友阿布说："你已经来过了新德里，还再来？应该和池莲子大姐去菩提伽耶。"

是的，菩提伽耶上次来印度由于时间问题，没能去成，这次还是没去成。上次我去了瓦纳拉西，瓦纳拉西的鹿野苑和菩提伽耶是同一个级别，都属于佛教四大圣地之一。我起初的确觉得自己的决策有点问题，但飞机落到新德里机场，走在只有新德里机场才有的地毯上，心情轻快了许多。乘电梯到行李处的沿途上，看到一只只不同结印的佛手向我召唤，我再次陶醉，没有一个机场能比印度新德里机场如此温善。我逐个地观赏，每个结印都有不同的含义，但都是在送出祝福，手掌的那朵莲花就犹如开在我心上的花儿，我绽放了，不再考虑该不该来新德里，因为我再次感到了新德里的虔诚。

上次在新德里我们住在离老城区不远的新城区，酒店非常干净，早餐很丰盛，免除了饮食不卫生的顾虑。这次我们应该是住在郊区，在去贾玛清真寺的路上我们走过的地方都很空阔，只有到了贾玛清真寺附近，才看到旧德里凌乱的老街区。贾玛清真寺位于旧德里古城东北角，莫卧尔王朝的贾罕杰大帝于1650年开始建造，历时6年时间建成。与沙特阿拉伯的麦加大清真寺、埃及开罗的爱资哈尔大清真寺同为世界三大清真寺，被认为是其中最大的清真寺。

上次来新德里去了新德里红堡，知道贾玛清真寺就在不远处，时间有限，选择了去印度门和总统府，而这次的行程正好做弥补。走近贾玛清真寺，它坐落在一座山丘上，爬上较为陡直的台阶，便来到寺门。记得上次在新德里红堡对过就有一座小型的清真寺，由于担心鞋会丢失，都没有敢进去。这次说脱鞋放在外边花10卢比就有人看鞋，心里踏实多了。女士进寺要求穿长袍，每人次30卢比。长袍的颜色比起吉隆坡清真寺的粉色长袍老气了许多，但三个花色却是有花色该有的味道。我选了一件稍微亮一点的，系好带子赤脚走进寺门。院子里的地面不是很平滑，走在上面还是有点硌脚。我突然看见桂林兄穿着拖鞋，我以为是他自己带着的，他看我也想穿，二话没说就朝门外走去，拿回来一双拖鞋。我和别人说桂林兄是个很细心周到的人，知道这里赤脚走路不舒服，提前就准备好拖鞋，原来拖鞋是在门外买的。桂林兄，谢谢你！

贾玛清真寺的院落实际不是很大，但是显得很大，建筑把院落围成一个长75.5米、宽24米的长方形，正面建筑高大，五个门拱上三个大大的圆顶，其余三面以回廊的模式围成墙，每面都有大门，与正门相对的回廊是通透的，和外面的街景连通，扩大了院落的视野。四个墙角上方都有角楼，造型类似故宫的角楼，位置和作用都一样。在通透的回廊里栖息着很多信徒，有的席地而睡，有的坐着吃东西，有的依墙而歇。望着外面旧德里并不悦目的环境，信徒们悠然自得。清真寺的主建筑纵向是通畅的，从这边一眼望到那边。前面有门脸但没有门。每个门脸对应着里边的门洞，说门洞其实就是在墙上抠出约10厘米深的门洞形状，上面画有相应的图案，图案前都铺有地毯，信徒们在上面作揖跪

自然之景　211

拜。纵向正中间的过道都有围栏，一般游客不允许走入。我是经过一位管理者模样的人允许，走进去，并照了相，而且还坐在椅子上端端正正地和他的孙子留了个合影，小家伙很是精灵。为了感谢他爷儿俩，我付了100卢比。我尽量把清真寺的每个部分都拍了照，在我拍最后一个角楼的时候，遇到了诗友陈波来。波来兄对印度很了解，他来过，路上也给我们讲了很多注意事项，是个热心肠。波来兄还懂英语，他做什么都不受语言限制。离集合时间只差几分钟了，波来兄认真地给我拍了几张照，他设计怎么坐怎么倚，果真是很不一般。

离开贾玛清真寺，汽车向甘地陵驶去，但旧德里的拥挤、破败、无序再次刺痛我，我还是无法想象在这样的环境里需要拥有怎样一颗有韧性的心才能生活下去。

没多久就到达了甘地陵。车子停在外边，步行几十米。甘地陵的里里外外极为敞亮，陵外是宽敞的大路，陵内是大面积的绿地，陵门内两侧排列着低矮的石碑，斜立着，雕刻着甘地的语录。顺着缓慢的小坡，来到了甘地陵方形内室墙上，俯瞰到约两米低的方形陵寝，室内甘地的黑色石棺躺在正中间。我没有下去走近石棺，而是在上面环绕了一圈。上面的设计为方形，每边都是一样长，每个角都是一样的植物，每边的正中间都有向外侧走下去的台阶，直通向一个门。一眼望去，满陵园都是绿草坪。我不禁想起南京的中山陵，意义一样，都是在纪念"国父"，但规制完全不一样。中山陵的石棺安卧在紫金山的最高处，甘地的石棺安卧在低地，游客可以从四周俯瞰到。中山陵的绿色由参天大树组成，甘地陵的绿色主要由草坪组成。中山陵花卉少，甘地陵有不同颜色的花儿盛开。中山陵的建制很像大理的崇圣寺，我认为它们之间一定有某种联系，只是我没有来得及核实资料。甘地石棺旁有许多人在肃穆地拜谒，虔诚，敬重。我默默走出陵园，原路返回，停车场门口有一处小型书店，顿时成了诗友们的最爱，因为看到了甘地和泰戈尔的书籍、像章等。加尔各答的遗憾在这里得到了些许弥补，我也花了100卢比请到了泰戈尔的诗集和甘地的像章，那种满足不在钱多钱少，只需要100卢比正好。自从背包里有了这两件圣物，我自己都觉得增加了许多韧性，看什么都不很纠结了。我写了一首：

甘地陵

你瘦小的身体蕴藏着巨大能量
你沉默的静坐战胜暴力张狂
你生命的结束就是开始
你化为灰烬的那一刻
变成永恒的太阳

我来拜谒甘地陵
陵院方正，陵舍方正，陵寝方正
展示出你充满正气的魂魄
我绕行四个角四个门
在八方寻听你的心声
你说"温柔可以震撼世界"
诠释了上善若水的东方智慧
是以柔克刚的旷古例证
甘地陵
装满印度文明的柔韧
铺满印度文化的圆润

离开甘地陵,来到一个叫作 ISKCON 的印度教庙宇,三个塔式建筑,红白相间,塔的上部都是镂空造型,远远看去成群结队的乌鸦栖息在镂空处,不时自由自在地盘旋于空中。印度的牛和中国的牛不一样,牛不会干活;印度的乌鸦和中国的乌鸦也不一样,乌鸦不会被贬损。庙宇院落布置得像一座花园,站在院落的正中间才发现这里有中轴线,三个塔中间的高,两边的低,塔前的无顶建筑也是沿中轴线左右对称,院中的植物也是一棵大树在轴线上,两旁是花坛。如果不是塔下面有诵经房,门口摆放着信徒脱下的鞋子,很难猜到这里是一个庙宇。随行的印度人说这是最大的,但我不知道根据什么说是最大的。上次在新德里看过阿克萨达姆神庙,如果说它是最大的我完全接受。阿克萨达姆神庙大到我不敢相信,华丽到我不敢相信。任何人不允许带相机,至今没有任何照片可以在网上欣赏。

说起新德里的大,胡马雍陵大,占地 250 英亩,建筑气势磅礴;古特伯塔大,75.56 米高,和古迹遗址混为一体;阿育王石柱大,有仅存的波罗密文字阿育王亲笔敕文;新建的莲花寺大,白净纯洁。两次来新德里,新德里在我心目中的肖像越来越丰满,它的面孔越来越多。但不管是哪一面,体现出来的都是新德里的韧性,刻在骨子里,流在血液里。

下午在印度文学院举行了中印文化交流会,一直开到天黑。我们离开文学院,乘车在夜色中穿行,印度女孩抱着婴儿乞讨的情景难以忘却,无助的眼神,无辜的婴儿,无奈的女孩。车子把我们带到一个步行街似的窄巷,店铺林立两旁。走进一个窄门,爬上二楼,是一个别有风味的餐馆。装饰特别,上菜特别,饭食的味道特别。这就是新德里,失望中总是充满希望。

作于 2019 年

印度行五：
阿格拉和斋普尔的情与爱

离开新德里时起了个大早，去阿格拉就是去感受地老天荒的爱与情，能早起多少有点激动的成分。我们下榻的酒店就叫"欢迎酒店"英文是 welcomehotel。酒店是天井式设计，中厅敞亮，最有印象的是那本镶嵌着地球仪的大厚书。酒店应该也是在郊外，早晨宽敞的道路安静，两个男孩和我微笑，一只小狗站在路中央望着我，一位身着伊斯兰教服装的男子悠闲走过，斜对过是一所国际学校，在新德里难得能有如此安逸的地方。

出发了，途经印度门，车并没有停下来，抢拍再抢拍，很快群里就看到几张非常不错的照片，赞叹摄影者抢拍的技术。几个小时的车程，团长北塔安排了大巴诗会。有的人兴奋，有的人沉思。诗友李立分享了手机音乐，是什么忘了，但的确好听。印度的植被保护得很不错，上次在去阿格拉的路上，车子偶尔会停下来供我们仔细欣赏，这次一路前进，车内车外相呼应，心情依然是大好。

阿格拉从1526年巴布尔大帝建国开始，就成为莫卧儿帝国首都，一直到18世纪初。首先去的地方是泰姬陵，到了景点，领到了水和鞋套，一等再等，街上的彩车队伍一批一批地走过，孩子们和大人直接把颜料涂抹泼洒在身上脸上，看着就开心，好像和这里演绎的凄凉爱情故事不吻合。

这次进去的方式很特别，是乘坐"突突车"，每辆能坐十来个人。小小突突车一下子点燃了大家的情绪，似乎都回到了童

自然之景　215

年。进了泰姬陵围墙外,我开始独行,补看上次来时没有走到的地方。泰姬陵的三面围墙是红砂岩,与贾玛清真寺的设计类似。不一样的是围墙外有大面积的草坪,尤其是大门由白色大理石和红砂岩构成精美的图案,大门呈方立体形,四角顶部有四个不太大的大理石圆球,正中间双侧门楼上并排11个大理石小圆球,每个立面有5个顶部发尖的拱形门,中间的是门,两旁的只是门的形状。而中间凹进去的门上又有两排六个,只有下排正中间的门才是门。穿过城门才能看到洁白的泰姬陵。

泰姬陵的中轴线非常突出,以水渠为轴,水渠正中是一溜约一尺左右笔直的小塔雕塑,构成轴线。水渠两侧是笔直的红砖地面,再往两侧是草坪绿树,再往两侧又是红砖地面供游人行走,再往两侧是大面积的草坪。绿植主要是草坪和树,很少的一点白色花丛。沿着轴线向前,中间有一块平地供游人正面远观泰姬陵,然后继续轴线的布置,直通主体建筑。建筑通体白色,立面设计和城门相近,只是顶部的球体由11个合成了最大的一个,直径和门厅一样宽。泰姬陵看似方形,但不是方形,四个棱处又设计成一个小立面,各开两个不是门的门,四面都一样。泰姬陵主建筑立于一个平台上,平台四个角各有一个高大的立柱。平台四周下面的地面是深浅不一的红色砖石铺成,深色一点的构成六边形图案。泰姬陵的后面是一条不很宽的亚穆纳河。

进入泰姬陵陵寝,里面的光线不是很亮,可以看到泰姬和沙贾汗的灵柩,一大一小。有几个人守在门口,如果给一点钱就可以拍个照。在建筑外边行走,只顾上欣赏建筑本身,进到里面才能有心情感受凄凉。镂空的白墙围着灵柩,墙面雕刻着各种花纹图案。这个建筑花了22多年才建成,倾尽国库。从后门出来,望着河水,一股忧伤之情油然而生。据说泰姬19年为国王生了14个孩子,临终的愿望就是请求修一个陵墓。一个女人倾尽一生爱一个男人，一个男人倾尽所有完成女人的遗愿，并使之永垂不朽，这个爱情故事也只有沙贾汗和泰姬才可以拥有。在这个故事里，19年的快乐之后是无尽的思念和忧愁，就如这河水绵延难绝。

离开泰姬陵，游人鞋套四处乱丢，无端又增加了一份惆怅。果然没几天就看到一个报道，泰姬陵要进行整修。从右边走向出口，边走边回头，依然感到震撼，无论是体量还是设计还是石材，都是百见百震撼，所以才称得上奇观。从建筑角度讲22年打造一座世界奇观，而且整个周围空间都没有破坏，不仅是当年的建造者伟大，后期的守护者同样伟大。这次没有去亚穆纳河水对岸的月光花园，上次夕阳中站在河对岸看，泰姬陵的爱情故事更加迷人。

出了大门，诗友们在城门外合影，旁边有几个印度人看热闹，我和他们合照一张，一位印度小伙子高兴地跳了起来。往外走时发现少了诗兄李立，诗兄罗鹿鸣着急地打电话寻找，看出不一般的老乡加兄弟情。那天我穿了一件红衣裙，更加衬托了白色的泰姬陵。

从泰姬陵出来到了阿格拉城堡，这个城堡和印度城堡规制基本相同，但里面的建筑级别高。城堡门前人山人海，进了城堡，我再次独行，径直跑到最右边，那是上次没有看到的地方。有几个年轻人在那里，那个角度可以看得更全。我沿着近一米高的台基小跑，罗诗兄竟然远距离为我按下快门，我怕掉下去的表情都收在他的相机里。

穿过第二道门，进入到一个方形院子。这里的门和泰姬陵的设计完全不一样，图案更加精细，拱顶全部设计了精细花纹，整体建筑红白相间，但比起泰姬陵的围墙门红色多于白色。方形院子不大，围墙上的角楼不是在四个角，而是设在距离角大约一米的地方。这里最吸引人的是能遥望泰姬陵的一堵墙，墙上有许多

自然之景　217

窗户,游人都想在窗口留影,但窗口当时是逆光。据说沙贾汗后来就是被儿子囚居在此,每天守在窗前遥望泰姬陵里安睡的爱妻,他百年后,儿子把他和泰姬葬在了一起。这里很大,贾玛清真寺只有一个院子,这里有多个,我来两次都没有记清楚有几个。有的院子正开五间,有的正开九间,有的是三面围廊,临出门的院子是大面积的草坪。院内建筑以白色大理石和红砂岩为主色调,绿树花卉很少看到,不像中国的府邸要有假山、有园子、有小桥流水。

离开阿格拉城堡,实际天色还早,如果去月光花园是正好,但是却到了一个购物处,转了一圈就回酒店。

酒店就是中午吃饭的地方,自助很不错,酒店也干净。中午吃饭发生了一个小插曲,有诗友饭后落下了帽子,回去找帽子竟然看到另一位诗友的手机落在那里。出门随身物品是很操心的事情,记得有一次去美国,一位朋友在离开美国前把照相机丢了,那时候还是胶卷,等于照片全部丢失。

言归正传。次日离开阿格拉,去到斋普尔。斋普尔是印度北部拉贾斯坦邦(Rajasthan)首府,为印度北方重镇,也是珠宝贸易中心。斋普尔也被称为粉城,因为建筑的基调是粉色,但说是粉色,不是我们概念上的粉色,只是比红砂岩的红色向粉色过渡的一种颜色。实际上印度红和中国红不一样,所以印度粉和中国粉也不一样。这次去琥珀堡车子停在外面,是乘坐一种当地的类似敞篷吉普车一样的简陋车子进去。琥珀堡是所看的景点中环境最差的一个,路不平,房屋颜色斑驳。一进门的院子较大,正对过也有一处大门,两个大门直对着群山,群山上有"印度长城",琥珀堡就是依山而建,三面环山。如果有时间可以爬上去,上次就是时间不充裕,这次还是没有时间。最后面的院子四面二层高的围院,有12个观望口,每个口都有独立的楼梯可以上下,这是国王的后宫所在地，格局完全一样，没有正宫、东宫之分。院子中间有一个廊厅，估计是供王后嫔妃们歇息的，墙上画有各种花草图案，但院子里没有花，没有树，没有湖。中间的院落的廊厅比后面院落的规模大很多，右手有一处建筑也很气派，门口有绘画，有吉祥大象，是国王的居所。这里有名的是镜宫，墙上镶嵌许多面小镜子，游客可以从镜子里拍到自己。返回的路上，一路下坡，路边的咖啡厅窗口映出一对男女，一个雕塑店门口摆放着湿婆跳舞姿势的雕像，也有卖唱片的，墙角拉琴的，墙上猴子跑来跑去。我想起上次的情景，送我们的车就停在门外，出来时上面坐着七八只猴子，司机去赶走它们，它们就是赖着不走，还伸出爪子挠司机。我们顺坡往出走，乘坐敞篷车返回，发现少了我们的一枚。一枚来自上海，和我是同行，是一位行为艺术家。她的眼光独到，思想前卫。她读诗的方式也很特别，比如这次印度行就为特蕾莎雕塑读诗，也曾经为海读诗，为石头读诗。我们常说一个词"受众"或"读者"，如果受众是雕塑、是海、是山、是风，诗者朗读时该是怎样的心境？我很佩服。我乘坐的是最后一辆，我们等在半路上，过了好久，联系上当地的人找到了一枚，回到了集合地点。

　　游琥珀堡之后去了天文台，Jantar Mantar 是保存最完好的一处，各种观测仪器至今还能为天文学家所用。天文台的建造和观测仪器显示出古印度人的惊人智慧，中国也很早具有这方面的知识和实践，但是我们没有建造这样一座颇具盛名的天文台参观地。院子里全部都是相关的建筑，分许多格子测时间的两个圆形，距今近 300 年历史的日晷，十二个三角形的小建筑（The Rasivalaya），代表十二个星座，每个星座的角度及方向都朝着各自的星座。诗友们都在里面寻找属于自己的星座合影，我对星座不是很了解，也不知道各个星座的标志是什么，甚至我自己都不知道我是什么星座。院落一角有一个小商店,里面的物品还是很不错,只是我已经决定不再乱买,所以看一圈就走出来。

斋普尔还有很多地方都没有去,比如城市宫、风宫和水宫,这里的博物馆也非常好。诗友们只是在路过风宫和水宫时抢拍几张。斋普尔最美的景色应该是晚上,灯光下整个老城一片粉色,游走在街上心不醉都难。

斋普尔,一座醉心的粉城

斋普尔一位粉红少女
雅致地卧于山兄的臂弯
曲折的城墙挺起山兄的脊梁
老虎堡的大炮喊出山兄的威风
琥珀城的镜宫映照着少女的秀发
婀娜娇态飘满全城
在天文台刻画出太阳的落与升
水宫架起仙桥
风宫立起牌楼
城市宫敲响钟铃
皇宫内传诵着少女的德与功

古街撒落少女的绯红
粉色夜市,迷了多少游人
我忘记是人间还是仙境
月光下百花缭乱,晃悠悠依琴而寻
醉倒在博物馆的门厅,与所有藏品致敬
一股暗香袭来

却是风吹动了少女的粉裙

阿格拉和斋普尔讲述了王室的爱与情，不是写在书上，刻在碑上，而是建在建筑里。用白色的建筑表达纯洁的爱，用红色的建筑表达忠，用琥珀色的建筑表达情，用粉色的建筑表达恋。印度是充满情趣的民族，他们对爱的追求是敞亮的，生活是多彩的。如果问印度最有情爱的地方是哪里，我想非阿格拉和斋普尔莫属。

作于 2019 年

（此次印度行共写了 5 篇，主要从建筑入手，穿插了一些诗友们的互动。这次组团阵容大，好多都是初次相识，但相处愉快，每个诗友都给我留下美好的回忆。今天是结束篇，结束在最有情有爱的阿格拉和斋普尔，愿我们的"情"和"爱"永存。）

游走红毯心如菊

社会之声

开篇：无我

当我们环看世界，古往今来，我在哪里？当我们走进花海，繁花似锦，哪朵是我？当我们走进教室，一张张笑脸相迎，哪张是我？……曾有一个古老的哲学问题：我是谁？东方哲学给出的回答是无我。无我是东方的最高境界，我与万物为一，平等没有分别，看到了古今就看到了我，看到了花就看到了我，看到了学生就看到了我……我是不存在的，有古今才有我，有花才有我，有学生才有我……花美了我便美，学生笑了我便笑……无我方能天人合一。

然而现实中又有几人愿意无我？当我听到"我将无我，不负人民"时为之震撼。震撼于古老的哲学终于焕发出生机。

作于 2019 年

年和日子

　　过去的老人们有一句话：日子难过年好过。意思是：过年就是几天的工夫，吃香喝辣对付几天可以，而过日子却是300多天，要想天天过得不愁吃不愁穿、有滋有味不是很容易。

　　而今，这句话似乎需要倒过来说，变成"日子好过年难过"。从大处想，每年春晚刚结束，就为第二年的春晚节目犯愁，那一憋就是365天；从小处看，家家过得舒舒坦坦，总想在一年到头有点新意，于是乎也是处心积虑，今年去了海南岛，明年就得琢磨去吐鲁番。

　　如今的老人们也有一句话：天天就像过年似的，年可怎么过呀？

　　从这个侧面我们看到改革的身影：走在饭厅，不知该吃哪样好；逛在商店，不知该穿哪件好；开着桑塔纳，一定想着宝马；住着三居，不会忘记别墅。水涨船高，日子都过成这样，年就得胜过一筹心里才觉得够味。可难题因此而生。

　　新年将至，春节也不会很远。走在路上的人们如何去设计一个属于自己的年呢？无论您选择返璞归真，还是选择锦上添花。

　　以此祝大家新年快乐！

作于 2008 年 12 月

再说生命的价值

生命的价值究竟是什么？没有定数，是随着周围的环境而变化的。

如果问到一个佛教徒，他会回答："生命的价值在于修道成佛，普度众生。"他们对于生身父母、亲戚朋友都没有感觉，对于社会所需要的物质创新也不会问津。

如果问一位苏联早期的布尔什维克，他会回答："生命的价值在于解放全人类，实现共产主义。"他会为了解放全人类，不惜牺牲自己的生命。歌剧《洪湖赤卫队》中就有一句歌词"砍头只当风吹帽"。

如果问到马丁·路德金，他会回答："生命的价值在于解放黑奴，不分种族，人人平等。"为了平等他可以献出年轻的生命。

如果问《小兵张嘎》里的嘎子，他会回答："生命的价值在于打日本鬼子。"如果问现今的孩子，答案可能是："生命的价值在于考高分，上重点。"

生命的价值取决于人们的信仰，取决于人们的崇拜对象。过去中国人一般不敢对金钱有欲望，而现在社会把创造财富当作人生的一个价值取向。

所以面对纷繁的外界环境，人的价值如何定位就显得尤为困难。正因为如此，我们才有了这样的说法："现代人出现信仰危机""80后没有人生目标"等。

那么，人生价值究竟是什么？邓佑先生说："生命的价值不在于时间的长短，而在于生命的宽度，还在于它给人们留下了什么样的记忆。并且引用了臧克家老先生的一首诗：'有的人活着，他已经死了；有的人死了，他还活着。'"

作于 2008 年

娓娓道来解分晓

心　结

　　有时候人的心情很难把握，因为人在社会中扮演许多不同的角色。如果角色之间没有发生冲突，处于和谐的境况，基本上能在掌控之间。否则就难说了。

　　按常理有许多角色是人不能够扮演的，尽管词典里有这个词，生活中也有此事。但人不是圣贤、不是神仙，无意之间走进某种不该扮演的角色也是在所难免。但问题也就随之而出。

　　梦常常不是心中所想，但梦里的故事却不能一下就遗忘。有的梦会永远不能忘记，有的梦会应了"梦想成真"的寓意。

　　无论此梦该不该有，他已经出现在生活的进程中，我们就无法回避。但不回避又会觉得天理不容，觉得于心不忍，于是内心深处就埋下了一颗种子，就长出了一条藤。这条藤没有足够的发展空间，只能在有限的地方屈就，最后就长成一个结，成了一个心结。

　　心结结在心里，无论想剪掉还是想尘封都不能解决根本问题。时间可以解决一部分问题，距离也可以解决一部分问题，但什么都不能真正解开这个长就的结。也许真的是解铃还须系铃人。

　　心结，我爱你，因为有了你才让我们的生活富有色彩，才让每天过得有味道。

作于 2008 年

写给 TA 的感恩信

Dear friend：

很难停止不给你写，更难不停止给你写。因为不知道脚在哪里。总害怕踩到无辜者。

每天的太阳都是新的，有人这样说。我说：每天的感觉都是新的。当一个人处在闹中，会期盼得到宁静；真正到了安静中，又渴望得到另类。

"平平淡淡才是真"是说给曾经风云的人们的。否则就不会有如此的感受。所以珍惜每一片树叶，珍藏每一个花瓣。

人要有感恩思想，所以西方有"感恩节"。感恩是广义词：如果做了对我们有益的事情，当然要感恩；如果做了对我们无益的事，仍然要感恩。

走过慢慢人生路，需要感恩的人有千千万。

感恩于父母把我们带到这个世界；感恩于师长教育我们成人；感恩于另一半让我们有了可爱的孩子；感恩于孩子让我们有机会享受天伦之乐；感恩于朋友扩大了我们的生活范围；感恩于对手让我们学会了生存；感恩于成功让我们高兴；感恩于失败让我们痛苦；感恩于信任让我们欣慰；感恩于欺骗让我们心痛；感恩于缘分让我们有机会认识彼此；感恩于我们在浮躁的世界里保持一片纯净的心田。

每个人的人生有着自己不可预测的生命轨迹，一路走来，顺其自然，直到画出圆的那天。

祈祷应是生命的一个组成部分，祝福所疼爱的人一路安好！

作于 2008 年 6 月

浪漫夏威夷

我身边的金银焕政协主席陨失了

每每听到交通事故，都会唏嘘一阵。责难开车人不小心，责难肇事者缺乏行车道德，等等。但当身边的一个重量级人物因为一起平凡的交通事故而撒手西去时，内心的震动确实不亚于汶川地震。

金银焕是一位朴实又朴素的山西女人。挽联"诚朴可风德昭晋土，绩能共仰功在民心"是对她一生的真实写照。

早在20世纪60年代末，她就靠自己柔弱的肩膀挑起沉重的扁担"学习大寨铁姑娘"，以求改变自己家乡的贫穷。养父和养母都是朴素得掉土渣的农民，没有娇惯，没有宠养，只有默默的支持和心疼。

在动荡的岁月里，原山西省省长王谦被下放到金银焕所在村庄金家岗。淳朴的农民不知道岗外的政治风云，只知道家里的锅里能有饭吃就行。在被下放的日子里，王谦没有忘记自己的职责，金银焕正是得益于这位革命前辈的指点。

她诚实朴素、积极进取的作风为自己打开了求学的一扇门。学校毕业后，回到家乡继续从事青年人的工作。从县里到市里到省里，金银焕全部心血都放在教育青年一代上。记得80年代我在北京读书，时赶金银焕也在党校学习。放假回家，我们同坐一列车厢。可以想象，我只是一个学生，而她已是一名干部，但是我们都是坐票，彻夜交谈。直到今天，每当我卧在车厢里，而不是坐在车厢里时，我都会觉得脸红。问一声自己"是不是奢侈了"。

她对自己的孩子严格要求，对家人严格要求，不要任何特权。孩子中考、高考都是凭借自己的本事一分一分去考。我去给孩子辅导功课时，她会教育孩子"本事必须自己去学，绝对不能等"。记得一年春节，我和先生去拜年，孩子在旁边听我们大人说话，她看着孩子"你是不是该回屋去看书了"，孩子笑笑回屋去了。

不论工作多忙，始终对老人充满孝心。生母、养母一样亲，婆婆、妈妈一样待。身为政界要人，工作异常繁忙，但是绝对不会减少对家里这几位老人的惦念。她父亲去世时不能守在床边，赶回老家后的她忘却了自己的身份，跪倒在老家院里的泥土地上失声痛哭。

家里的亲戚她都一一惦记，都是从自己的工资里拿出一笔笔钱去接济。山西人爱说"谁家没有几个穷亲戚呢"，更何况金银焕得关照三大家的穷亲戚。

有人称她"女强人"，有人叫她"铁手腕"，曾经身为纪检委书记，铁手腕下不知惹了多少人，但她从不计较个人得失，扮演着铁面无私的角色。

一个贫民出生的女人，一个没有任何背景的女人，一个爱夫疼子的女人，一个亲人之亲、孝人之孝的女人，一个赤胆忠心为社会的女人，就这样无声无息走了，像天上的一颗流星瞬间陨失在人们的视线之外。

犹如她朴素地来，她朴素地走了，没有带去任何奢华，留给人们无限朴素的怀念。

作于 2008 年 10 月

新中国从这里走来
——难忘的西柏坡之旅

得到要去西柏坡的消息，第六感就在潜意识中关注西柏坡历史，幻想西柏坡的旧貌新颜。

10月17日早晨7时30分，一行十六人登上"西去"的车骑，车和人自然地融为一体。回忆那半个多世纪前的峥嵘岁月，人在感慨，车在愤激。人在感慨"问苍茫大地，谁主沉浮"，新中国从哪里走来？车在愤激"钟山风雨起苍黄，百万雄师过大江"，新中国从这里走来！

带着感慨，带着愤激，人车终于驶入西柏坡。映入眼帘的是作家阎涛的名言："新中国从这里走来。"人为之激动，车为之亢奋。环绕在九十九道湾的山路上，依傍在周总理钦定的新中国第一大坝边，思潮随着车轮波动起伏，心绪依着水流缠绵忘情。

下车走进一座座简朴素雅的宅院，远离了"豪华""奢侈""富丽"，血液瞬间得到了净化，目光瞬间得到了过滤，思维瞬间穿越了时空，寻求那份萦绕在心的答案"为什么中国从这里走来"？

我们听到了毛泽东的"丝丝"抽烟声，我们听到周恩来的"嚓嚓"写字声；我们听到了董必武学纺线的"吱吱"纺车声；我们听到了朱德的朗朗欢笑声。"先天下之忧而忧，后天下之乐而乐"。一切尽在这朴实无华的音容中。

手把摇动的电话机传出运筹帷幄的军令，土坯炕的小地炉送出温暖天下的热气，千层底的布鞋走出红色革命的道路，三间陋屋的作战室打下闻名中外的三大战役。

忘不了毛泽东旧居的石磨，不知主席有多少思想是从这里磨炼而成；忘不了周恩来旧居的竹椅，不知总理有多少次在这里冥想沉思；忘不了曲曲折折的防空洞，不知多少次化险为夷；忘不了胜利召开的七届二中全会，革命的集结号在这里再次响起！

看着毛泽东穿了21年的百衲衣，我们感慨共和国一代伟人的伟大；读着毛泽东"公交论理，私交论情"的公私理念，我们惭愧后来人的鲁钝愚昧；摸着毛泽东的题词"福"，我们感恩前辈们用心血染成的五星红旗。

西柏坡展示出伟人与日月同辉的丰功，西柏坡展示出先烈与山河共存的业绩。隆隆的炮声还在阵地回荡，永不消逝的电波还在上空响起，"中华人民共和国站起来了"从天安门城楼永久地响彻在中国大地。

"新中国从这里走来"，走过建国59年的漫漫历程，走过改革30年的悠悠岁月。走过建国初期的土地改革，走过十一届三中全会的土地承包，走过十七届三中全会的多种形式流转土地承包经营……

"雄关漫道真如铁，而今迈步从头越。"新中国将风雨兼程从这里一路走下去……

车子载着人离开了西柏坡，"新中国从这里走来"深深刻在人们的心里，沉沉装在车的座位里。人在沉思，车在回忆，似有不愿就此而别的心绪。

车缓缓地行驶，缓到要停下车轮的脚步，人慢慢地咀嚼，回味这次难忘的西柏坡红色之旅……

作于 2008 年

诗意北京城市总体规划展

我一直提倡城市设计文化要有诗意,而保持诗意不仅是设计者们关心的事情,当然设计师们在设计过程中必须认真思考,但还需要管理者在组织管理中能用诗意的视角理解设计者们的内心表达,其次更需要民众从不同层次提出看法,或积极,或消极,但只有争论才能明理。得知《北京城市总体规划》展览的消息后,我非常期待,于是迫不及待地预约了参观时间,并组织我的学生自行前往参观。几天来,我不断收到学生们对展览的感想,短短10天时间就有50多位学生提出他们对规划的建议和感受。学生们很感谢我在《中西城市设计文化的诗意》课程中为他们打开一扇诗意地看待世界的窗,兴趣盎然地参与北京市的规划讨论,但我更感谢北京市能做出这样一个大型举动,也更感谢同学们让我看到"后生可畏",看到了北京诗意的明天。

北京城市总体规划展安排在最具诗意空间布局的天安门广场旁边,正阳门探头观望着看展的人们,也观望着我。天格外晴朗,像儿时见到的湛蓝的天,洁白的云,路边花团锦簇,姹紫嫣红,柳条婀娜,新叶吐绿。身着红色工作服大衣的姑娘们在预约处给我取票,这身艳丽的工作服拉开了展览的序幕。

我多么渺小

一进展厅，迎面墙上几个大字"迈向国际一流的和谐宜居之都"，下面的时间是"2016年~2030年"，我止步沉思，再有13年的时间，我就可以生活在一个"宜居之都"，诗意地栖居在大地上的梦想就可以在北京这方土地实现，内心不免小有激动。然而也略略感到心痛，心痛的是具有864年的"帝都"仍需要喊出"迈向"的口号。北京早在贞元元年（1153年），就被金朝皇帝海陵王正式建都，在今北京市西南。北京自元朝起，就开始成为全国的首都，称为元大都。这864年，历朝历代对北京做了什么，竟然使得这座城市不能为民宜居，需要我们今天迈步走向宜居。864年，有多少人住在这里？除了名见经传的少数外，他们会是谁？是哪位设计师设计了北京？是哪位建筑师设计了北京的建筑？是哪位领导负责了规划？是哪位工作者参与了建造？是哪位市民给予过建议？是哪位来客提出过改进？又是哪位破坏过北京？在864年的古都面前，这14年的规划短到仅为1/62，而我也只是北京人口的1/2300万，如果把864年的人口加在一起，我会是多少千万分之一？我是多么渺小。我小心翼翼地走在展板前，从一区慢慢走到六区。

北京展开了飞翔的翅膀

从北京的定位读起：政治中心、文化中心、国际交流中心、科技创新中心。"四大中心没提经济中心，不是放弃经济发展，而是放弃发展大而全的经济体系，构建符合首都特点的高精尖经济结构。"专家如是说，北京虽然没有被赋予"经济中心"的定位，但国际交往中心一定程度上也可以覆盖这一内涵。我不禁在想864年来北京曾有过什么定位？这次定位有多少成分是延续？还有多少是新增加？我看到了7.8千米长的中轴线向南北延伸，长度将达到今天的三倍，南端是北京新机场。这条轴线就像人的脊梁，挺起了这座城市。而作为城市副中心的通州区和西边的绿地区域仿佛是北京展开的两只翅膀，载着北京飞翔。我站在那里想象，想象再过33年的样子，如果那时我走在北京，眼前会是怎样的情景？绿地覆盖面积45%，文化设施建筑人均0.45平方米，体育设施人均0.75平方米，绿道100千米，河道4000千米。这就意味着在北京16410平方千米的土地上，要有1035平方千米的文化设施建筑面积，1725平方千米的体育设施建筑面积，一切只需要等13年，也就是4745天。那么每天要飞多远，每小时飞多远，甚至每分钟飞多远才能让北京在2050年"成为传统文化和现代文明交相辉映的千年古都"？

十六个字陪我们一生

无论提出"一带一轴""以两轴为统领""三城一区"还是"三山五河"等，都为了十六个字："学有所教，住有所居，病有所医，老有所养"。这十六个字陪我们一生，陪2300万北京人中的每一个人走过一生。而这一生中我们需要做些什么，能做些什么，才会应了那句老话：不求有功但求无过。我前面曾说过，我是多么渺小，每个人在千年古都面前是多么渺小。我们的所作所为不足千年时间中的一秒，但我们仍然要站好这一秒的岗，完成好这一秒的任务。只有无数个优秀的一秒才能组成优秀的千年，只要中间出现劣质的一秒就会导致时间染病，医治时间的疾病付出的代价恐怕是十个一秒、百个一秒、千个一秒，乃至更多。所以我们要用心和古人对话，和历史对话，既要倾听他们的教诲、哀伤和渴望，也要告知他们我们的情怀。和谐古都首先要学会和古人和谐相处，这不是一般意义的尊老敬老，而是尊古敬古。我们还要用情和山水树木花草对歌，听懂他们在唱什么，用歌声传达我们对他们的爱。这个世界的主人不是我们，是山水花草树木，我们只是过客。我们可曾问过"三山五河"在这里居住了多少年？我们可曾想过是否有资格去"保护"他们？我们是否明白是他们在保护我们，才让我们能活下去？我们是否可以理解与其说是我们保护它们，倒不如说是我们不要打搅它们。如果和历史和谐相处，和自然和谐相处，生命就会充满诗意。如果2300万北京的生命都能充满诗意，就会成为城市病的医者。中医讲究望闻问切，如此大的城市，需要我们每个人参与望闻问切。把我们望到的、闻到的、问到的、切到的做个总体会诊，城市病好了，城市里居住的人才会好，才会完成十六个字的贴心陪伴。

诗意在继续

结束语并不是结束，而是新的开始，因为在结束语展板后面长长的桌子上有几本厚厚的留言簿，写满了参观者的留言。对能否精准地实施规划，保证每一个环节不脱节提出了期待。每一篇的留言都不是诗却胜似诗。我坐在留言簿前，沉思该写下什么样的留言。864年的北京有多少人说过多少话？写过多少字？如今都在哪里？我的留言将会是浩渺字海中的哪一滴水？

我走出展厅，正阳门诗意地矗立在蓝天白云下，等着我。我走进天安门广场，望着天安门城楼，望着正阳门，望着人民英雄纪念碑，望着毛主席纪念堂，望着脚下的路，有多少人的足迹会在我的脚下与我重合？他们中有谁是为北京城市做过贡献？还有谁曾有罪于这个城市？广场上的花坛中蜜蜂嗡嗡地飞，我像一只蜜蜂吗？亚里士多德曾说："人们来到城市是为了生活，人们居住在城市是为了生活得更好。"蜜蜂为什么来到这个城市？是为了采蜜？而采蜜是为了生活得更好、更有诗意？

作于 2016 年

紫禁城里思故宫

听梁晓声先生说"善"

梁晓声这个名字早些年就落入耳朵,他的作品也排着队在眼前走过。但今天面对面的谈话感受到了一个字"善"。

母亲的柔软是他抹不去的记忆。新中国成立初期,家家粮食不足,他家属于困难户,每月可以得到7斤粮食补助。可是由于母亲接济了一位乞讨者,给他喝了两碗菜糊糊,就被取消了补助。母亲不后悔,尽管日子会更艰难。因为那份柔软是善,不是弱。

知青的经历是他抹不去的记忆。兵团精简人员,只精简两名,一男一女,男的名额就落在他的头上。没有理由,卷铺盖走人。那位女同志很悲伤,而且要被发到40多里之外的地方,冰天雪地让一个女孩子如何去。虽和她无亲无故,自己心里也不好受,但还是帮着把她安全送到。因为这份柔软是善,不是屈。

朗读者邀请朗读自己的作品,对于从来不愿意炫耀自己作品的他,是一次违心,可是正处在身体有恙需要别人帮忙的时候,帮助别人完成心愿也是唯一的选择。因为这份柔软是善,不是炫。

尝尽了苦,才知道什么是甜;历尽了恶,才知道什么是善。当他面对患有精神病的哥哥,既要承担经济的压力,又要承担亲情的撕扯,只能让心柔软下来,才能挺到现在。当他面对需要透析的弟妹,亲情再次被撕扯,还是需要让心柔软下来,才能坚持到现在。一颗心刚到一定程度会折,但柔软可以无限。因为柔软是"善"。善让他在签合同时主动要求减少版税,他觉得编辑们不容易。善让他对那些犯了错误的人有恻隐,思考如何面对他们的生死,他觉得他们也是人。善让他铿锵喊出"人什么都可以原谅,唯有不善不可恕"。

一个人只有不弱、不屈、不炫,才可以"善"。

总有一种柔软,让人生坚定从容。

作于 2017 年

印度门前寻印度

一切如诗，屠岸先生逝世周年记

去年的今天，屠岸先生逝世。我正好在外地，于是委托人民文学出版社敬献了花圈。今天是一周年祭奠，北外外研社组织了一场纪念活动，由北外的俄语教授汪剑钊先生主持，到会的有首师大的吴思敬先生、北塔先生、屠岸先生的儿子蒋宇平和小女儿章燕以及生前部分好友等。我从另一个活动中跑出来赶过去倾听了部分对先生的追思。

屠岸先生（本名蒋壁厚）是诗人、翻译家，也是常州吟诵（世界非物质文化遗产）的继承人。屠岸先生给我很深印象，但最深的还是2016年1月的一次聚会，当时我们的新诗集要开发布会，请屠岸先生参加。事先说好我去接，我在电话上先和他女儿通话确定了地址。但那天我是坐火车从外地回京，汽车就停在西城校区。当我回到学校一看，糟了！校门封了，禁止车辆出入。原因是动物园批发市场的租户在围阻，他们统一身披粉色的被子，堵在校门口。我的车出不去，便不能接先生。后来经过找学校，学校想办法打开家属院的大门，车辆才可以秘密地从那里出去，但是误了时间，先生已到达。那日我多少有点歉意，所以整个过程中对先生都格外尽心。在聚会上，90多岁的老先生和大家一样起坐、一样吃饭、一样诵读诗歌，其间他还为我们表演了常州吟诵调，精神饱满。大家请屠岸先生写点什么，一位诗友从本子上撕下几页纸，先生挥笔而写："胆愈大而心愈细，智愈圆而行愈方""天下兴亡，匹夫有责"等。从中午11点出门到晚上9

点，十个小时，先生没有倦意。聚会地点在一个四合院，如厕需要穿过院子，先生即使在月夜也是步履轻盈，没有半点蹒跚状。但毕竟已经十来个小时了，在诗友们的力劝下先生才起身先行离开，由我负责把先生送回去。

先生的年龄和我父亲差不多，他坐在身边就犹如父亲坐在身边。夜里的北京哪儿和哪儿都差不多，我白天也不容易认路，夜晚就更加不容易。那时还没有手机导航，最起码是我没有，就依靠车上安装的导航指路。虽然白天和他女儿确定过，但是要找到具体的位置确实不容易。先生就像父亲一样，说：别急，慢慢找。而且还问到我的父亲，当时父亲已经去世八年了，可是经老先生一问我还真是控制不住，含着泪对他说：很想念父亲。屠岸先生说：你看我年龄挺大，好像很长寿，但是同样也要有离开的一天。人终究都是要离开的，想想将来有一天能被人怀念也是一种欣慰。像你这样说到父亲就情不自禁地流泪，你父亲会很欣慰。

边说着话边找，我没有想到先生透过霓虹灯下的夜色，能认出他平时走过的地方，我顺着他的指引找到了大门，又找了楼门。下车后，我把他送到单元门口，看着他打开门，他坚持说不需要往楼上送，他完全可以。

我自己有时都不能认定走过的路，可是一位90多岁的老者却能认出。我自己经常在外面待的时间久了就累，可90多岁的老者不累。我自己有时候都有点不很修边幅，可90多岁的老者却是整整齐齐、利利落落、干干净净。

今天听到先生的儿子讲自己眼中的父亲，我听得满眼泪水。先生是和蔼的，绝对不在家里搞专权，反对"父纲"，尊重子女的选择。经过"文革"，更加珍爱生活，对后辈疼爱有加，对邻里关心帮助。他的家庭诗会很让人羡慕，全家坐一起，读诗、解诗、赏诗，甚至还和邻家合开诗会，前后能坚持开近百场。他儿子读了父亲写给他的50岁生日贺卡：50岁是开始，要像儿童一样纯真，要做真、做善、敬美，儿子和父亲就是朋友。女儿属于女承父业，无时无刻不得到父亲的关爱，父亲一直扶持她，所以这一年来她颇为失落，一个女儿对父亲的思念是精致的。

屠岸先生对于死亡坦然面对，他认为死亡是给后人腾地方，这样人类才能前进。但他又特别珍惜生命，直到病在床上仍然坚持学习、写作。按照他儿子的理解：他还有很多事情没有做完。人们常说一句话：继承遗志，完成先人未竟事业。说起来容易，做起来是多么不容易！我们没有先人的才气，没有先人的经历，没有先人的境界。

一位曾得到屠岸先生指点的男士说他看到了先生的优雅，但我认为是儒雅。先生不恃才自傲，也不刻意低调。一切都那么自然、那么真诚、那么稳当。他说：没有诗歌，精神就没有着落，所以一切如诗。

作于2018年

死　亡

　　死亡是个令人忌讳的话题，常常谈死变色，在春天万物生发的季节谈论死亡似乎也不合时宜。但最近的一些事引发了我对死亡的思考，正如哈佛大学有一门课叫《死亡》，实际死亡是人从出生的那一瞬间就开始面临的事情，人的一生无论活多久都是向死而生。可是人们情愿对此视而不见。

　　最早感到死亡这件事是在小学时候，当地在小孩中间传染一种叫作红沙的病，由于护理不当红沙就变成黑沙，就没有救了。有一个女孩是我认识的，突然说她死了。我好几天不由自主地看她在的那个班，也想象她的家是什么样，因为从没有去过她家。后来逐渐忘记了她的名字、她那人，但她的死一直没有忘记。

　　最让我恐怖的死亡是一个同学的母亲，我经常在她家玩，突然一天中午说她母亲死了，而且当时风刮得厉害，黄土漫天。人们说是冤死的。那几日整个周围都感觉不正常，不断传出各种情况。我被吓到下学后不敢出去玩，晚上不敢上厕所，白天不敢从她家门口走过。那种恐怖延续了差不多一年。

　　最让我不接受的死亡是爷爷。突然一天中午传来话说爷爷住院了，随后就说爷爷快不行了，再之后就说爷爷西去了。我一直拒绝这件事，所以爷爷去世后从不到坟地。若问为什么？也没有什么特别理由，就是不去。现在想是不是不孝顺呀？但那时就是觉得爷爷应该在某个地方，不应该在那里。

　　最让我唏嘘的死亡是身边的一个女孩，叫三毛，是一个大大

社会之声　245

咧咧的女孩。五大三粗，说话粗声大气，完全没有女孩子的样。晚上睡觉半夜醒来觉得脖子不舒服，嗓子疼，同屋的人起来给她倒水喝还好好的，隔一会说呼吸难受，旁边人还没有弄清怎么回事，她走了。走得那么没有准备，当时她才20岁。

身边不断地有人死亡，我很少去参加吊唁，通常上了礼就算心到了，似乎死亡的事情与我不太有关。直到父亲的死亡让我感觉到难以言状的痛苦。梦里梦外忘不了他，恍惚中他能活过来，大约一年后才理智地接受了事实。

死亡是什么？奶奶去世时，我真是恍惚。她躺在那里傻傻地看着周围的人，好像什么事情都没有，我不知道她当时的内心是否还有一点感觉？公公去世时，我目睹先生在之后的一个月不能正常上班，整个人浑噩，我能做的只有默默陪着。

人们认为死亡对于当事人来说，只要一闭眼一切都结束，留下的悲伤、恐惧、无奈、痛苦都是活人要承受的。但是，我说但是，实际上是错的，没有死亡过的人怎么能知道死亡时的悲伤、恐惧、无奈、痛苦和绝望呢？如果没有精神准备，那些感觉比活着的人应该更加强烈，只是无可奈何花落去。所以如果一个人在临终时不能安然离去，我们很难想象他们会带着怎样的情绪离开，而那些情绪又怎样影响了灵魂的重生？恩怨情仇是否由此带入了下一生？西方在每人临终前都要请牧师前来做祈祷，即使是罪犯也要有牧师陪伴走向终点，这是对灵魂的抚慰，是生命中最重要的一件事。可惜经常不被当回事，恐怕即便是在去世后念佛诵经同样解决不了死亡瞬间的问题。所以，让死亡不再成为悲伤、恐惧、无奈、绝望是每个人必须要面临而且需要解决的问题。

（后附两位十九世纪女诗人的诗和我的译文，她们比我勇敢，她们比现代人勇敢，敢于用诗歌直面死亡。）

When I Am Dead

By Christina Georgina Rossetti

When I am dead, my dearest,
Sing no sad songs for me:
Plant thou no roses at my head,
Nor shady cypress tree:
Be the green grass above me
With showers and dewdrops wet;
And if thou wilt, remember,
And if thou wilt, forget.

I shall not see the shadows,
I shall not feel the rain;
I shall not hear the nightingale
Sing on, as if in pain;
And dreaming through the twilight
That doth not rise nor set,
Haply I may remember,
And haply may forget.

当我辞别人世的时候

作者：克里斯蒂娜·罗塞蒂（1830—1894 年）
译者：云水音

当我辞别人世的时候

亲爱的，请别为我哀歌，

无需为我播种玫瑰，

也无需松柏成行。

就让绿茵为被，

沐浴小雨和露珠，

如果你愿意，就把我怀念，

如果你愿意，就把我遗忘。

我不会看见绿荫，

也感觉不到雨滴；

我也听不见夜莺，

宛若伤痛的鸣啼；

梦一般穿过黎明，

既不会落山，也不会升起，

也许，我会把你忘却，

也许，我会把你铭记。

Because I Could Not Stop for Death

By Emily Dickinson

Because I could not stop for death

He was parking pick me

The carriage was just the two of us

And "eternal life" with seat

We slowly, he knew that without the need for rapid

I also put aside work

And leisure, to return

His manners

We passed the school, coincides with the recess

The children are noisy, on the playground

We passed the fields of gazing grain

We passed the setting sun

Maybe you should say, he passed us by

Dew and cold makes me quiver

Because my clothes, just sheer

And my cape, only tulle

We stopped at a house, the house

As a swelling of the ground

The roof, barely visible

Eaves, below the surface of the ground

Since then, several centuries

Seems to short the time of day

That day, I first guess

The horse, towards the eternal

(By Emily Dickinson)

译文:

因为我不能为死神而停

作者:艾米莉·狄金森(1830—1886年)

译者:云水音

因为我不能为死神而停

他停下车来接我

车厢里只有我们俩

还为"永生"留了座

我们的车走得很慢,他知道无需赶路

我放下了工作

也放下安闲,对他的礼貌

做出应和

我们经过学校,碰巧课间休息

孩子们嘈杂喧闹,满操场

我们经过田野,稻谷注目

我们经过夕阳落日

也许你会说,是他让我们经过

露水与寒冷使我颤抖的上牙磕下牙

因为我的衣裳,和我的披肩

完全只是一层薄纱

我们在一幢屋前停下,这屋子

仿佛是一个土馒头

屋顶,几乎看不到

屋檐,低于地表

从那时算起,几个世纪

似乎没有那一天的时间长
那一天，我首次猜想
马儿，朝着永恒的方向

作于 2019 年

德蕾莎故居的静默

女人和酒

中国京剧有一出戏《贵妃醉酒》，说的就是女人和酒。

中国的酒最初记载于司马迁的《史记》，起始于史前的仰韶文化，鼎盛于唐朝。在《马可·波罗游记》中，详细描述了山西杏花村的繁荣，不愧有"借问酒家何处有，牧童遥指杏花村"的绝句。

但酒的历史、酒的传奇似乎历来都是男人谱写，女人多半被拒之于"大雅之堂"之外。李白斗酒诗百篇、武二郎醉打蒋门神等，都显示出男人的雄劲。

实际上，女人和酒也有很深的缘分。

男人喝酒图的一个爽，空腹喝、大杯喝、混着喝。红了眼还喝，直了舌头还喝，晕了头还喝。

女人则不然，女人喝酒在于品，无论是狂饮还是细酌都在品。能品酒的女人应该是一个高贵的女人，因为她懂得生活的情调。

儿时，见过一个公社女秘书，相当于政府里的秘书长，是一个行政官位，不是现在概念的秘书。

她就像一瓶白酒，浓烈醇香，但也伤人。饭局中，男人们每每都不好意思和一个小女子一般见识，满酒时便要手下留情，哪曾想小女子可没有不好意思，杯杯馨香缭绕，口口芳香满腹，可惜满桌子男人吃不了也无法兜着走。那种成熟、那种浓郁、那种风韵、那种饱满只有经过酒的发酵才能散发出来。

职场中，见识过一位女教师，为人纯朴、憨实。

她就像一瓶啤酒，香气清淡，味道苦涩。男人们豪爽地把泡沫从杯口溢出来，然后杯杯见底，尽情彰显英雄本色。而她不紧不慢，一口一口地、慢条斯理地品着。到最后深信征服了啤酒、同时也征服了女人的男人们蓦然发现竟然是一个错觉。那琥珀色的液体琥、琥珀色的皮肤、琥珀色的情趣让他们领略到啤酒的蕴意。

女人都幻想做一个玫瑰色的女人，所以没有女人会说"不会喝红酒"。红酒的深邃、精美、神秘、典雅……让多少女人向往，让多少男人倾心。但是如果说唯有浪漫的红酒才配得上有品位的女人，显然有所欠缺。

女人会以酒助兴。女人本来是感性物种，乘着酒风，扶摇直上，让快乐在云端游荡。

女人也会借酒消愁。女人本是水做的，淡淡哀伤，滴滴多情泪，在酒气中更妩媚、更朦胧、更心醉。于是有了千古绝唱《贵妃醉酒》。

作于 2008 年

八仙临海显神通

女人和茶

——题记：又到了一年一度的"三八"妇女节。去年"三八"节我写过《女人和酒》，那今年是否可以提笔与女同胞们聊聊"女人和茶"？

周末悠闲自在地品着今年流行的茶之王"金骏眉"，品着品着，眼睛落在了这个名字上。于是就捉摸这名字的意蕴："金"定然是指"尊贵"，"骏"应有男子"彪悍"的味道，而"眉"是否内涵女子俏丽？于是乎得出结论："这尊贵的茶，男人喝了更健壮，女人喝了更靓丽"。现代人的观念就是富有人性化，茶不能只是男人的专利。

说起茶，绝对不比酒的话少。我们都知道中国是茶的故乡。世界上对"茶"的发音有两种，都来源于中国：一种是沿丝绸之路出去的茶，发音都接近中文的"茶"，另一种是从广州走水路出去的茶，发音都接近英文从粤语过去的音译"tea"。茶，已经有五千年的历史。根据《神农本草》记载："神农尝百草，日遇七十二毒，得茶而解之。"茶开始是作为药物，到了周朝作为男女婚配的礼物，称作"奠茶"，演化到了唐代，出现了"煮茶"，宋代出现了"点茶"，明代出现了"泡茶"，之后茶逐渐成为一种享受品，乾隆皇帝四次南巡均诗兴大发为茶题词，一首《坐龙井上烹茶偶成》使"龙井"远近闻名。

女人和茶有着与生俱来的不解之缘，女人是水做的，而茶离不开水,只有在水中才能舒展、绽开、散发出幽幽清香。所以,无论是晶莹剔透的绿茶,还是空灵悠扬的白茶,还是云清山远的黄茶,还是充满神韵的青茶,还是浪漫可心的红茶,还是清净虚空的黑茶都是女人的一种风情,或含蓄,或温婉,或明艳,或清丽,或优雅,或奔放,或深沉……

然而,茶的历史却都是男人的事,被称为中国茶道的奠基人陆羽撰写的一部洋洋万言的《茶经》竟然没有女人喝茶的记录,倒是一代才子苏东坡有一首诗精辟地将茶比喻为女人,女人才有了"女人如茶"的名分:"仙山灵雨湿行云,洗遍香肌粉未匀。明月来投玉川子,清风吹破武林春。要知冰雪心肠好,不是膏油首面新。戏作小诗君莫笑,从来佳茗似佳人。"

人们说饮茶有四个层次,一是喝茶,二是品茶,三是茶艺,四是茶道。有一首歌叫《前门大碗茶》,那就是典型的喝茶。记得小时候,在夏天,上学的路上有一个摆茶摊的老奶奶,什么时候都是笑容可掬。一张小桌,上面放好多个大小不一的玻璃杯,再用几块四方玻璃片盖上,茶水的颜色无论从哪个角度都能看到。一道茶颜色深,放一排,二道茶浅一点,放第二排,依次类推放好几排。收钱也不一样,第二排的最贵,要五分钱。我有时口渴了:"奶奶,喝杯茶。"老奶奶便会仰头笑呵呵地说:"小孩子家喝什么茶?给你一杯水喝,不要钱。"要知道老奶奶的开水是在家里火炉上烧好,一壶一壶提来的,那时没有电热壶什么的。所以我都要给放下一两分钱。周围的大人都爱来这里歇凉喝杯茶。后来看了《沙家浜》,我就有种错觉,总以为卖茶的都是像阿庆嫂和老奶奶这样的女人。

后来长大些,有幸读了古典名著。读到《红楼梦》中的妙玉对茶的理解:喝一口是品,喝三口就是牛饮了;以及泡茶的讲究:名茶冲泡要掌握好开水温度,一般宜用七八十度开水冲泡,使茶叶清醇幽香，茶叶品质又不受损坏；还有小说中所提到的茶的各种名字：六安茶、老君眉茶、普洱茶、女儿茶、龙井茶、枫露茶。便觉出茶的神秘感，茶和女人之间有点什么。

直到上了大学，有一次和同学去老师家拜年，师娘拿出几盏精致的小茶杯，为我们倒了一种很香的茶，可以说是香味扑鼻的茶。"喝吧，这是茉莉花茶。"师娘自己轻轻端起一杯，轻轻地啜着。这和我见识过的喝茶截然不同。茶的味道我没有记忆，但品茶的感觉深深烙在我脑海。自那以后，一看到喝茶人一大杯一大杯地豪饮，心里就着急。总想让他们能坐下来，清心寡欲地、不急不躁地品一品那杯中物。

茶艺讲究更多，人、茶、水、器、境、艺，缺一不可。西湖的龙井、武夷山的大红袍等都在产地有茶艺表演。表演者定是一位纤纤女子，身着当地"茶花女"特有的服装，拿出上等的茶叶，山泉沸腾，器皿典雅，一句句婉约的解说词随着娴熟的动作把你带进一种境界，你便觉得你手中的那一小杯茶不再是茶，而是仙女赐予你的玉浆。面对这样一盏茶，会令人生出无限的柔情和爱意来，你都不敢贸然地猛喝猛饮，只能轻轻地啜一小口，细细品味那种刻骨铭心的清香甘醇，令人心仪的芬芳。

说了喝茶、品茶、茶艺，该说茶道了。茶道是指饮茶论道，这时饮茶人不再是为茶而来，而是为道而来，茶只是论道人之间的润滑剂。但一说到"论道"似乎就该是爷们儿的事，感觉上论道都在高层次间进行，而高层次的女性多是凤毛麟角，所以具有论道资格的多是男性。然而有一位前无古人后无来者的女性给女人撑足了面子，那就是一代女皇武则天。她借茶论道，浅入深出。据明代屠隆《考盘余事》记载："释滞消壅，一日之利暂佳；瘠气侵精，终身之害斯大。获益则收功茶力，贻患则不为茶灾，岂非福近易知，祸远难见。"这段话中武则天从茶在近期内对调理人体有益和长期饮茶可能会导致耗损体质出发，来比喻福祸，她已不再停留在品饮的层面，而上升到帝王者在政治上的论道。

古有两句话：琴棋书画诗酒花，柴米油盐酱醋茶。显然前者为阳春白雪，是人间七大雅事，后者为下里巴人，是人间七大俗物。我一直不明白，如此高雅的茶怎么就站错了队，列入俗物的行列？莫不是因为茶沾了女人的阴气，酒具有男人的阳气，所以在男权社会里，酒就有幸进入雅事之尾，而茶只能屈居俗物之末？

把"女人"与"茶"两个词放在一起，脑海里首先跳跃出的是"女人"的俊俏，或布衣初荷，或小家碧玉，或白领雅丽，不管是流芳于远古，还是活跃在当代，定是眼前的一道景色。随即"茶"的形象浮现出来，或茶岭葱翠，或云雾缥缈，或香溢满楼，不管是平常百姓的老茶，还是精选细制的贡品，定是口中的一缕清香。

茶有道，女人也有道。茶讲究的是本色味道，女人何尝不是？茶本无价，茶的贵贱在于煮茶的水，煮茶人的手艺和饮茶人的心境。女人本无贵贱，在爱自己的男人眼睛里，她永远是最高贵纯洁的！

女人不会说不懂茶之秉性，深谙茶德、茶道的女人便会文静、温良、清雅。内在的心性上，澄明虚静、心境平和；外在的风度上，雍容大度，宽厚谦让。即使也许她长得不漂亮，但身上散发出那种优美、典雅、文静、温柔，楚楚动人，令人心醉。这种美从骨子里透出，在血液中流淌，不会随着时间的流逝而消失，不会因为地位的变化而逊色。即便到了垂垂老去之时，同样可以散发出女人的馨香。

"女人是水做的"。好茶离不开好水。就像电影《绿茶》阐述的：水决定了茶叶旋转的方向、交缠的方式和沉浮的节奏。好女人就是佳茗，让人身心舒泰，爱不释手。

爱茶，更应该爱女人！

作于2009年

你方唱罢我登场

女人和读书

最近被邀请担任"第五届读书活动征文"的评委,有幸阅读了孩子们的作品,有的文章情景交融,读起来让人享受;有的文章铿锵陈词,读起来让人亢奋;有的文章娓娓道来,读起来让人沉迷。孩子们能写出如此的感受,让我激动不已。于是不由得让我想起我儿时的读书,也想到女人和读书。

在那样一个特殊的年代,从小就受到读书的限制,许多书都被列为禁书。读得最多的是《毛泽东选集》,像《中国社会各阶级的分析》《论持久战》《"糟得很"和"好得很"》《星星之火,可以燎原》《矛盾论》《实践论》《中国的红色政权为什么能够存在?》《卑贱者最聪明,高贵者最愚蠢》等都是耳熟能详的文章。《为人民服务》《纪念白求恩》《愚公移山》是能背诵的"老三篇"。我一直都纳闷,如此受到中国式政治文章的熏陶,怎么没有上了政治系,而是上了西洋的英语系?深究原因可能还是因为读书。那时的禁书中有好多很优美,像《红楼梦》就是当时偷着读的一本书。可能现代人体会不到偷着读一本书的感觉,你会非常渴盼能再读的那一时刻,在等待的时间里不停地回味曾经读过的那部分,也不断地憧憬将要读的部分会是什么样子。《青春之歌》是我第一部偷读后和同学们偷着分享的小说,每到下课,大家就会围在一起听我讲林道静和卢嘉川的故事,有时讲得上课了都不知道,但是老师并没有批评我。《普希金诗集》是我接触到的第一部外国人的作品,其中《假如生活欺骗了你》让我感到清新流畅，热烈深沉，也是我在笔记本上记下来的第一篇外国诗歌。可能由此对"外国"产生了好奇，于是就在不知不觉中走进了外语系的大门。

　　生活中我结识了许多读书的女人。初中的英语老师是我心中的偶像，长长的辫子，大大的眼睛，高高的个子。上她的课就是一种享受，她那时年龄并不大，但是能给我们讲很多我们不知道的事情，而且即使男生调皮捣蛋，她也不像别的老师那样生气甚至谩骂。我想那就是一个读过书的女人应该有的品位——从容典雅。之后结识了一个女作家，瘦瘦的身材，灵巧的脸型，她以自己的家庭为背景写了一部中篇小说，而且还得了奖。那是我结识的第一个规格最高的文人，至今我都能记起她的一举一动，一颦一笑，我想那就是一个读过书的女人应该有的水准——机敏和温情。大学期间有一位女教师，毛查查的短发，走路一阵风，说话生怕人听不见，学问深不见底。于是我发现读书的女人还可以是这样——热情豪放。

　　我曾经听过一个读书女人的梦想：冲一杯咖啡，捧一本书，坐一把竹椅，沐浴一缕阳光，那是何等的惬意。读书女人就应该如此充满情调，如果世上的女子都能如此，那岂不是天下男人的福分？然而，当我看到读书也可以让女人变得心狠手辣，变得无事生非，变得居心叵测，一种惋惜油然而生。于是我想起不知是谁说过的话，意思是：世界有十分美丽，如果没有女人，将失掉七分色彩；女人有十分美丽，如果没有书籍，将失掉七分内蕴。女人应该因书籍的滋养而变得更加聪慧和美丽。朱熹在《四时读书乐》中说过"读书之乐乐陶陶，数点梅花天地心"，爱读书的女人，你也应该成为别人眼中的一部书，用你的灵秀迷人的内涵，成就一部拥有独家版权的精品！

作于2011年

女人和微信

前几年，当我在"三八"妇女节写《女人和酒》《女人和茶》等小文章时，觉得那种小清新是一种享受，犹如不经意间的一股清风掠过，净凉舒爽。今年的"三八"妇女节已经过了，我几次提笔都作罢，好像我无论想说什么都已经在微信里出现过了，写什么都显得苍白无力。微信占领了孩子们的世界，占领了男人的世界，也占领了女人的世界。我甚至劝老母亲也开始玩微信，因为微信可以排解老人的寂寞，即使读不懂那么多的文字，能在里边的图片中找点热闹，不也很好吗？

以往我在品酒、品茶、品诗中感悟女人，而今却是拿着手机翻着微信在苦思，一个个滑稽的动画从眼前滑过，一幅幅精美的照片让人叫绝，一篇篇充满哲理的醒世恒言让人感到这个世界遍地都是哲学家。

关上手机，关掉微信，闭目冥想，人类文明发展几千年，如果我写酒、写茶、写读书都可以从前人那里找到佐证，都可以和前人共同分享人类的"半边天"女人在书里、酒里、茶里的情趣雅致。而今，我却失去了支撑，哪位先人能告诉我这微信是什么？哪位前辈能说清女人在微信里的情趣是什么样？

我只恍惚看到女人很少挺胸抬头了，她们更多是低头关注手中的微信。早晨一睁眼便摸手机，生怕错过什么重要的信息，就连蹲厕所都会把手机放在膝盖上。站在地铁里看着微信，走在路上看着微信，坐在办公室看着微信；开会看微信，谈话看微信，吃饭看微信……和微信真正是息息相关了。

我只恍惚看到女人少了温馨的目光,微信占用了她们的眼睛,她们少了关注丈夫、关注孩子、关注老人。她们忘了温馨的目光会让丈夫感到爱意、孩子感到暖意、老人感到踏实。微信成了女人的"第三者"。

我只恍惚看到女人少了含蓄。曾经的静心而坐,或拿笔,或敲键盘,让文字溪水般流淌出来,落在纸上、屏幕上,回味,咀嚼,有滋有味;发出去,等待,想象,充满期待,这样梦幻一般的情景已很少见。女人在微信中,省略了一切过程,匆匆看一眼别人的"转发",忙忙地再转发出去,来不及反应,再匆匆瞟一眼,再忙忙发出去。就像吃快餐,只有饱腹感,没有味道。就像一夜间都变成了男人,就这么直白,就这么没有"曲径通幽处"。

过去说不会喝红酒的女人会被认为是不懂品位的女人,而今恐怕是不懂微信的女人会被认为是"out"了的女人。一次看到一对妈妈在等着接孩子,一个头都不抬地看手机,另一个好奇地问"你看啥呢?那么多短信""不是短信,是微信。你咋没有微信呢",这位一脸诧异,目光透着骄傲,好像是说"怎么连这都不知道",那位一脸怯意,好像立马低人三分"啥叫微信""我给你看"。于是两个妈妈并头看微信内容。"噢,这么多内容呀""是啊,什么育儿的、养生的、理财的、哲理的都有。你弄一个吧",于是我们可以想象,下一次一定是两个妈妈都全神贯注读微信。

女人讲究温文尔雅。喝酒要品,喝茶要品,读书要品,那么微信是不是也要品呢?红酒要把亭亭玉立的酒杯转几圈,然后一点一点地抿;绿茶要把温烫开水悠扬地浇在茶叶上,看着一片片茶叶翻转,游荡,然后轻轻地喝一小口,放在嘴里慢慢咽下,留下一路芳香……那微信怎么品呢?

我记得过去没有微信时,每到节日,就会收到许多短信,有时同一个短信内容能有数十人发来,更有甚者,在转发短信中,还能看到某位不认识的名字写在短信的末尾,显然是一字不落地抄袭。于是便更喜欢亲自写几个字的短信,哪怕就几个字,似乎感到更亲近些。现在微信世界里,怎么能找到那份亲近呢?既然是信,那必是写的,既然是微,那必然是不长的,这本对女人很贴切,女人要的就是精致。试想,如果晚上安顿好家人吃喝,关问了家人的工作或学习或生活,收拾干净自己,清心静坐,打开微信,欣赏几张美丽的图片,品读几篇精湛的短文,给自己的心放个小假,无论是养生的还是哲理的还是育儿的,都慢慢领会,带着一份微信带来的安然去入睡,这是多么惬意!这应该才是与时俱进的女人和微信吧。

有品位的女人要会品酒、品茶、品诗,也要会品微信。

作于 2014 年

道德仁义在我心

走近华夏女诗人，感受东方女性风情

在嫘祖的故乡盐亭县纪念嫘祖诞辰的庄严日子里，我怀着无比崇敬的心情祭奠中华民族的女神，中国女性的典范——嫘祖。关于嫘祖我们已经知道很多，她教民养蚕、协和百族、始兴嫁娶，她身上集中闪耀着中华民族"爱、美、和、善"的传统美德，等等。正因为嫘祖为我们树立了榜样，中国女性才具有东方女性特有的品质：婉约、端庄、贤惠、温柔、包容、谦让、仁爱、优雅、坚强，记录这些品质的一个最好方法是诗歌，而领略这些风采的最好方法是品读女诗人的诗作。所以今天我的发言聚焦女诗人与女诗人的诗。

人们常说一句话"妇女能顶半边天"，但由于历史上相当长的时间内，中国处于男权社会，女诗人和男诗人在数量上无法分庭抗礼。以唐朝为例，据统计在唐朝有名有姓的诗人就有2536名，其中女诗人为207人，占总体的12.3%，和男诗人的比例是1∶11.3。唐朝相对而言女性比较解放，如果放在不很开放的朝代，男女诗人的比例差还会更大。

由于女诗人凤毛麟角，所以今天研究女诗人以及女诗人的作品显得尤为重要，我们不仅可以通过女诗人来了解女性的婉约、端庄、贤惠，更重要的是我们可以透过女诗人的诗歌看到女性的真性情，她们的愁、怨、恨。

1. 送别诗人庄姜

"相见亦难别亦难",分别是一个永恒的话题,而中国最早的送别诗歌出自中国第一位女诗人庄姜——春秋时的齐国公主,卫庄公的夫人。她的《燕燕》记录在《诗经·邶风》,是《诗经》中极优美的抒情篇章。清朝诗人王士禛曾推举其为"万古送别之祖"。

燕燕

燕燕于飞,差池其羽。之子于归,远送于野。
瞻望弗及,泣涕如雨。燕燕于飞,颉之颃之。
之子于归,远于将之。瞻望弗及,伫立以泣。
燕燕于飞,下上其音。之子于归,远送于南。
瞻望弗及,实劳我心。仲氏任只,其心塞渊。
终温且惠,淑慎其身。先君之思,以勖寡人。

"于飞"一词在《诗经·大雅·卷阿》中也出现过,有"凤凰于飞,翙翙其羽"的诗句。通过这首诗歌我们看到一个女子在分别时的千般柔肠、万般不舍。

2. 爱国诗人许穆夫人

说到爱国诗人,我们脑海里立刻会出现屈原(公元前340年),但比屈原还早的一位爱国女诗人是许穆夫人(公元前690年),卫宣姜的女儿,许国国君穆公的妻子。她的《载驰》是

《诗经·国风》里的一首充满爱国激情的不朽诗章。

载驰

载驰载驱，归唁卫侯。驱马悠悠，言至于漕。
大夫跋涉，我心则忧。既不我嘉，不能旋反。
视尔不臧，我思不远。既不我嘉，不能旋济？
视尔不臧，我思不閟。陟彼阿丘，言采其蝱。
女子善怀，亦各有行。许人尤之，众稚且狂。
我行其野，芃芃其麦。控于大邦，谁因谁极？
大夫君子，无我有尤。百尔所思，不如我所之。

许穆夫人在祖国风雨飘摇的危亡时刻，不顾许国君臣的阻挠，毅然返卫，吊唁同胞兄弟，当时卫国的国君，并向同情卫国的大邦呼吁救援，最后使卫国得以灭而复存。西汉末年的刘向在编写《古列女传》时，专为许穆夫人立传，并推其"慈惠而远识"。

3．悲愤诗人蔡文姬

中国女性在历史上多处于附属地位，在婚姻中通常没有自主权，甚至成为政治牺牲品。蔡文姬就是一个典型的例子，她是被匈奴掳去做了左贤王夫人，后来归汉，但又思念儿子想断肠。她在《悲愤诗》中用一百零八句历述汉末战乱之苦，百姓颠沛流离，以及封建礼教的罪恶。特别是作为一个女性母子分离的切肤之痛，没有过亲身经历的人，是无法写出如此感人肺腑的诗。

悲愤诗（其一）

汉季失权柄，董卓乱天常。志欲图篡弑，先害诸贤良。
逼迫迁旧邦，拥主以自疆。海内兴义师，欲共讨不祥。
卓众来东下，金甲耀日光。平土人脆弱，来兵皆胡羌。
猎野围城邑，所向悉破亡。斩截无孑遗，尸骸相撑拒。
马边悬男头，马后载妇女。长驱西入关，迥路险且阻。
还顾邈冥冥，肝脾为烂腐。所略有万计，不得令屯聚。
或有骨肉俱，欲言不敢语。失意机微间，辄言毙降虏。
要当以亭刃，我曹不活汝。岂复惜性命，不堪其詈骂。
或便加棰杖，毒痛参并下。旦则号泣行，夜则悲吟坐。
欲死不能得，欲生无一可。彼苍者何辜，乃遭此厄祸。
边荒与华异，人俗少义理。处所多霜雪，胡风春夏起。
翩翩吹我衣，肃肃入我耳。感时念父母，哀叹无穷已。
有客从外来，闻之常欢喜。迎问其消息，辄复非乡里。
邂逅徼时愿，骨肉来迎己。己得自解免，当复弃儿子。
天属缀人心，念别无会期。存亡永乖隔，不忍与之辞。
儿前抱我颈，问母欲何之。人言母当去，岂复有还时。
阿母常仁恻，今何更不慈。我尚未成人，奈何不顾思。
见此崩五内，恍惚生狂痴。号泣手抚摩，当发复回疑。
兼有同时辈，相送告离别。慕我独得归，哀叫声摧裂。
马为立踟蹰，车为不转辙。观者皆嘘唏，行路亦呜咽。
去去割情恋，遄征日遐迈。悠悠三千里，何时复交会。
念我出腹子，匈臆为摧败。既至家人尽，又复无中外。
城郭为山林，庭宇生荆艾。白骨不知谁，纵横莫覆盖。
出门无人声，豺狼号且吠。茕茕对孤景，怛咤糜肝肺。

社会之声

登高远眺望，魂神忽飞逝。奄若寿命尽，旁人相宽大。
为复强视息，虽生何聊赖。托命于新人，竭心自勖励。
流离成鄙贱，常恐复捐废。人生几何时，怀忧终年岁。

《悲愤诗》（其一）也是我国诗史上的第一首自传体的五言长篇叙事诗。沈德潜说《悲愤诗》的成功"由情真，亦由情深也"。

4．流行歌诗人杜秋娘

今天中央电视台有一档节目叫《咏唱经典》，是把人们已经很熟知的经典诗词谱曲咏唱，颇有一点"为唱而唱"的感觉。但因为唱得流行而成为经典诗歌的前辈应该数杜秋娘。杜秋娘唐朝人，《资治通鉴》中称之为杜仲阳。杜秋娘出身微贱，却美慧无双，能歌善舞，写诗填词，尽现江南女子的秀丽与文采，虽卑微至歌妓却风靡江南。后贵为皇妃，得到唐宪宗的专宠和唐穆宗以及朝廷官宦的敬重，却极为深明大义。晚年回归乡里，贫困潦倒，杜牧曾为她写下《杜秋娘诗》。杜秋娘的《金缕衣》共76句，全诗围绕一个主题"莫负好时光"，其中最有名的是前四句：

劝君莫惜金缕衣，劝君须惜少年时。
有花堪折直须折，莫待无花空折枝。
青天无云月如烛，露泣梨花白如玉。
子规一夜啼到明，美人独在空房宿。
空赐罗衣不赐恩，一薰香后一销魂。
虽然舞袖何曾舞，常对春风裛泪痕。
不洗残妆凭绣床，也同女伴绣鸳鸯。
回针刺到双飞处，忆著征夫泪数行。

眼想心思梦里惊，无人知我此时情。
不如池上鸳鸯鸟，双宿双飞过一生。
一去辽阳系梦魂，忽传征骑到中门。
纱窗不肯施红粉，徒遣萧郎问泪痕。
莺啼露冷酒初醒，鄱画楼西晓角鸣。
翠羽帐中人梦觉，宝钗斜坠枕函声。
行人南北分征路，流水东西接御沟。
终日坡前怨离别，谩名长乐是长愁。
偏倚绣床愁不起，双垂玉箸翠鬟低。
卷帘相待无消息，夜合花前日又西。
悔将泪眼向东开，特地愁从望里来。
三十六峰犹不见，况伊如燕这身材。
满目笙歌一段空，万般离恨总随风。
多情为谢残阳意，与展晴霞片片红。
两心不语暗知情，灯下裁缝月下行。
行到阶前知未睡，夜深闻放剪刀声。
近寒食雨草萋萋，著麦苗风柳映堤。
早是有家归未得，杜鹃休向耳边啼。
水纹珍簟思悠悠，千里佳期一夕休。
从此无心爱良夜，任他明月下西楼。
数日相随两不忘，郎心如妾妾如郎。
出门便是东西路，把取红笺各断肠。
无定河边暮角声，赫连台畔旅人情。
函关归路千御里，一夕秋风白发生。
花落长川草色青，暮山重叠两冥冥。
逢春便觉飘蓬苦，今日分飞一涕零。
洛阳才子邻箫恨，湘水佳人锦瑟愁。

社会之声

今昔两成惆怅事,临邛春尽暮江流。
浙江轻浪去悠悠,望海楼吹望海愁。
莫怪乡心随魄断,十年为客在他州。

5. 不是诗人的诗人武则天

武则天的政治影响举世无双,但她的诗歌很少被关注。实际上据考证武则天的诗有47首流传下来,其中《唐大飨拜洛乐章》就写了14首,从第十四首可以感受到女人也可以如此豪气、霸气、王气:

神功不测兮运阴阳,包藏万宇兮孕八荒。
天符既出兮帝业昌,愿临明祀兮降祯祥。

武则天还有一首佛诗值得在此一提,佛教的经卷前都会有一首《开经偈》,《华严经》翻译成功时武则天有感而发所写:

无上甚深微妙法,百千万劫难遭遇;
我今见闻得受持,愿解如来真实义。

6. 辞赋家班婕妤

讨论诗歌必得说说辞赋,起源于战国,盛行于汉代。刘勰在《文心雕龙·诠赋》中推举出秦汉十大辞赋家为"辞赋之英杰":荀况、宋玉、枚乘、司马相如、贾谊、王褒、班固、张衡、扬雄、王延寿。但是，班婕妤作为汉成帝的妃子，也是西汉著名的女辞赋家，《汉书·外戚传》中都有她的传记。她的贤惠被比喻为"古有樊姬，今有班婕妤"。据说她的作品很多，但流传下来的不多，其中《怨歌行》很有名：

新裂齐纨素，皎洁如霜雪。
裁为合欢扇，团团似明月。
出入君怀袖，动摇微风发。
常恐秋节至，凉飙夺炎热。
弃捐箧笥中，恩情中道绝。

7. 博士诗人韩兰英

今天当个女博士已经不是什么新鲜事，但在约1600年前当一个女博士，是一件很不容易的事，她就是韩兰英，南朝齐诗人，历经五位皇帝变迁，坚守在宫中任职做教官。恐怕她是天下第一女博士，她的传记附在《南齐书·武穆裴皇后传》中。史书记载"兰英绮密，甚有名篇"，但流传下来的只有一首：

奉诏为颜氏作诗

丝竹犹在御，愁人独向隅。
弃置将已矣，谁怜微薄躯？

8. 歌手诗人刘采春

如果问起今天中国乐坛最流行的、经久不衰的歌手当说邓丽君，而中唐时期就有一位"古代邓丽君"，刘采春。有人形容她"歌声彻云""绕三日而不绝"。《全唐诗》录《啰唝曲》六首，都以刘采春为作者，实际上她的《曲》有120首，是词、曲、唱三项全能的创作型歌手。

啰唝曲六首

不喜秦淮水，生憎江上船。
载儿夫婿去，经岁又经年。

借问东园柳，枯来得几年。
自无枝叶分，莫恐太阳偏。

莫作商人妇，金钗当卜钱。
朝朝江口望，错认几人船。

那年离别日，只道住桐庐。
桐庐人不见，今得广州书。

昨日胜今日，今年老去年。
黄河清有日，白发黑无缘。

昨日北风寒，牵船浦里安。
潮来打缆断，摇橹始知难。

刘采春深得诗人元稹赏识，元稹曾为之写《赠刘采春》一诗。

9.《词论》诗人李清照

李清照在中国有"千古第一才女"之称，被认为是超越时空的孤独诗人，作品流传甚多。但李清照还有另一个重大贡献，她在1108年撰写的《词论》是中国文学史上最早的一篇关于词论的文章，提出"别是一家"的词学观点。尽管在音、声、律上要求太苛，连她自己的几首名作亦难以遵从，但从根本上维护了词的艺术体性，维护了词的传统风格，严格了诗词界限，有益于发扬词的本体精神与美学风格。

李清照也可被称作天下第一"愁"诗人，比如在她的《漱玉词》现存四十九首，书写愁苦情怀的就占百分之八十，作品中直接用到"愁"字就有十五处。在她的诗中花、酒、风、雨、雁意象不同，但都可以用来表示诗人内心深处的万般愁情。如《如梦令》中的花：

> 昨夜雨疏风骤，
> 浓睡不消残酒。
> 试问卷帘人，
> 却道海棠依旧。
> 知否？知否？
> 应是绿肥红瘦。

如《醉花阴·薄雾浓云愁永昼》中的酒:

薄雾浓云愁永昼,瑞脑消金兽。佳节又重阳,玉枕纱橱,半夜凉初透。
东篱把酒黄昏后,有暗香盈袖。莫道不销魂,帘卷西风,人比黄花瘦。

如《声声慢》中的雁:

寻寻觅觅,冷冷清清,
凄凄惨惨戚戚。
乍暖还寒时候,最难将息。
三杯两盏淡酒,
怎敌他、晚来风急?
雁过也,正伤心,
却是旧时相识。
满地黄花堆积。憔悴损,
如今有谁堪摘?
守着窗儿,
独自怎生得黑?
梧桐更兼细雨,
到黄昏、点点滴滴。
这次第,
怎一个愁字了得!

10. 书画家诗人管道升

常言道：诗情画意，诗和画常常是相辅相成。但是并不是画家就可以是诗人，或诗人就可以是画家。但元代著名的画家、书法家、诗人管道升可以集诗、书、画为一身。管道升的《深秋贴》和《水竹图》《竹石图》为传世佳作。《水竹图》藏于北京故宫博物院；《竹石图》一帧藏于台北故宫博物院。在"女子无才便是德"的社会能如此博学多才实属不易，但要感谢她的丈夫——大书法家赵孟頫。赵孟頫不仅保持了她书画的天性，而且还激发了她的一首流传至今的诗歌《我侬词》：

你侬我侬，忒煞情多；
情多处，热似火；
把一块泥，捻一个你，塑一个我。
将咱两个一齐打破，用水调和；
再捻一个你，再塑一个我。
我泥中有你，你泥中有我：
我与你生同一个衾，
死同一个椁。

11. 林黛玉原型诗人冯小青

《红楼梦》中的林黛玉家喻户晓，读者多半会以为这是一个小说创作人物，或者是曹雪芹生活中经历的一个人物。但实际上她的原型是明代诗人冯小青，和林黛玉有着相似的遭遇，家人全

社会之声

亡，寄人篱下，嫁人为妾后郁郁寡欢而终。她在临终前做了一幅画像，为此她写了一首：

  新妆竟与画图争，
  知是昭阳第几名？
  瘦影自临春水照，
  卿须怜我我怜卿。

林黛玉在焚烧诗稿时，曹雪芹引用了冯小青的后两句。

12. 最长寿诗人郭真顺

  郭真顺元末明初人，120岁仍能写诗，125岁逝世。因教子有方，被皇帝封赠为"郭氏贤母"，并立了牌坊。商务印书馆出版的《中国人名大词典》，将郭真顺列为中国古代著名女诗人之一，她的名字与东汉的班昭、蔡文姬，宋朝的李清照等并列。曾著有诗集《梅花集》，已无传本。现存有120岁时作的《归宁自序》两首，及《上指挥俞良辅引》《渔樵耕牧四咏》《赣州十八滩》等18首。

归宁自序

  天甲年来度二周，桑榆暮景雪盈头。
  五经立业儒家雅，三子成名壮志酬。

  桥梓有光联俎豆，柏舟无憾泛横流。
  阶前兰玉森森秀，斑彩扶来到首丘。

还有很多女诗人值得我们去解读，如女侠诗人秋瑾，教育家诗人吕碧城，学者诗人林徽因、朦胧诗人舒婷等等。女诗人是女性的精华，是女性世界的缩影。她们继承嫘祖精神，发扬光大，成为中华文明的建设者、推动者，对人类文明作出巨大贡献。在实现民族复兴的伟大时代，女诗人同样需要谨记自己的历史担当，不辱使命。今天站在盐亭这片神圣的土地，我说：我骄傲，我是女人！我骄傲，我是女诗人！

作于 2018 年 3 月，海峡两岸著名诗人盐亭诗会讲稿

诗在律中生，律在诗中跳

哲思之心

开篇：道之说

自从有了"轮"，人类社会就进入一个较为快速的时代。对于昨天努力买飞鸽、买永久（自行车），今天追逐买宝马、买保时捷（汽车），明天使劲买太空行、宇宙游（飞船），一切努力归根结底都为一个字"快"。但是，"快"让人忽略了用心品味，丧失了用心欣赏。

因此，在加快腿脚速度的同时，是否想过买辆车呵护一下我们的"首"？也许有人会说"我倒是想买，可这'首之车'得有人制造出来呀"！说得没错，但同时却差一点。为什么呢？因为早在2000多年前，老子就开设了"首之车"制造公司，那就是人们熟知的"道"。

"首"是人身司令部，是思想的发源地，万事万物通常皆在"首"的一念之间。"道"为"首"建造了款式不同、功率不同的车，如何引领自己的司令部全在于对"道"的认识。是买一辆独轮车，还是一辆铁钉轮牛拉车，还是一辆胶皮轮马拉车，还是一辆自行车，还是一辆汽车，等等，全在对"道"的感悟。

前几年美国早在讨论《治大国如烹小鲜》，中国高师常年受聘在美国讲授《道德经》。美国人很明智地买了一辆"道"车，这辆车运载美国的政府之"首"一路前行。道理很简单：任何有过厨房经历的人都可以想象煎小鱼需要耐心，需要火候，需要尽可能少地翻搅，否则将会煎出一锅肉泥，治大国亦是如此。

"无为而治"这辆车很多人都听说过，很多人也花了价钱去买，但是有的人买了却不会开，或者生生开到沟里。

驾驶"无为而治"最娴熟的人莫过于孔老夫子、释迦牟尼。"无为"是大智慧，是博爱，是无我，是空。孔子作为华夏教师之鼻祖，用博大胸怀容纳了2000多年前的历史，后事之师遵承师祖乘坐"无为"之车，一如既往地用博大的胸怀容纳天、地、人，所以我们赞叹"老师，无为的爱"。这种爱，说她大，她是灵魂工程师；说她小，她是一块铺路石。无论大还是小，都像一阵清风，一切只在冥冥感觉之中。

释迦牟尼作为佛教奠基人，在《金刚经》里说道："说布施，非布施，是名布施。"在长达2000多年的光阴里洗练灵魂，同样道出"无为"之理。

……

生活中，每个人都需要为自己的"首"购买一辆合适的车。"首之车"更需要精心挑选，细心呵护。"大道自然""上善若水"，合乎"道"，水到自然成渠；违背"道"，水到就会成害或者成灾。

坚信"无心栽柳柳成荫"不是幻想，幸福就会像花儿一样开在身旁。

作于2008年

"马桶"的定与悟

一天，孩子惊叫"马桶坏啦！下水不能冲啦"，感觉像是天塌一般。

如果你家马桶坏了，你会怎么样？马上修、立刻修、刻不容缓地修，那是毫无疑问的。如果不能即刻修好，就会急得上蹿下跳，抓耳挠腮。

可是如果不修呢？小便后，咱接一盆水冲之；大便后，咱接两盆水冲之。能接受吗？不可想象。

然而一日、两日、一月、两月过去了，马桶还是没有修。孩子每次洗脸都会在洗脸池里放一个小盆，洗完后把洗脸水倒到一个大点的盆里，备着大小便后用。

等到孩子放假回到自己的家时，反而会对上厕所浪费水源于心不忍。这样，很长时间马桶没有修。甚至连客人来了也都得习惯这种"冲水"马桶。大家觉得不可思议，那多臭呀？可是再仔细想想那不是你身体里出来的吗？

有趣的是，有一次孩子去南方参加竞赛，可巧房间里的马桶是坏的，同屋的孩子们都急得四处找厕所，可我的孩子泰然处之，结果别的孩子都受到不同程度的影响。

某一天，有个修马桶的来到隔壁，一念闪过"修马桶"。马桶瞬间修好了。可仍然不能放弃好习惯，每每都把洗漱用水攒起来，小便后仍然冲之，只有大便后才放大水。但心里还是于心不忍。

从"马桶"看世事，皆应处惊不乱，以"定"面对，"塞翁失马，焉知是福"，从不修到修，经历从定到悟心路历程。

作于 2008 年

情寄邦戈岛

忠

最近中央电视台热播电视连续剧《永远的忠诚》，今天又正好是一年一度"端午节"——中华民族纪念"伟大的爱国诗人"屈原的节日。似乎"忠"像久违的一股清泉一下子涌了出来，不由得让人感到一阵清凉舒爽。

解析"忠"的字相，我们看到的意象是"存心居中，正直不偏"，《说文》解释："忠，敬也。尽心曰忠。"《广韵》解释："忠，无私也。"朱熹解释："尽己之谓忠。"所以，"忠"就是"尽心力做事，赤诚无私"。

说到"忠"，我们必须要说"忠于祖国""忠于人民"这样意义比较宏大的词语。无论在哪个国度，在哪个时代，都会有无数个忠诚于国家的人留在人们的记忆中。古代的介子推割股饲主的故事让人不能忘怀；战国时期的屈原因报国无门而投汨罗江的爱国情操演绎为今天的端午节，世人传颂；宋朝的岳飞精忠报国，却壮志未酬，一首《满江红》千古绝唱；就连明朝的风尘女子秦淮八艳之一李香君都能血溅桃花扇。历朝历代有多少仁人志士为追求"忠"而不惜牺牲自己的生命。正如印度诗人、哲学家泰戈尔所说：我们的生命是天赋的，我们唯有献出生命，才能得到生命。

然而，"忠"不仅只在于伟大，而且更多的是在于平凡，在人的一生中，"忠"无处不在。家庭需要忠诚，朋友需要忠诚，事业需要忠诚。现在有一种说法叫顾客忠诚，以此延伸我们是否应该有学生忠诚、士兵忠诚等。只要我们问心无愧，只要我们尽心力而为，就是一份忠诚。

古人曾子每日反省自己，问自己"为人谋而不忠乎"，意思是"别人托付给的事情，是不是忠实且尽心尽力地办到了"。如果你是一个员工，恪尽职守、尽心尽力了吗？如果你是一个领导，摒弃私欲、秉公为政了吗？如果你是一位父母，任劳任怨、以身作则了吗？如果你是一个儿女，"谁言寸草心，报得三春晖"，孝敬父母了吗？如果你是一个学生，少壮努力、学会怎样做人了吗？如果你是一个教师，爱护学生、教书育人了吗？如果天下人都能效法曾子每日反省的功夫，察照每日自己"忠诚"的程度如何，哪里会有腐败现象屡禁不止？哪里会有食品安全警钟不断？

尽忠是做人的根本。然而今天，我们却很少听到"忠诚"二字，似乎感觉这两个字离我们很远，或者说这两个字似乎已经过时了，或者觉得这两个字很神秘难测，无从下手。实际上，"忠"就是对得起良心。

做人有这样四种境界：损人不利己，损人利己，利人利己，利人舍己。所以，衡量"忠"与否的量化标准就是你的所作所为处在哪个境界，如果是利人利己的境界，那是小忠，如果在利人舍己的境界，那就是大忠。

现代人常用这样的词语"双赢""双边互利""共同发展"等，无论是国家与国家之间的关系，还是企业与客户之间的关系，这都是"忠"的具体表现。

但是生活中不乏有人实践着"螃蟹理论"，其结果是害人终害己。

钓螃蟹人钓上第一只螃蟹并放到篓子里后，一定要小心翼翼盖上盖子。但当螃蟹多了后，却不再需要盖盖子。原因是无论

哲思之心　285

螃蟹多么努力地往上爬，总会被它下面的那只螃蟹扯下去。螃蟹越多，相互抵御的阻力也越大。历史一幕幕在这个小小的篓子里重演着，每只螃蟹都想要爬出篓子，但每只螃蟹都没有能爬出篓子。这就是螃蟹理论，这就是不忠的具体表现。

更有甚者，生活中还有人利用"螃蟹理论"。总觉得自己非常高明，击败对手后还能以慈善者的面孔出现。其结果常常是聪明反被聪明误，搬起石头砸肿脚。同样是不忠。

毋以恶小而为之，毋以善小而不为。也许不可能人人都会像范仲淹那样"先天下之忧而忧，后天下之乐而乐"，但人人都应该牢记清朝黄宗羲先生的一句话："忠诚是人生的本色"，都应该明白一个深刻的道理：一片忠诚是长寿之本，一捧善良是快乐之源。

中国哲学家程颐说："人无忠信，不可立于世。"为人一世，就不能不尽忠。对国家：赤胆忠心，忠心耿耿；对工作：忠于职守，竭忠尽智；对家庭：忠诚不渝，求忠出孝；对朋友：纳忠效信，忠告善道。记住这些词语吧，努力践行这些词语吧，生命的价值就会大于生命的时间，大于生命的空间。受益的不仅仅是践行的生命本身，而且还会惠泽生命的传承。

作于 2011 年

善与恶

不以善小而不为，不以恶小而为之。这是人们经常告诫自己、教导他人的一句至理名言。毛泽东也曾说过一句名言："做一件好事并不难，难的是一辈子做好事。"由此看来，善之所以如此推崇的确是一种不易之举。

昨晚看电视，一位开国将军的遗孀跟随丈夫回家务农，如今90多岁高龄依然身体健康，夫妻二人一辈子以德养人，国家主席为此甚为感动。我们今天站在一个时间点瞬间看老人感觉不出什么，但是如果我们设身处地地跟着老人一起回顾这90多年的每一天，那将是怎样让人感动、让人酸楚、让人心疼的平凡故事。

善无需每天敲锣打鼓告诉别人，但是当今世人每做一件事生怕别人不知道，对于酒香不怕巷子深的古训嗤之以鼻，从而导致了人心浮躁。当领导的要让人知道自己有多权威、霸道，上演了一出又一出官场悲剧。搞学问的生怕被人说没知识，于是论文满天飞，成批量生产，活活把一个学者逼成垃圾制造者。经商的忘却了"君子爱财，取之有道"的准则，不惜牺牲国民的生命健康赚取不义之财，却做着瞒天过海的广而告之。

孔子说："吉凶悔吝，发乎动者也。"于是有了"动辄生咎"之说，即一动只有四分之一的机会是善，其他四分之三是凶、悔、吝，皆为不善。如何把握这四分之一的善需要行为者谨而慎之，如履薄冰。这样才能不贻害他人，才能做到行善积德。

最近在奥本大学带学生做语言交流实践活动，所见所闻引人深思。一个学院的院长要有"舍得"精神,要当院长,就要放弃科研,一心一意搞行政,如果连任两届没有建树,自然淘汰。这是一种对自己特别是对他人负责的善举。这绝不是捐出几千元资助一个学生的善举可以与之比拟,因为后者只涉及少数人,而前者则是整个集体以及集体背后的所有利益体。这就是我们的老祖先为什么有禅让的先例,他们懂得如果站在不该站的位置,一是损害了自己,二是损害了集体,三是损害了团队成员,四是妨碍了成员后代的更好发展,五是损害了不得不为他开绿灯的人。如果世人能明白其利害,就不会有如此多的官员把自己和家人从天堂送进了地狱,就不会有如此多的人趋之若鹜地在"官路"上奔命,就不会有如此多的上司由于推波助澜而陷入"缺德门"。

耐得住寂寞是知识分子最基本的能力。一项研究周期通常需要几年甚至几十年,有的学者几十年如一日坚持在实验室,为一丁点的成就做着日复一日的琐碎工作。居里夫人不是敲着锣成为居里夫人的,莫言也不是打着鼓成为莫言的。美国一位普通学者简·雅各布斯用了大约十六年的时间写出了《美国大城市的死与生》,对传统的城市规划观念进行质疑。曹雪芹用了十余年写成了旷世佳作《红楼梦》。所有这些难道不应该为我们提供一点借鉴吗?我们浪费掉多少人力物力去做无谓的"研究"。如果能明白做研究也是一种行善,而不是拿来招摇过市,就不会有如此多的人为收购垃圾的人创造就业机会。我曾在一个传达室看到小山一样的报纸、小山一样的杂志没有人领,更没有人看。它们原封不动地送到印刷厂打成纸浆,再印出来,然后再送到印刷厂打成纸浆,再印出来……这个环节中涉及多少受害者。所以知识分子的善不与论文的数量、项目的数量、书本的数量成正比,而取决于其实际价值。

商界、医界、教育界等都需要从职业道德入手考虑行善。而不是捐出几亿就是行善。试想，如果一个种菜的商人，每天把有毒的蔬菜送到千家万户的餐桌上，毒害了成千上万个身体，然后把一部分赚来的钱进行公益，站在台上大唱高调自己是多么仁义。这种行为是善还是恶？人心自有公道。所以善就是要脚踏实地做好每件事，善就是要在做任何一件事情中规避掉四分之三的非善，坚守四分之一的善。作为一个医生或教育工作者，更是要懂得其深刻道理，不能靠拍脑门决定受施者的命运。因为只要失去四分之一的善，受害的不仅是他人，而更重要的是自己，到最后积重难返，只能咎由自取。

所以趋善与避恶不是空谈，而是实际行动；不是敲锣打鼓听噪声，而是默默无闻看行动。

作于 2012 年

合作是一座桥

人在路上，日月相随

　　一个周二的早晨，一行人脚步匆匆地踏上开往大兴的班车。车敞人精神，车暖人兴奋。远在天边的太阳好奇地探头露出红扑扑的笑脸与之对望，试问：不知人间宫阙，今夕是何年？

　　车人行使在宽敞的大路上，奔着、跑着、乐着、笑着；太阳穿梭在林立的高楼后，隐着、现着、嬉戏着、追逐着。间或在太阳的下方，在淡淡的雾气中有两道长长的白线画过，犹如天上的流星，"莫不是咱中国制造的大飞机也伴着朝阳在练飞行？"

　　……

　　一个周四的傍晚，一行人风尘仆仆地踏上回家的班车。将要踏进车门时，仿佛有目光从天而降，温馨地打量着劳作一天的人们。抬眼望去，竟是半轮月亮高挂天空眨着清澈的眼睛赞叹：喜看学子万万千，遍地英雄下夕烟。

　　……

　　路上的人们很辛苦，似有日出而作、日落而归的古朴生活。但有红日做伴，有明月相随，那份辛苦顿时变成温暖的光芒，清纯的宁静。

作于 2013 年

鸟瞰世界

人们总是用"鸟语花香"来形容一种愉悦的环境,从未有人想过鸟儿是否也有悲伤。坐在高层阳台,鸟瞰川流不息的车辆、晃晃悠悠的人影,一下明白了鸟儿为什么不悲伤。

且不说雄鹰搏击长空,翱翔在几千米的高空,那种傲气,那种霸气,就只说小麻雀栖息于几百米高的树杈、岩台,高高在上的他们有一种居高而小天下的感觉。他们眼中的人不比他们大多少,所以自以为很了不起的人、自以为很高大的人在鸟的眼里比侏儒还侏儒。

有一句话"大千世界,芸芸众生",大概就是鸟瞰世界的结果。成百上千的车辆驶过,在鸟瞰的眼中绝没有宝马和夏利之分;熙熙攘攘的人群走过,在鸟瞰的眼中绝没有"长"字辈和百姓之差。也许鸟儿早就参透了这个理,所以有一天就快乐地唱一天,自由自在地飞一天。没有谁听说麻雀会和乌鸦打架,喜鹊会和燕子吵嘴。他们各行其是,完成着自己的生命周期。

人如果鸟瞰世界就可以让心跳出一堆纷繁,得到一片空静,思绪长上翅膀飞出阳台,飞向高空,凌驾于青山绿水之上,与鸟为伴,快乐地歌唱,自由地飞翔。

作于 2014 年

年轻与年老

每个人都想年轻，都想永葆青春，这是人类不断追求的目标。从过去的皇家炼丹到今天的养生美容，人们不仅希望延年益寿，还渴望青春永驻。然而，生老病死是自然规律，无人可幸免。于是如何看待年轻和年老的问题就需要从外在转入内在，从肉体转向精神。

最近偶尔读到美国作家塞缪尔·厄尔曼的《年轻》，全文只有245个英文单词，却让美国道格拉斯·麦克阿瑟将军在指挥整个太平洋战争期间，始终在其办公桌上摆放着装裱有《年轻》复印件的镜框，却使松下公司创始人松下幸之助一直把它作为座右铭。为了和大家共勉，我特意按照自己的理解试着用尽可能少的280个汉字将其译成中文：

年轻非年少，而心态；非桃面、朱唇、柔膝，而意志、梦想、激情。年轻即生命河之汩汩清泉。

年轻有初生牛犊不怕虎之勇，有明知山有虎偏向虎山行之魄。20岁后生有之，60岁熟男不逊。岁月不会催人老，消沉才会降暮年。

年轮可褶皱肌肤，却不可褶皱灵魂。远离忧虑、恐慌和不自信，心不会扭曲，灵魂不会堕落。

无论60岁还是16岁，心都装满神奇魅力，不变天真，博弈喜悦。内心矗立着无线电台：只要接收天上人间的美丽、希望、愉快、勇气和力量，青春就永驻。

若天线一倒，讥讽如雪片覆盖心灵，悲观如冰块封冻灵魂，人就此老将去，哪怕只20岁。然而，若天线不倒，捕捉快乐电波，即便80岁，也会年轻地驾鹤西去。

塞缪尔·厄尔曼70岁左右开始文学创作，写下了《年轻》，曾经让成千上万的读者抄录收藏，不乏许多中老年人将它作为精神支柱。70年后，美国《华盛顿邮报》再次刊登了《年轻》，人们再次诵读，赞赏依旧。时隔20多年后，今天再读，仰慕之情油然而生，似乎再想多阐述点什么都担心会成为多余。

是啊，年龄数字小的人和年龄数字大的人灵魂是平等的，"年轻"是平等的。既然平等，我们便没有权力剥夺别人"年轻"，没有权力倚小欺老。

然而，生活中相反的现象比比皆是。比如，在几年前，一位80多岁的奶奶去看病，一位医生说"这么老了还看什么病呀"，这对一个充满生的"博弈喜悦"的人来说是多么残酷。比如，一位前辈在退休前，为了保证工程的质量，眼里揉不进沙子，比他年轻几岁的继位者不理解，"过不了两年就回家歇着去了，还管那么宽"，这样思维的小年龄安知"接收美丽、希望、愉快、勇气和力量"的大年龄之志哉？快30年过去了，时间证明了一切。

年龄大是从年龄小走过来的，年龄小也必然要走到年龄大。在这一点上，人是平等的，犹如上街排队买菜，只是顺序先后的问题，并不能因为年龄大就被抛弃或鄙视。我们知道，金庸先生在86岁完成博士论文答辩，以《唐代盛世继承皇位制度》的博士论文获得剑桥大学哲学博士学位。我们看到，诸多航空公司的航空工作人员并非清一色的空姐，而是还有空叔、空嫂。但是在高铁和动车上，列车员一定是女孩，大妈注定是保洁员，为什么要根据年龄把人分出三六九等？

微信里转发着一篇文章《优雅地老去》，讲述巴黎妇女的年龄观，其实中国也有"少要庄重老要俏"的老话。前几天和母亲通话，母亲说："院里的柳树吐出了一丝丝的绿芽了，桃树的花骨朵也努出来了，今天出去换了件凉快的衣服。春天了。"谁能说步履蹒跚的母亲不可以拥有一颗年轻的心？谁能说去郊外就是踏青，在院里就不算踏青？

所以，年龄小者不要依小自傲，年龄大者无需因老自卑。每个人走在各自的生命轨道上，不要用自己的思维去打搅别人的幸福。孟子说："老吾老，以及人之老，幼吾幼，以及人之幼。天下可运于掌。"如果从厄尔曼的《年轻》出发，以心灵年轻为目标重视人的内在价值，从孟子的"老幼说"出发，以和谐环境为追求构建人的生存生态，人间空置的房子就应该都搬到天堂或西方极乐世界，因为恐怕若干年后，灵魂将会浩浩荡荡涌入彼岸的天堂。

作于 2015 年

与师一席话，胜读百本书

体　面

　　什么是体面？体面就是把面子挣足，就是把面子给足。那什么是面子？面子就是社会中每个人应有的尊重。比如老师被称为人类灵魂的工程师，医生被称为白衣天使，公务员被称为人民公仆，清洁工被称为城市美容师等，都是在舆论上给予社会不同阶层人足够的尊重。

　　然而真正要得到体面却不是一件容易的事情，最近关于食堂午饭改革就令人深有感触。之前常看到食堂有"教工窗口"标牌，但是窗口前排队的学生比老师多，老师们也已习惯和学生一同排队，一同找餐桌。如果师生同时把目光聚焦同一张空餐桌，学生多半会礼貌地走开，而老师尴尬地站在那里，目光一直跟随学生直到他们也能找到一张餐桌，方能安心入座开口吃饭，否则这顿饭就食不知味。现在改革后，无论原因是什么，其结果是老师们终于可以在紧张的中午时段体面地吃饭了，从伸手接过饭盘到自己一样一样盛饭菜再到坐在餐桌旁，每一分钟都感受到尊严同在。这不完全是钱的问题。

　　以此类推，如果所有事情都能考虑到体面，整个社会的素质就会有所提升，人的生活质量就会得到改善，就能真正体现万物皆有灵，人生而平等。也许有人觉得是乌托邦式幻想，但是如果人人为之努力，即使达不到，也会越来越近。所以无论是谁，处于什么地位，做什么事情，扪心自问你对受施体是否给予体面，是否真正做到"己所不欲勿施于人"。比如前几天的一个早晨，雾霾锁京城，能见度不足十米，高速封路，这天早晨八点的上课铃声就成为催命铃。打着双闪，睁圆双眼，握紧双手，集合全身细胞一米一米地前进在上班的路上。这时生命应有的体面在哪里？我不禁想起去年春节期间和学生们在奥本学习的情景，当时奥本下了一场当地几十年不遇的"大"雪，如果放在北京就是一场刚覆盖地面的小雪。但是政府部门及时给出通知"停工、停课"，随时等待消息。虽然给我们这些外地人带来了不便，因为我们没有了吃饭的地方，但是对于绝大多数居住在当地的本地人或是外地人却是给足了生命的体面，绝对不会发生像新闻报道中的那几位货车司机，由于雾大看不清路标直接把车开进航站楼的不体面事情。

体面可大可小，无处不在，靠的是一本良心账。有一个小小传达室，室内干干净净，邮件整整齐齐，所有来者不用翻箱倒柜似地找就可以轻松地、很体面地拿走自己的邮件。但是再看看大门外的快递，所有邮件扔在地上，无论你的名字多么尊贵，此时都必须放下身段和地皮亲密接触。快递员的电话更是不考虑任何体面。"快递！""快来！""五分必须到！""再不到走了！"如果赶上突然有事到了外地，这快递就成了大麻烦。社会需要前进，但是前进中需要不断完善，前进的目的是让社会人更方便、更舒服，完善的手段也应立足于人的体面。

人在给予别人体面的同时也在得到体面。如果应有的体面没有得到，就会想办法索取。有的索取温和些，有的索取激进些，但都属于社会的正常秩序范畴。也有另外一种情况，应有的体面没有得到时，微微一笑，"我不要了"。这是不是应了那句"放下尊严去修行"？于是，身边就演绎出许多争着吵着的话剧，以及若干不言不语的哑剧。但常言说"人心都有一杆秤"，体面不体面自有公道在，哑剧不等于侵犯体面的事实不存在，不等于有权人仗势就可以吆五喝六，就可以侵犯他人的利益，包括精神利益和经济利益。我曾经听到一个故事，某单位的一个领导开会成性，会上的主要任务是训人，明骂暗讽，以撕破别人的面子为乐事，典型地侵犯别人的精神利益。至于经济利益大到几万、几十万等，如今反腐只和贪官算了经济账，而没有算精神账，只算了大账而没有算小账，比如侵占笔本纸张费用等都忽略不计。实际上作为社会个体直接感受的体面主要在精神层面，主要在琐碎的小事上。

体面是一种双赢或者双输的人生游戏，小到个人之间大到国家之间都一样，比如中国当年提出和平共处五项原则就是一种体面声明。人与人之间也同样存在如此的"和平共处原则"，可能是三项、五项甚或七项，只是大多以隐形的方式存在，靠的是"良知"约束。良知是什么？儒家王守仁认为：良知是一种天赋的分别自己善的和恶的意向的道德意识。伦理学解释：修身的"功夫"在于用自己的"良知"去抵斥自己在意志行为中的恶的意向并实施或实现自己的善的意向。由此可见，是否给予体面是道德问题，如果给予了便是道德圆满，否则就是道德缺失。

纯真的体面美好而神往，生活在体面中长精神、提志气，充满享受感。愿体面与我与你与每个人同在！

作于 2016 年

玩

当眼睛接触到这个题目，脑子里出现的恐怕是负面形象，比如：玩物丧志、玩忽职守、玩火自焚、玩岁愒时、玩世不恭、玩时贪日等，所以中国人从小就有一种对"玩"的谨慎。"妈妈，我想出去玩一会儿？"总是怯生生地说出来。"出去玩一会儿吧！"显示出一种恩赐感。"怎么还玩呢？"一定是声调提高8度的呵斥。即使是大人也不例外，对于家人的询问"干吗呢还不回家？"会有若干种回答，"谈生意呢""和朋友聚会呢""加班呢"等，没有谁会直接告知"玩呢"。若谁这样回答，那一定有一个前提，他（她）是要故意气气询问者。

"玩"成了中国人避讳的一个字眼，英语的 play 就是汉语的"玩"，他们把所有能玩的都坦坦荡荡地命名 play，比如 play basketball，play football，play the piano，play the violin，play the computer game，play cards 等，而中国人却会巧妙地避开"玩"，说成打篮球、踢足球、弹钢琴、拉小提琴、打电脑游戏、打牌等，显示出汉语动词的绝对灵活性。其次汉语中还有一点值得琢磨，就是玩多用"打"这个字表述，多少带有一点发泄的意思？或者可以理解为有点正义感在心中，对这些非正业要"打"？

什么时候才可以字正腔圆地说一句"玩"呢？那得等到玩出了一定的名堂。比如人们熟知的"玩玉""玩石头""玩蛐蛐""玩收藏""玩股票"都是要做"玩家"的人才有胆量向世人公布他在玩。人们根深蒂固地认为玩就是不务正业。那什么是正业呢？正业就是仕途和学途还有商途。当官不能玩，念书不能玩，经商不能玩。人们头脑里的模式是当官的就应该坐在办公桌前日理万机，念书的就应该在图书馆两耳不闻窗外事，经商的就应该奔波在旅途中。

可是人的天性之一就是玩，这有点应了哲学的人性论之一——"人之初，性本恶"？怎么扼杀掉这个恶性呢？人们开始了艰苦卓绝的终身斗争。比如：现代人把小孩的作息时间排得密不透风，在大学关闭网络，安装定位系统监控，等等。人们一代一代地在与"玩"奋战着，而且大有一代胜过一代的趋势，但似乎并没有任何迹象表明"玩"已经被打败。

黑格尔说"存在就是合理"，既然玩如此经久不衰，必有其存在的道理。英语有一句谚语"All work no play makes Jack a dull boy"，中国也有一句"劳逸结合"。这说明人要想聪明得有玩，人要想成功也得有玩，但前提是要和work和劳动相辅相成。于是"玩"的恶性便减掉了一半，由"善"取代，就像毛泽东说的事物总是要一分为二地看待。剩下的问题是如何把握玩的度，怎么玩得有效。

我曾经听说某些小学为了安全考虑取消了部分体育课，有的学校因为扩招，操场都得轮着用，做广播操也需要某些班级上午做，某些班级下午做，其余时间都在教室里窝着，这对孩子的骨骼肌肉发育是极其不健康的。教育部门没有把握好玩的度。为了弥补这个缺陷，家长便在傍晚下学后多带孩子在外面玩玩，而且不顾孩子疲劳一天，直接从学校接出来就去玩，自认为这样省事，玩好了回去做作业，就不用再出来了，结果对孩子造成二次伤害。所以如果有心，我们可以看看周围的孩子们，有多少是属于"健壮"型的？有多少是充满"活力"的？

另外，主动玩是开发智力的一个渠道，是完善想象力的一个过程，也是锻炼意志的一个方法。曾经有这样一个故事，妈妈周末带孩子逛商店，妈妈兴致十足，而孩子非常沮丧，妈妈不理解孩子面对琳琅满目的商品和装潢豪华的商店竟然不感兴趣。于是有一人出来解释，请妈妈蹲下来眼睛保持在孩子的高度，然后去逛，妈妈恍然大悟。结果是什么您知道吗？原来孩子眼里看到的都是大人的腿，目光向上一点是大人的臀，目光向下一点是大人的鞋。所以玩除了要有度以外，还要有主动性。主动性体现在不要"被玩"，也不要"跟玩"。

记得有一次带孩子去公园，觉得一家子玩得好开心，拍了许多照片。那时照相要用胶卷，而且要到照相馆去洗照片。等洗出来一看，孩子的照片没有一个带笑脸，都是嘟噜着小嘴。于是反省为什么孩子不高兴呢？决定再去一次，这次孩子走在前边，他想去哪里就跟着去哪里，他想在哪里停下来就一直等到他玩尽兴了。结果那天我们待的时间最长的地方是碰碰车，坐进去玩一次3块钱，都不记得玩了多少次，而且直到后来孩子说起来都兴奋不已。

至于"跟玩"是大部分人的弊端，看到别人玩游戏，跟着玩；听到别人玩收藏，跟着玩。特别是那些励志故事很有煽动性，一个巴菲特出来，便有成千上万的人跟进去，深陷泥潭出不来。玩是因人而异的，比如感性人和理性人的玩点是不一样的。前几天出彩中国人节目里有一位男士玩秦朝的阮乐器，一玩几十年，另有一小男孩玩遥控飞机玩出国际水平，所以玩什么要看自己的玩点在哪里。

因此，不要谈玩色变，你可以玩诗、玩建筑、玩汽车、玩交际……玩对了、玩好了是人生的润滑剂，会让工作更出色，让大脑更聪明，让生活更情趣，让人生更出彩。

作于2014年

信　仰

说到信仰，人们通常会有几个反映，一个是觉得信仰高高在上，看不清，摸不着；另一个是感叹"如今的人都没有信仰了"，叫作"信仰缺失"；再有就是把信仰和宗教信仰等同起来。

什么是信仰呢？从词的本义理解，"信"就是"信奉"；"仰"就是"仰慕"。信奉某一思想或者仰慕某一人物就是信仰。换一个解释，还可以理解成"仰着头去信奉、信任"。由此可见，无论是什么年龄的人、哪个时代的人，甚至哪个国度的人，都会有自己的信仰，只是所信仰的东西不同而已。所以，信仰不是虚无缥缈的。

为什么会有"信仰缺失"呢？那是因为人与人的标准不同而导致的。站在一个人的角度，如果另一个人的信仰与之不同，就会说他"信仰缺失"，缺失掉的只是这个人的信仰。如果一个有着相同信仰的固有群体看待本群体之外的人，同样会说"信仰缺失"，缺失掉的只是这个群体认同的信仰。所以，"信仰缺失"是相对的。

为什么信仰会和宗教如此关系密切呢？因为"信仰"一词源于梵语 sraddha，唐代佛书《法苑珠林》将其译为"信仰"："生无信仰心，恒被他笑具。"在佛教修行的要素"信、解、行、证"和"信、愿、行"中，"信"都排在首位，人们常说："信则有，不信则无。"就是指有了"信"才能有"解、行、证"等。

对信仰本身的含义有了一定的认识后，再反躬自省，重新审视自己的信仰，便会有一个不同的感受。信仰和所处的环境、所受的教育有着密切的关系。在电影《建党伟业》中，一批年轻人接受了马克思主义思想教育，坚定地信仰共产主义，正是这种信仰，才有了"砍头不要紧，只要主义真。杀了夏明翰，自有后来人"的呐喊。从政治角度讲，这是一种伟大的信仰——和人民、国家的命脉紧紧相连的信仰。历史上有很多怀着伟大信仰的英雄：东汉开国名将马援"男儿当为国战死边野，马革裹尸而还"；二十岁的霍去病"匈奴未灭，何以家为"；谭嗣同"我自横刀向天笑，去留肝胆两昆仑"；毛泽东"数风流人物，还看今朝"等。一个人本身是渺小的，但是如果把自己所信奉、仰慕的事情和国家、人民的事情连在一起，人生的价值便得到了升华。孔子仅仅是个"老师"，但是只要他把追求教书之道作为毕生的信仰，他的生命价值就远远超出了老师的职业范畴；李时珍只是个"医生"，但是只要他把追求治病之道作为毕生的信仰，他的生命价值就远远超出了医生的职业范畴；霍金只有一个指头能动，但是他把对宇宙的探索当作自己的信仰，靠残缺的身体为人类做出健全人都无法完成的巨大贡献。所以，伟大的信仰就是把自己有限的生命投入到某种永恒的事业中。

我们常听到一个词"功利"，为什么会有功利思想呢？原因就是所信仰的事情不是永恒的。比如：只为某一次考试的成绩、只为某一时期的金钱、只为某一个职位等。如果整个社会都出现了"功利"性的信仰，那就是一件非常可悲又可怕的事情。说好点是"浮躁"，说得严厉点就是"不负责任"。对别人不负责任，对自己的生命不负责任，对整个社会不负责任，甚至对全人类不负责任。

毛泽东曾经引用过司马迁的话"人固有一死，或重于泰山，或轻于鸿毛"，今天读来，这句话一点都不过时。一个人无论在生命期间怎样活，终归都要走到生命的末站，或早或晚。如何在生命期间做出一点有益的事情就是每个人应该有的信仰，只有这样的生命才会迎来泰山一样的死亡。过去有一种说法叫"螺丝钉精神"，实际上这是对永恒信仰的最好诠释。一个人的能力有大有小，这是不可回避的现实。在全人类或全社会这台不断运行的机器中，每个人的作用有所不同，能力大的做个大螺丝钉，能力小的做个小螺丝钉，无论大小目的都是一样的——就是齐心协力让这台机器运行通畅。试想一下：如果每个螺丝钉、每个零件都不谋其事，这台机器将会是什么样的状况。如果机器出了状况，对你、对我、对他会带来什么后果？

归根结底，信仰就是在家对得起家人，在外对得起社会。说得直白点儿，就是凭良心做事。良心就是善、就是爱。爱是人类发展的动力，爱是社会生长的根。亲爱的朋友们：无论你是成人还是少年，立足今天，立足当下，抬头仰望，寻找到属于你的一片蓝天。让你的信仰乘风在蓝天里翱翔！

作于 2011 年

粉色的夏天，粉色的记忆

诗意工作

——从荷尔德林的一首诗《在柔媚的湛蓝中》说起

今天我们选择"诗意工作"这样一个话题，其出发点是希望我们在工作中能够富有诗意。也就是说我们的工作有时会给我们造成压力，特别是精神上的压力，而工作又是我们的谋生手段，养家糊口的依靠，我们不可能舍弃眼前的"苟且"去寻找诗和远方。这构成了两难的一个矛盾体，怎么破解。

说到诗意工作，一定会想到诗意栖居。说到诗意栖居就必然要提到两个人：诗人荷尔德林和哲学家海德格尔。说到荷尔德林和海德格尔我们需要知道他们所生活的那个时代发生了什么，和我们有什么关联。没有一个诗人或哲学家是脱离了社会而凭空出现的，没有一个人可以脱离了社会去寻找远方和诗。

寻根追源

荷尔德林和海德格尔都是德国人。荷尔德林生活的时间是1770—1843年，海德格尔生活的时间是1889—1976年。两人相差一个多世纪，德国在这期间发生了很多变化，也就是说荷尔德林写"诗意栖居"的环境和海德格尔阐释"诗意栖居"时的环境完全不一样，但怎么会有共鸣呢？

这里我们需要先了解另一个德国哲学家康德，他生活的时间是1724—1804年，比荷尔德林大46岁。在康德之前，德国哲学处于"神秘主义",台湾学者傅佩荣对"神秘主义"提出一个很好的解读,他说最好翻译为"密契主义"。密契就是密切契合,就是感觉灵魂与一个至高的精神实体相契合。康德建立了批判哲学体系,批判的对象就是神秘主义哲学。他从1781年开始到1790年,先后完成了《纯粹理性批判》《实践理性批判》和《判断力批判》3部著作。这时候的荷尔德林20岁,正在图宾根大学神学院读书。理论上荷尔德林最初所受的教育应该还是神秘主义的学说,但在接受康德的古典哲学主义过程中他需要不断转变甚至是蜕变,以至于他的作品体现出古典浪漫主义的风格。

而浪漫主义的思想理论基础主要是康德的古典主义哲学思想——强调主观能动性,把自我提到高于一切的地位。浪漫主义的核心思想是强调个人独立和自由,浪漫主义又分为积极浪漫主义和消极浪漫主义,德国直到海涅(1797—1856年)的出现才真正进入积极浪漫主义时期,海涅比荷尔德林小27岁。我们可以看到这三个人是三代人,从古典主义到积极浪漫主义之间是荷尔德林,所以说"荷尔德林是在古典主义和浪漫主义之间架设了一座沟通的桥梁",或者也可以说是在古典主义和积极浪漫主义之间假设了一座桥梁。同时我们可以认为荷尔德林的作品应该是多层面的,有神秘主义色彩、有古典主义思想、有浪漫主义情怀。所以读懂他需要有读懂的条件的人,一个世纪不被关注就是因为没有高山流水遇知音。

海德格尔比荷尔德林晚119年,如果以三十年为一代,差了四代。这段时间又出现了另一位大哲学家叔本华(1788—1860年),他对康德哲学进行了批判,并开启了非理性主义哲学,影响了尼采等哲学家。海德格尔的存在主义产生于叔本华之后,而存在主义思想又源自克尔凯郭尔的神秘主义、尼采的唯意志主义、胡塞尔的现象学等。当我们看到源于神秘主义,似乎看到一个轮回完成，回到了荷尔德林20岁读书的时候所流行的思想。当然轮回不是回到原点，而是在原点基础上的升华，因为存在主义还分为有神论存在主义和无神论存在主义，海德格尔是无神论存在主义的代表人物。通过这样的梳理，我们看到了海德格尔和赫尔德林的思想在100多年后相遇以及灵魂产生共鸣不是出于偶然。同样我们也可以得到一种感悟，要想和另一个灵魂产生共鸣，自身的修行是必要条件，所以我曾经把我的一本诗集命名为《诗是一种修行》。修行不分长幼，不分性别，不分职业，不分场所，不分身份。有一个故事是关于杭州的一位拾荒老人，每天闲暇去图书馆读书看报，被称为"离天堂最近的灵魂"。

存在与"虚无"

海德格尔的著作《存在与时间》（1926年）和发扬光大了存在主义的萨特的著作《存在于虚无》（1943年）都是阐述存在主义学说。存在主义认为人是在虚无的宇宙中生活，人的存在本身也没有意义，但人可以在原有存在的基础上自我塑造、自我成就，活得精彩，从而拥有意义。存在主义还认为人的存在不应该是支离破碎的存在物，应该有自己的归宿感、整体感。这里的存在和"虚无"和中国文化中的存在和"虚无"有什么区别呢？

在中国文化中，道学提出"有"和"无"的概念，有就是存在，无就是虚无。如《道德经》第十一章："三十辐共一毂，当其无，有车之用。埏埴以为器，当其无，有器之用。凿户牖以为室，当其无，有室之用。故有之以为利，无之以为用。"佛学提出"色"和"空"的概念，色就是存在，空就是虚无，如《心经》"色不异空，空不异色；色即是空，空即是色"。

存在主义的观点是：人生活在自下而上的一个链条中，而世界是一个无法预知和理解的链条，忧虑和恐惧是不可避免的，任何脱节都会导致痛苦。而正是因为有忧虑和恐惧和痛苦，才揭示出人的真实存在。正如叔本华所说：人生就是在痛苦和无聊之间摇摆。顺着链条走就无聊，脱节就痛苦。而只有痛苦才是人通向存在的道路，只有存在，才能实现自我选择，然后才会有光明和快乐。萨特说："他人就是地狱。"海德格尔也说：一个人在世界上和其他人的关系就是"麻烦"和"烦恼"。而正是在他人的地狱中炼狱才能走向光明，或者走向新生；正是在他人的麻烦中才能感到自己的存在，彻底解决"是心甘情愿地做别人的物，或者使他人做自己的物"这个根本问题。

道学思想的观点是：存在和虚无是融为一体的，不是对立的，是互为成就的。比如一个房子，没有房子的实体存在，便没有任何意义；但是房子的"有"离不开房子这个存在体中的"无"，假如中间全部做成实的，房子外形再像房子还是没有任何意义。也就是说：任何的存在的价值都是靠虚无辅助完成的，如果没有虚无的存在便没有存在的存在意义。道学是中国本土哲学，是中国哲学的根，由此我们看到中国文化和西方文化的本质不同。

佛学思想的观点是：对存在和虚无两者不能有分别心，他们互为一体，分不出彼此。"行深般若波罗蜜多时，照见五蕴皆空，度一切苦厄。色不异空，空不异色；色即是空，空即是色。"还是以房子为例。我们乍一看房子是"色"，是存在，如果走远了，这个房子还存在吗？我们看不到房子了，但我们还能看到学校，再走远呢？学校也没有"色"了，变成空了。有一个视频是关于微型世界和宇宙世界之间的变化，从聚焦一个睡在操场上的人开始，镜头拉远拉远再拉远，最后地球都看不到了。这叫"行深"。《心经》最后说"能除一切苦"。从"能度一切苦"到最后"能除一切苦"。

这是三种不同的态度，我们愿意采用哪种完全需要根据个人的修养或个性，不一定必须是西方人就采用西方的，中国人就采用中国的。但是我们从小生活在一个特定的环境中，如果没有长大后的广泛阅读了解到其他民族的文化，自己是很难走出那个局。正如我在德国站在俾斯麦的雕像下所感悟的那样，西方的文化怎样和东方的文化进行沟通才会避免不必要的摩擦。

诗意工作

如果我们能找到适合自己的一种态度对待让存在得以存在的痛苦，距离诗意工作近了一大步。海德格尔当年为了完成剩下的距离继续寻找，他找到了荷尔德林。"为什么不选择荷马，不选择维吉尔或者但丁，不选择莎士比亚或者歌德呢？……在我们看来，荷尔德林在一种别具一格的意义上乃是诗人的诗人。所以我们把他置于决断的关口上。"海德格尔认为：荷尔德林是最纯粹的诗人，直写诗的本质，他既是一个诗人，又是一个思想家。海德格尔在荷尔德林里的诗里找到了哲学上显现存在的意义。

这听起来有点"玄"，不是每个人都是哲学家，不是每个人都是诗人，不是每个人都读诗，不是每个人都研究哲学。我们怎么理解"充满劳绩，然而人诗意地／栖居在这片大地上"（或者翻译成"劬劳功烈，然而人诗意地／栖居在这片大地上"）呢？如果理解了诗意栖居，便理解了诗意工作，因为一方面工作是栖居的一个组成部分，另一方面存在主义的"他人即是地狱"的他人在一定程度的现象中发生于工作过程。

"劬劳功烈"是人自己的成果或者报偿，"劬劳"是"劳累、劳作"，"功烈"是"成就大、功高"，这两种是人存在的常态。（可以理解成并列的两种情况，也可以理解成是前后两个过程。）

但劬劳一定是件苦差，谁会愿意劬劳呢？功烈可能表面上是一件美差，但"高处不胜寒"说明了其中的苦楚。"然而"是一个坚定的转折，从前面的苦转向后面的"诗意"。问题来了，怎么就能瞬间转入诗意呢？诗意从何而来呢？是大家都开始写诗吗？都开始读诗吗？我在这里插一句，写诗和读诗与这里的诗意没有任何关系，就像海德格尔没有选择莎士比亚，这里的诗意不是莎士比亚写诗可以写出来的。所以海德格尔才说荷尔德林是诗人的诗人，是直指诗的本质的诗人。

什么是诗的本质？诗的本质就是存在的本质，是人类的根基。也许会有疑问：诗是需要语言文字为载体，人类最初是没有语言文字的，何来诗呢？就算我们的《诗经》也是春秋时才结集成册的。就算《荷马史诗》也是古希腊时候才有。所以，这里的诗意和诗歌没有关系，如果换一个词可能会更好地理解，那就是"诗性"。

诗性是整个人类最初共有的特质。随着时间推移，地域迁移，生发出理性和感性。理性是西方文化的特色，感性是东方文化的特色，比如印度文化也属于感性文化。我们通常说的"诗性思维"就被称作原始思维，指"人类儿童时期"所具有的特殊思考方式。人的基因里都有诗性，我曾经说过：人人皆有诗性，这是人在这片大地上栖居的本质，是人类存在的根基。这个存在不是表象的劬劳功烈，而是本质上诗性的体现，是一种捐赠，是一种享受。这既是海德格尔要寻找的存在，也是我们要寻找的存在。至此，诗意地栖居，诗意地工作，诗意地生活，不管用什么样的词语都无所谓，百变不离其宗。

也许还有一个问题：知道自己有诗性、有诗意的基因，隐形基因怎么显现呢？调动不出来不也是无奈吗？是的，这是一件因人而异的事情。每个人的背景不同、经历不同，看事物的角度不同。一个人的蜜水对于另外一个人可能就是黄连。所以任何的成功学、励志学都需要对症才起作用。但有一点可以肯定，诗性存在于内心深处，或者灵魂深处。如果认为人之初性本善，那就保护好那个善性，不要让恶性把它遮蔽。善性不蔽，诗性自现。如果认为人之初性本恶，那就剥洋葱似的把恶性剥掉，显现出善性来。同样，善性不蔽，诗性自现。这里的"善""恶"不是简单的"好""坏"，而是指自己认为自身的思维可以显现诗性，自己可以自然地展现自己而不感觉到那个链条对自己有制约或伤害，或者自己不感觉脱离那个链条是痛苦。如果相反，那就需要外求，去掉认为不适合自己的思维，另换一套思维，其目的是一样的。其次，如何在链条中找到自己的归宿，不被碎片化，这是当代人面临的越来越严重的问题。不管安心于链条还是脱节都需要知道"我是谁""从哪里来""到哪里去"。有一句流行语是"不忘初心，方得始终"。碎片化表象意思是人的生活受到现代科技的冲击，比如像阅读现在已经很难找到捧一本书，端一杯茶，坐在藤椅上、树荫下的那种悠闲感觉了。但更深层次的是人的精神碎片化，失去了完整的人格，很多时候是因为功利性太强，人格受到扭曲。

　　荷尔德林的《在柔媚的湛蓝中》这首诗所表现的绝不只是"人诗意地／栖居在这片大地上"，他对上苍神的礼拜，对大地上人的思考，对英雄主义在存在链条中脱节的赞叹，对复兴古希腊梦的愿望，对生与死的理解等等都贯穿在诗歌的字里行间。他思考的不是短暂的眼前，而是永恒的时间。

　　最后，以我的一首小诗结束。诗中的这双手可以是基督教徒心中上帝的手，可以是佛教徒心中佛的手，可以是伊斯兰教徒心中真主的手，可以是无宗教信仰的人心中的那双手。更可以是把我们举托屹立于世界民族之林的祖国的那双手。

你的手

你的手把我托起
超越了我自己
无惧风来雨去

你的手送来勇气
强壮了我自己
加持忍耐毅力

你的手驱走阴霾
坚信了我自己
造福世间华夷

       作于 2019 年 5 月，校工会咱家午茶

劳苦功烈诗意工作

后　记

　　有一种说法，人每七年会有一次大改变，每七个月会有一次小改变，每七个小时会有一次微小改变。距离写自序的时间快一年了，我觉得我的确有了一定改变。在编辑老师审核文稿的同时，我不断地问我自己：还要不要出版这本文集？我担心文字太幼稚，见识太浅薄，会显得太不懂世事。外面的世界风云变幻，深不可测，雾里看花，水中望月。我不知道是因为我今天更成熟了才有此意识？还是我之前是有选择地看？还是那层纸上天一直在为我保护着，不捅破？我突然间没有了写诗文的勇气和领悟，无论怎么构思都觉得不对心。我无知得像个幼儿园的小孩，我记得小时候画一棵树，擦了画，画了擦，最后还是歪歪扭扭。我把自己塞在书房，在书里寻找那棵歪歪扭扭的树。时间给生活留下了什么？学识？智慧？金钱？墙上挂着诸葛亮的寄语"宁静致远"，我感觉到的是宁静清零。大脑空旷，不是什么也想不起来的短路，而是一片无有，连一棵歪歪扭扭的树都没有？这让我停止了犹豫，赶忙做出决定：把曾经的幼稚、浅薄和无知发出来，权当一杯柠檬茶。

　　我静等审稿的结果，终于看到了审核通过的文稿，我也踏实了许多。当我在出版前最后一次阅读文集，我自己先感动了。某个人、某件事、某朵花、某棵树，都一一再次跳入我的脑海，他们能如此畅游，我真心觉得不亏他们了，甚至还有些许骄傲。

　　"菩提本无树，明镜亦无台，本来无一物，何处惹尘埃！"

山自巍峨水自流,善恶美丑都是人心所造,是功还是过,千秋难说。历史的长河里堆满了潮水般的信息,后浪打着前浪,狂啸而过,还没来得及看清有几朵浪花,已经消失得无影无踪。岸边的一粒沙子,狂傲的浪花又如何看得到?然而积沙成丘,积水成渊。无数个渺小成就了天地万物,来过,爱过。就如这集子里的每一篇文章,可能只是一朵蒲公英,可能只是一朵马兰花,可能只是根本就无名,花不是因为有了名才绽放,人不是因为有了名才生活。花开花谢,人来人往,皆随道尔。

云水音谨言
2022年6月21日
于北京